U0635834

留英芳华
Once Upon A Time in the UK

金玉献 著

Yuxian Jin

吉林文史出版社

图书在版编目（CIP）数据

留英芳华／金玉献著．—长春：吉林文史出版社，
2019.2

ISBN 978 - 7 - 5472 - 5900 - 9

Ⅰ.①留… Ⅱ.①金… Ⅲ.①随笔 - 作品集 - 中国 -
当代 Ⅳ.①I267.1

中国版本图书馆 CIP 数据核字（2019）第 030694 号

留英芳华
LIUYING FANGHUA

著　者／金玉献
策划编辑／刘　芬
责任编辑／王明智
封面设计／人文在线
出版发行／吉林文史出版社
地　　址／长春市人民大街 4646 号　　　邮　　编／130021
网　　址／www.jlws.com.cn
电　　话／0431—86037501
印　　刷／廊坊市海涛印刷有限公司
开　　本／710mm×1000mm　　　16 开
字　　数／260 千
印　　张／18.25
版　　次／2019 年 5 月第 1 版　　　2019 年 5 月第 1 次印刷
书　　号／ISBN 978 - 7 - 5472 - 5900 - 9
定　　价／58.00 元

评　语

　　我和玉献是在英国认识的，那时我是分管留学生事务的一等秘书。非常高兴得知他的新作《留英芳华》即将问世，真心替他高兴，为他骄傲。这本书看似一本轻松的小说，而实际上它讲述了早期留学生为报效祖国刻苦钻研，反映了早期留学生的喜怒哀乐以及困惑和憧憬。它不仅是早期留学人员的一部回忆录，也是青年一代努力学习的一部工具书。对当今人生选择有着重要的参考价值。

　　——前中国驻英国使馆一等秘书，中国驻美国教育公赞（公使衔参赞），
　　　　第十二届全国政协委员，现任中国高等教育学会副会长，
　　　　北京师范大学原党委书记　刘川生

　　新理论、新方法、新技术可谓是西方发达国家引领世界科学技术的三大法宝，也是我国与西方国家科学技术差距的本质所在。改革开放以来，很多早期留学人员为缩小这些差距而坚持不懈地努力着。20世纪80年代末作为全英中国留学生学者联谊会前主席，我和玉献因共同为全英学联服务而相识，他的新作《留英芳华》生动地记录了改革开放早期海

外留学科学家在英国的学习和生活的实况，真实地反映了 20 世纪 80 年代早期留学人员的学习与生活，具有可读性、参考性，值得细细品味。

——中科院院士，原南开大学校长　饶子和

我一直致力于人才的培养并十分关注人才引进工作，深知人才对一个国家和地区发展所起到的重要作用。20 世纪改革开放后，去英国留学的那代人回来后大多数都成了国家的栋梁和各个方面的领军人物，而国家崛起背景下的留学人员在国外学习生活的那段时光，已经成为那个时期的历史和群体的记忆。金玉献博士的《留英芳华》一书活灵活现地描述了当时留学生的学习和生活，情节亲切感人，语言幽默风趣，读起来轻松入胜，是近年来全方位反映那个时期留学生活的一本难得的好书。

——全国政协常委，原利兹大学学联主席　麻建国博士

金博士妙趣横生的留学故事，真实记录他学习英国文化和了解英国民众的过程，细细品味，不仅是阿金的个人经历，也有我们这一代留学生的生活影子。阿金的风格随意，感情自然，读起来轻松愉快。我也不禁联想，改革开放政策了不起，它鼓励青年人对知识的渴望和对生活的追求，为普通人提供了机会，我们这些 20 世纪 80 年代的莘莘学子，是改革开放的受益者。对要出国留学的年轻朋友来说，饭后茶余随手翻翻此书，也会有所启发。

——中国金属学会副理事长兼秘书长，博导，教授　赵沛

看到本书的英文名《Once Upon A Time in the UK》就觉得挺有故事感，再看看节选觉得挺有幽默感，反复阅读后觉得挺有责任感。小故事大道理，小人物大时代。让经历过的人可以有回忆，让没有经历过的人

有一个"游历"，对后来者有一些启迪。

  ——香港理工大学博导，千人计划专家，教授 胡金莲

  《留英芳华》记录了 20 世纪 80 年代末作者在英国留学的经历和趣事。金博士以朴实无华又不失风趣的语言再现了那一代留学生（包括本人）的酸甜苦辣。当时虽然苦却充实和快乐。感谢好友玉献使我们重温那段美好纯真的岁月。书中所说的事情，例如步行几公里去自由市场买最便宜的菜，现在的年轻人也许很难理解，但当时的确是那样。那时中国刚刚打开国门，和英国相比很多方面差距巨大。30 年弹指一挥间，中国已今非昔比。回忆过去是为了感恩现在。

  ——前利兹学联主席，李斯特上海技术中心总工程师 马明堂博士

  感谢当年的"小金"现在的老金把我们带回那个年代，那个地方，那是我们的"芳华"梦开始的第二故乡。以这种真实亲切的生活故事，轻松、精彩、幽默地展现我们那个时代丰富多彩的经历，这是我所熟悉的"小金"。人与人真正的区别不是智商、情商、财富，而是经历，特别是通过认知所提升的经历。令人感动是"小金"以书的形式纪念我们共同的好朋友黄大年博士。我们曾经一直努力学习，并积极进取，开拓事业，爱生活，这是我们芳华最真实生动的精彩一面，也是最好的纪念。

  ——英国皇家材料学会会员，英国皇家工程协会注册工程师，
  艾默生公司技术总监 陈征宇博士

序

与玉献连上微信后,他告诉我,他正在写一本"有关留学时代的书",请我作序。我欣然答应后,立即想起的,就是下面这张照片:

这是趁蔡佩仪先生、胡金莲女士来京,在京的部分留英朋友组织的一次聚会。地点在北京邮电大学,时间是2011年9月27日。

后排右起:金玉献、孙方臻、胡金莲、尹志华、程京、高福、程明虎、谭铁牛。

前排右起：饶子和、白瑜、蔡佩仪、林金桐。

蔡佩仪先生从 1991 年到 1994 年任驻英大使馆教育参赞，退休后在美国与儿女一起生活，适逢回国小住。胡金莲在香港理工大学担任教授，当时是来北京交流学术。白瑜是《神州学人》杂志的编辑、记者，与留英同学一直保持紧密联系。尹志华是蔡参赞北师大老同学的女儿，当天陪送参赞前来赴会。

照片中有当年全英学联第三、四、五、六届的四位主席，大家都很熟悉蔡参赞，也很尊重他，听说有他和胡金莲到场，就都踊跃前来相聚。

那时候，我已经从北邮校长岗位离任，在参与巴基斯坦—中国工程大学的筹备工作。北邮国际处的同事们听说是与荣休教育参赞的一次聚会，便当作国际交流活动予以接待，还特意为每一位客人准备了一册 2010 年的邮票集作为礼品相赠。

在我们留学的年代，改革开放刚刚起步，留学生以国家公派为主。这些公派留学生，都是经过基层推荐、单位考核、部委选拔而挑选出来的。说他们是百里挑一的优秀人士，并不过分。这批人获得英国的博士学位之后，选择工作的余地很大。以这张照片里的留学人员为例，或留英、赴美工作数年再回国，或前往香港高校任教，或加盟国内合适单位，等等。

这批留学回国人员，后来在不同的岗位上都做出了不错的成绩，为中国的改革开放事业做出了贡献。仍以照片里的留学生为例，他们个个都成为教授、研究员自不必说，在各自领域的学会里，他们都出任理事、理事长。他们当中，有四位已经是中国科学院或工程院院士，有几位是国际学术团体的院士，有四位担任过研究所所长，两位担任过大学校长。

玉献的归国，与他人又有所不同。他在英国担任四年讲师之后，回到国内。教授只是他的兼职，他把主业放在了创办教育集团上。这在当时，并不多见。至今坚持二十多年，而且取得成功，就更难能可贵！

玉献于 1992 年在英国利兹大学获得区域经济学博士学位，1991—1993 年担任全英学联执委、利兹学联主席，我俩就是在全英学联相识相知的。

他把他的才奕国际教育集团注册在英国，自己出任董事长。同时，在北京和烟台举办才奕外国语培训学校，还创办了烟台市英博新材料科技有限公司。

他一直没有离开学术，至今还是英国林肯大学商务学院客座研究员、中国人民大学客座教授。

玉献在国际文化交流和国际教育领域享有较高声誉，可谓成绩斐然。2006 年，他被聘为中国管理研究院企业发展研究中心首席专家。2008 年，开始担任中国上海阎宝航社会公益基金会理事。2009 年，开始任北京市政府禁毒教育基地国际交流顾问。2012 年至今，担任烟台市政协第十二届、第十三届侨外工作顾问。

玉献的这本《留英芳华》，他是分了上、中、下，花三天，用微信发给我的。我每天都是一口气读完。

好看，有画面感，吸引人，是这本书的第一个特点。

不掩盖，无修饰，平铺直叙，真情实事，是这本书的第二个特点。

这本书没有虚构的人物和情节，说的是真人真事，反映的也是真实的历史片段。因此，对改革开放历史感兴趣的，对英国社会、英国高等教育感兴趣的，对留学生活感兴趣的，对攻读博士感兴趣的，对芳华岁月与外国异性接触交流感兴趣的，对海外创业感兴趣的读者，都可以看看这本书。一定会有许多收获！

祝贺《留英芳华》问世！

期待金玉献博士再写一本新书，整理回顾他在中国创业的二十多年历史，那一定也很精彩！

第四届全英学联主席
北京邮电大学第六任校长
2018 年 12 月

前　言

　　20 世纪 80 年代初，中国百废待兴，改革开放使国人意识到我们和发达国家的差距巨大。为了改变这种状况，迎头赶上发达国家的步伐，尚不富裕的国家决定拿出一部分资金，筛选出数批优秀专家学者前往发达国家深造，以期学者学成回国，为国家经济和社会发展做出贡献。

　　这是一个划时代的决定，其意义不亚于一百六十多年前容闳先后组织和率领 120 名幼童赴美留学，这批留学生后来最突出的代表就是詹天佑，他为中国铁路事业的发展填补了空白。20 世纪 80 年代国家精选的这些公派留学生年富力强、思想活跃，正值人生创造力最佳的时期。他们在国外努力学习，积极生活。中、西方的文化差异也令他们碰出了一个个火花，成就了不少有趣的故事。他们将人生最美好的年华留在了异国他乡。

　　本人有幸成为这个具有划时代意义的留学计划中的一员，在朋友和校友们的鼓励和支持下，我萌发了写一本反映留学生在英国留学期间经历的点点滴滴的生活小事的书，再现那个时代留学生在国外的生活和学习状况及其思维方式。

　　然而，打开电脑，手按键盘，往事如潮水般涌上心头，留学期间所遇到的每件事、每个人瞬间跃入脑海，使我一时不知如何开始。该记录的事件不胜枚举，该刻画的人物又太多，区区两百多页的书，加上自己的才疏学浅，因此难以准确地概述那个时代留学生的全貌。

于是，我以自己的亲身经历为主线，讲述了如何获得公派留学的机会；在抵达英国之后，人生地不熟时，我又是如何修剪自己，适应新的学习和生活环境；接着又将我和几位导师的关系、博士研究课题的选择和开展，以及怎么获得高级讲师的工作等娓娓道来；我还把自己在创业过程中的酸甜苦辣及复杂的情感经历呈现，最终寻找到未来的发展方向，那就是回国，加入中国经济社会腾飞的浪潮之中。

为了能更好地满足读者的要求，本书尽最大努力突出如下特点：

第一，提供正能量，让下一代从老一辈身上学到积极向上的优点。习主席号召全国科技工作者要向已故著名科学家黄大年博士学习。书中除了叙述黄大年博士为了报效祖国，勇于献身的精神以外，还有很多鲜为人知的故事，这些更能反映他的特质。例如，书中描述了黄大年博士正在做饭，听说有"黑人"要抢中国女生财物后，立即提着菜刀冲出去和坏人搏斗的场景。在十多年前我就写过黄大年博士，称之为"老黄的菜刀精神"。

第二，以个人经历为例，举一反三，采用轻松的语言为下一代提供宝贵的经验。书中提及自己当时学习英语的心得体会和发誓要刻苦学习的几个步骤，这对现在准备留学和学习英语的学生来讲大有卑益。本书还分析了普通学生、硕士和博士的区别，博士和博士后的区别，回答了很多人至今都搞不明白的问题。

第三，内容有画面感，引人入胜。书中描述我的导师在和我讨论问题的时候，他养的一米多长的狗居然卧在旁边陪他上班；长得酷似著名演员阿尔·帕奇诺（注：曾饰演电影《教父》的迈克尔）的导师阿兰·威尔逊爵士导师工作中还喝着威士忌，深邃的眼睛几乎洞穿一切，这俨然就是一幅照片，令人遐想。

第四，语言轻松流畅，所选故事幽默诙谐。现在的社会节奏要比30年前快很多倍，人们已经没有时间去阅读长篇大论而更多的是利用碎片时间获取信息。我采用轻松聊天式的语言，而且选用幽默的故事素材，让读者不仅容易看懂，而且还喜欢读。例如，我选用了一些英语学习中闹出的笑话以及中国的"王致和臭豆腐"如何把英国海关的狗熏晕等故事作为素材，提高了本书的可读性和趣味性。

第五，几乎所有事件都反映了真实的历史片段，只不过我把自己或者文中的主人公用了笔名而已。但是这正好说明我或者文中提及的人物就是那个时代留学生真情实感经历的一个缩影。我的房东阿明·穆罕默德是巴基斯坦人，很多留学生到了英国以后，第一个与之真正打交道的人基本都是印度和巴基斯坦人。

本书的完成得到了很多学友和朋友的大力支持。我特别要感谢的是原英国学联主席，前北京邮电大学校长林金桐博士一字不落地看完了初稿，提出了诚恳而宝贵的意见。林金桐博士还在百忙中抽出宝贵时间为本书作序，极大提高了本书的层次。同时，还要感谢原北师大书记刘川生、中科院院士原南开大学校长饶子和博士、全国政协常委麻建国博士，以及学友赵沛、马明堂、胡金莲、陈征宇等为本书写了精炼的书评。

尽管本书力求完美，但是由于本人水平有限，编写仓促，难免挂一漏万，纰缪百出，恳请读者不吝赐教，加以斧正。

金玉献

2018 年 12 月于北京

目　录

第一章
出国，出国，出国！

To be, or not to be, that is a question.

生存还是毁灭，这是一个问题。

——英国戏剧家、诗人威廉·莎士比亚

一、唯一的选择

莎翁这句旷世台词，虽然只有几个字，但是却有万种翻译版本。有人翻译成：是死还是活，这是一个问题；也有人翻译成：生存还是死亡，如斯也。人的一生中，每一秒都在选择，都有进退维谷之时，如果翻译成："是去，是留，抉择难啊！"适用面会更广。

唯一不用抉择的是 20 世纪 80 年代。经过 10 年的折腾，百姓物质匮乏，精神失去支柱，数亿人的生活突然没有了方向。这时西方物质和精神产品就像大坝决堤一样涌入，人们有如早期去美国西部淘金，飞蛾扑火一样，只有一个念头，那就是：出国，出国！不顾一切，勇往直前。

如果说水力发电主要靠的是湍急的水流落差而实现的话，那么出国的动力就来自于中国和西方国家之间的巨大物质落差。试想一下，20 世纪 80 年代国人人均工资只有 10 美金，而美国已经过千。这种落差产生的动力是不可想象的。但是当时出国并非像现在这么简单，有几个约束条件限制了人口的流出，即经济条件、知识水平、签证，还有你是否有运气和门路。这就导致出国只有以下几个途径：公派留学、因私留学、偷渡、因公出国后潜逃。如果在高校工作，你的英语和专业水平又足够好，那你早晚都会有机会公派出国留学；如果没有这种机会，那么你就要自己筹钱出国留学，不少人采取海发申请信的方法，与国外大学取得联系，争取申请到奖学金以达到留学的目的。

财力不济和不适合以留学方式出国的群体就选择了一些不正当的方法和渠道，如偷渡和潜逃。我曾经接待过一个国内的小型代表团，给他们订好了酒店，说好第二天早上去接他们，但当我第二天去了之后，发现已经人走屋空。偷渡的人更要承担风险，多年前一个国内偷渡的船只悄悄地靠近了英国的海岸，警察发现后立即检查，发现有几十具尸体躺在闷罐车中，生命早已终止。

To be, or not to be。那个年代没有犹豫，没有进退维谷的机会，出国似乎是最好的选择。

二、红色筒子楼

和其他人一样，我也义无反顾地加入了准备出国的大军。从上大学开始，我便把英语当成了主科，为此还进入了由英语成绩优秀者组成的"火箭班"。为什么用这个名字？那是因为这个班是从整个"七九级"学生中筛选出来的，老师是最好的，教材是高一级的，教学内容也是先人一步，就连当年北京的文科状元也在这个班里。

大学刚毕业，当系领导问我是留校还是去政府行政部门的时候，我毫不犹豫地选择留校，因为留校是公派留学的捷径。公派留学的条件要求不低，首先，业务水平要好，否则你所在的教研室也不会推荐你；其次，英语水平要合格；最后，把握好出国的机会。教育部每年给每个大学的公派留学的名额都是有限的，在业务水平相同的情况下，就要看你的英语水平。英语水平也相同的话，就要看运气和机会了。

衡量公派出国水平的测试有很多，公认的由教育部和高校本身组织的考试有访问学者考试 VST(Visiting Scholar Test) 和英语水平考试，即 EPT 考试（The English Proficiency Test）。大学留校的中青年教师很多，基本上都有出国留学和进修的需求，僧多粥少，大家只能不断地考 VST 和 EPT, 再根据考试成绩来择优录取。成绩突出者就可以早一些获得公派出国的名额, 成绩差的只能往后排了。

我们是改革开放后刚刚恢复高考的前几届毕业生, 学生年龄差距很大, 班中年龄最大的可以比最小的大十几岁, 直接叫"爹"都不夸张。年龄的差别导致大家对知识的接受能力的程度也不同。有些年龄大的, 上大学前在农村插队或在工厂整天干活, 别说英文字母, 即使简单的中文名词解释都不知道。一位在农村插队的知识青年没有怎么准备就参加了高考, 政治考卷中有一个名词解释, 问: 什么是"上层建筑"? 这位老兄从来没有见过这种题, 冥思苦想不得其解, 最后只能写道: "凡是二层楼以上的建筑物都叫上层建筑", 差点儿把阅卷老师给气死。而英文考试中, 交白卷的比比皆是。

我们这些应届毕业生多少还占了一些优势, 英语水平比年龄大一些的老大哥要高不少, 这源于领悟力和记忆力都要略高一筹, 所以在公派留学的站队上一直名列前茅。即使得到了公派出国名额, 还要通过英美国家的英语水平考试, 最具有代表性的就是托福、GRE, 还有雅思。

进入我们大学校园, 右手方向有三座红楼, 他们就是青年教师入住的"筒子楼", 顾名思义, 这种楼就是每层的正中间从这头到那头由一条狭长的过道整体贯通, 过道的两侧是严格对称的房间, 如果在第一层第一个房间, 编号就是 101, 对门就是 102。由于通道很窄, 估计也就 1 米多一点儿, 走出自己的房间, 步子迈得稍微大一些, 可能就进对门了。

长而窄的楼道被杂物堆得满满的, 每家的门口差不多都摆放着一个小煤油炉或者蜂窝煤炉, 尤其是刚结婚的小两口更是把门口摆放得满满的, 行人通过都很困难。这个长长的"筒子"楼道是看不见自然光的, 所以外面的天越亮, 反差就越大, 进来就越黑, 走进来犹如探险一般，着急的时候，把别人家门口的物件踢倒的事情时有发生。

住在这个楼里最大的优点是永远有人"提醒"你吃饭的时间。每天中午快11点或者下午接近5点的时候，就能听见长廊楼道的各种杂音逐渐多了起来。刚开始，可以听见各种开门和关门的声音，接着就是锅碗瓢盆磕碰的响声，然后就是"嚓"的一声，紧跟着就是铲子和锅相碰时的"沙沙"声，不一会儿辣椒味儿、炝锅味儿、香油味儿、炖肉味儿等，沿着门缝充塞进来，最终管你愿意不愿意，统统地进入你的鼻孔。这些味道又刺激了你胃里的饿虫和馋虫，你会情不自禁地拎起碗袋子，冲出"筒子"楼，直奔食堂。当时的碗袋子还是老娘做的，她用一块白绿色相间的毛巾先对折，把边缝好，上面的口再穿上一根绳子，方便拎着。这个毛巾做的碗袋子我居然用了四年，里面的餐具都换了几次了，可是碗袋子却一直从大学用到了留校做老师。

生活在筒子楼，人与人之间基本上就没有什么独立空间。为了让楼道有点儿光亮，所有房间的门上面一半是玻璃窗，以便采光，门的下面一半是一层木板。这种门具有"三不"的特点，即不隔音、不隔光、不隔味道。其实还有一个特点，那就是不隔人。这栋楼基本都是青年教师，有一部分是新婚教师，还没有来得及分到房子正在排队的，还有一部分是留校的外地毕业生，以及北京的青年教师。外地留校教师可以两个人一间房子，而北京当地的就要三个人一间房子。不管外地还是北京的青年教师，这个门基本形同虚设。每到午饭和晚饭后，不知什么时候你的门就会被同行们"踢开"，有找你下棋的、打牌的、打球的，热闹极了。有兴致的时候，大家会多玩或者多聊一会儿，可是也有的人屁股沉得要命，在你这儿一坐就是几个小时，催不得、撵不得。

刚留校的青年教师大多是二十多岁，基本没有见过什么世面。这种没有缝隙的生活环境，反而缩短了青年教师了解社会的进程。和我们居住在同一层的一对青年教师，刚结婚不久，两个人恩爱有加，整天成双成对地出入，羡煞我也。作为一个二十多岁了居然连女人的手都没有摸过的男生，看到他们结婚成家还挤在狭小筒子楼的小房间里，恩恩爱爱，相守一生，便对未来的婚姻有了憧憬——结婚就应该是这样的，双方整天甜蜜地厮守在一起，没有矛盾，没有隔阂，永不分开。他们的房间距离我们的不远，又是新婚不久，每天晚上动静都很大。尤其是到晚上 11 点左右刚要关灯睡觉，就听到那个房间传出来女人的呻吟声，抑或痛苦，抑或享受。我不解，便问为什么那房间刚结婚的女青年教师总是发出这种声响？我们宿舍有一个年龄大一些的教师有女朋友，懂事也比我们早，他就借着这晚上女人浪浪的呻吟声，为我和另一个同宿的青年教师普及人类繁衍最基本的知识。大部分情况下，我们都是熄灯后躺下来听他讲的，有的时候他讲得兴起，突然坐起来，点上一根烟，不说话了。我问他怎么了，他说他想女朋友了。

突然有一天，那对让我们羡慕极了的小夫妻吵架了，而且吵得很凶，没有任何隔音和阻力的筒子楼就把他们的吵架"实况"瞬间传遍了红楼的每一个角落。我这才明白，婚姻不光是两个人的卿卿我我、耳鬓厮磨，他们还会吵架、会有摩擦、会有矛盾。自从他们吵架之后，每晚那种都挠人心的呻吟声少了，后来干脆就没有了。同宿舍年长一些的教师告诉我们，估计他们进入冷战时期了，说不好过几天就要离婚了。

我是受传统教育影响很深的人，听他这么一说，我怎么也想不通，两个人好好在一起怎么就能分开，怎么就能离婚呢？我还是觉得他说的有一些夸张。可是没过两个月，就听说他们两个真的离婚了，离婚证明都开出来了，这再次印证了他的先见之明。我也明白了，原来结婚后还可以离婚，对于某些注定离婚的人来讲，结婚就是离婚的胚胎吧。

他们离婚都好几周了，可是我发现他们却还住在一起。离婚不是应该双方成为陌路，老死不相往来吗？怎么他们还住在一起？那么小的房间，他们肯定还睡在同一张床上。既然还睡在同一张床上，就免不了肌肤相碰。那对于这样一对儿精力旺盛的新人，他们万一忍不住怎么办？如果又抱到了一起睡觉，那还叫离婚吗？

同宿舍年长些的同事告诉我，人的一生是非常复杂的，没有绝对的正确，也没有绝对的错误，不同的环境下两者是可以互相转化的。再说那对儿新人，如果没有感情了，估计两人关系就是左手牵右手，基本是没有什么感觉的。我似乎懂了，人又成熟了一些。

红楼一共有三层，资历深一些的基本都在二层和三层。三层就有这么一位大哥式的传奇人物，他比我们应届毕业留校的教师要大 10 岁左右，曾经下过乡、插过队，恢复高考后，他没怎么复习就考上了。他天资聪明，接受能力很强。虽然老大不小了，却还是单身，确切地说，他不愁找不到老婆，是一直在享受着单身的快乐。这位大哥是我们宿舍的常客。那个时候还没有互联网，人与人之间的交往靠的是串门儿。当然，他还向我们传授了怎样结识异性。原来他是舞场高手，他认识的数位女朋友都是舞场上的舞伴。后来熟悉了，他毛遂自荐，主动教我们跳舞。人家那么德高望重的大哥都主动要教我们跳舞了，我们怎么好意思不学呢。就这样，我们这层的几个青年教师就成了他的学生。

北京当时流行的交谊舞有很多，每一种都是花样百出，有平四、快三步、慢三步、六步帕斯、伦巴、探戈、恰恰舞等。平四就是四步舞，跳舞的时候脚基本不离地，在地面上"刺啦、刺啦"的，这很符合北京人的特点，就和说话一样，嘴都懒得张开。但是手上的动作和花样却很多，由于它特别能展现女舞伴的舞姿，所以深受女性的喜爱。快三步就是常说的"圆舞曲"，这种舞实际上是一种体力活儿。如果体力充沛，舞技一般者比较钟情于此。初学时，我是跳圆舞曲的高手，力气大、素质好，能带着舞伴整个场子地转。我把它当成体育锻炼，每支曲子结束都汗流浃背的。每当这个时候，比较体贴的舞伴就会掏出自己带着香味儿的手帕递过来。

这位资深的大哥最擅长的是探戈舞，一天晚上他带着新的舞伴来到我们宿舍，在只有不到三平方米的地方，他把所有的动作一一分解，我们认真数了一下，一共有 28 个动作，这令我们所有人目瞪口呆。探戈舞综合性很强，除了要掌握基本动作以外，还要有棱有角、有型、有气场，非常难学。据说在北京玉渊潭附近有一个张老师探戈跳得非常好，有一次也许没有活动开，做动作的时候头扭得太快，一下子把脖子扭错位了，一命呜呼。像我这样头脑简单、四肢发达而又没有型的男生，想全部学会这 28 个动作是不可能的。于是，我就苦练了其中 10 个动作，关键的时候也能用上。

老大哥的徒弟中有一个绝顶聪明的，他领悟能力超强，那 28 个动作学会了以后又发展了几个动作，已经全面超过了"师傅"。他是信息计算机系的，属于理科学生，智商超级发达。我们都属于"出国一族"，虽然是朋友，但也是竞争对手，每年公派出国留学的人，全校也就几十个，竞争非常激烈。由于他智商高，记忆力好，接受能力很强，我们都把他当成学习的榜样。每次全校组织考 VST、EPT，他的成绩都名列前茅，我们知道自己智商不够高，只能甘拜下风。他也时常过来和我们说："英语其实不用怎么学，完全靠临场发挥。你们几个英语水平都已经很不错了，再学也好不到哪去了。"听他这么一说，我还真以为自己英语水平很不错了，所以就和他一起跳舞，一起打牌，英语学习也就没有怎么上心。

直到有一天发现了他的秘密，我才明白我被忽悠了。那是一个深秋的夜晚，由于睡觉前水喝得太多了，我就出门沿着狭窄的筒子楼道去上厕所，回来的时候，我看见信息系的这个哥们儿房间的灯居然还亮着呢。出于好奇，我透过涂了绿漆的玻璃的残缺口，看到他披着一件军大衣正在拼命地做托福题。我被这场面震住了，似乎明白了什么。又过了几天，同宿舍的朋友好像抽风了，居然五点就叫我和他出去一起跑步。我一般都是七点半起床，擦一把脸就拿着讲稿给学生上课去了。让我五点起床还不如直接把我给杀了。我终于挣扎着起床，然后和他出去跑步，出门的时候天已经发亮，我看见我们楼前的小树林里，有一个熟悉的身影，原来又是他！他正在一遍遍地朗读英语课文。

我这次终于明白了，他每次成绩比我们好很多，不仅是因为人家智商高，还因为他具有超强的学习毅力和刻苦精神。从那天起，我再也不相信自己的英语水平高了，于是给自己制订了严格的学习计划：

第一，每天至少要做一套托福考试模拟题。做完以后和正确答案一一对照，找出错误并加以修正。那时候市场上最流行的是张道真编写的英语语法书，他的第一本语法书的书名我已经记不清楚了，但是它却成了我检验英语对错的唯一标准。每当发现我的答案和正确答案有出入时，便拿出这本"圣经"一般的语法宝典，而它总能给我一个正确的答案。30年后，市场上英语语法的书至少有上千种，可是我还会向学生推荐那本曾经给我指明方向的英语语法宝典。

第二，每天至少要背会20个新的单词。记忆单词如果不常使用就等于"熊掰棒子"，忘的速度比记得快。我和室友约定每天晚上睡觉前相互考单词，以此来提高单词的记忆力。经过一年的学习，我可以骄傲地和别人说：你们拿本《简易英汉字典》考我吧，如果有一页我有三个以上不知道的，我就请你们吃饭。其实，我说的就是那本蓝塑料皮的《英汉小词典》，里面收录的词条估计有一万多。那时候至少能够掌握、背会百分之八十吧。

第三，每天必须要用英语写一篇日记，哪怕没有做什么事情也要写下来。特别是要用不同的英语句型写，这样可以达到熟练掌握运用各种英语句型，提高写作能力。例如，我看到了"matter"这个单词，我们使用这个单词的时候只知道它能用于说"没关系",即"doesn't matter",而它可用的地方还有很多。比如,我们说"并不是只有学生数量才重要,个体学生也重要",我看到一篇文章中是这样写的:"It is not numbers but individual students that matter."写得好简练,"matter"居然还可以这样用。因此,每天我都通过写日记来熟悉各种句型的使用。

第四,每周必须要看一本简写本的英文小说。在那个时候,我借阅了大量的简写本英文小说,我本来没有任何文学功底和背景,但是学习英语让我了解了许多,特别是英国早期的文学作品和作家,例如,简·奥斯汀的《傲慢与偏见》,勃朗特姐妹的《简·爱》《呼啸山庄》,托马斯·哈代的《德伯家的苔丝》等。看这些文学作品的最大好处就是能够提高语感,一旦你被情节所吸引,你就会寻找有关情节的单词,有的时候一个大段落,你一扫便知道是什么意思。通过读小说,阅读的速度会提高很多倍,这就是培养英语语感能力的方法。我觉得这点非常重要。

除了以上的计划之外,我还要求自己晚饭后一定要去外文阅览室,那里有外文报纸和期刊,不管看得懂还是看不懂,每天都看上几眼,了解大概意思,日久就会见效。由于总去外文阅览室借阅,也和两位漂亮的管理员混熟了。每次一有新的国外杂志,她们总是给我留着,我也总是幸运地成为全校第一个读者。

功夫不负有心人,在全校又举行的公派出国排位考试中,我终于排到了前几名。有一天,系里有关领导找我谈话,计划派我去加拿大的麦吉尔大学留学,正式结果会在三天后公布。听到这个消息,我不禁喜出望外。

我有两个室友,一个比我稍微大一些,是哲学系的,他最大的优点就是可以制造"俏皮话",上大学的时候,他和几个同学每当吃午餐或晚餐的时候,总是两眼放光四处寻觅,专门找有低年级的漂亮学妹吃饭的桌子，然后他们也坐过去。接着他们几个东一句西一句说着各种俏皮话，把这几个学妹逗得前仰后合的，饭都吃不成。我那时就觉得他本人就是一尊佛，后来他果真成为中国研究禅学的专家。我还没有来得及详细介绍的是我的另一个室友，我们年龄相仿。他人很聪明，而且好学，琴棋书画样样精通，吉他弹得也很好，特别是那首《月亮代表我的心》，弹得更是委婉动听。有一个经常来看他的女生就被他的琴声所打动，这边琴声依然悠扬，那边已是泪流满面。他不用想什么点子去追女生，如果他看上了哪个女生，只要坐在她的对面轻弹一曲，那位女生的心就会被融化了。

他和我一样，人生都过了四分之一，还不知道女人的手是软的，还是硬的。有一天我下课归来，门居然是反锁的，我敲了几下门，就听见里面一阵杂乱慌张的声响。"稍等……"他喊了一声。过了几分钟，他开门了。里面坐着一位戴着眼镜，长得很秀丽的女生。两个人都有些衣冠不整，见到我，两位脸颊红晕飞扬。我猜想，那天一定是他的第一次，他从此成为一个男人。

我和他可以说是形影不离。我喜欢唱英文歌曲，他就用吉他给我伴奏。如果有什么喜怒哀乐的事情，也基本不隐瞒对方。我要去加拿大留学的事情理所当然要第一个和他分享了。那天晚上，我们买了一些粉肠、啤酒，还在职工食堂特意点了两个"小炒"，邀请几个朋友一起庆祝。大家喝得醉醺醺的时候，借着酒劲儿，我硬生生地在他的吉他的伴奏下，把《Take Me Home，Country road》这首英文歌吼完了。三楼的舞王大哥也下来向我祝贺："你行呀，麦吉尔大学不错。我一直想去都没成功。祝贺你啊！"说得我心里美滋滋的。

那位信息系的高才生也前来祝贺："我没想到你居然比我早出国。去了以后别忘了我们这帮哥们儿。"我怎么会忘记他呢？如果我要感谢曾经激励我学习的人，那一定是他。那天夜里他披着军大衣做托福题以及天不亮就在小树林朗诵英语的情景，令我至今不能忘怀。

我一直沉浸在美梦中，真不敢相信能公派我去加拿大留学。三天后，我来到了系领导的办公室。领导出人意料地客气，先是让我坐，然后又亲自给我倒水。我怎么感觉气氛不对劲呀。终于，领导开口了："经学校和系里讨论，我们觉得你现在还有很多工作要做，所以就把这次出国留学的机会安排给更合适的人了。"

"嗡"的一声，我好像听见我脑袋里的那根弦真的裂开了，还发出了巨大的声音。真不敢相信情况会这样糟糕。我这次不出去没关系，可是我怎么面对家人、朋友、同事？面子往哪儿放？我木呆呆地往外走，系领导一直在说什么，我也没有听清楚。后来听说有一个年龄很大的老师已经排了好几年了，由于英语不行，一直没有走成。这次考试排名很靠后，但也算是过线了。学校为了照顾她，就把名额让给她了。听别人这么一说，我也就释然了。毕竟我比她年轻，和她相比，我还有大把的时光。

三、又被别人顶替了

过了一段时间，系里又给了我一个好消息，通知我准备出国留学，是去比利时的鲁文大学攻读工商管理硕士学位。这次全校也只有三个名额。有了上次被"忽悠"的经历，我这次淡定了许多。但是这对我来讲，仍是一个天大的好消息，我还是禁不住在私底下偷乐了半天。

回到宿舍也难以掩饰内心的激动，本来没有想立即告诉室友的，可是我那天不知道怎么了，主动地打扫卫生，去水房打水，一路还哼着小曲儿。会弹吉他的室友看出来我有什么喜事了，就问我："今天有好事儿了吧？"

我原本就想告诉他的，只是想晚两天再说，经他这么一问，我干脆就告诉他了。

"是有好事，你猜吧。给你三次机会，猜对了我今晚请客。"我估计他也猜不对，因为自从上次被人顶替出国的事情发生以后，我们再也没提过这件事，他应该把我还是想出国留学的事情忘了吧。

他是聪明人，即使猜到是出国的事情，也不会直接说出来的。万一没猜对再把我伤着怎么办？所以他就说："我不猜了，你愿意说就说。"

我还是没有忍住，就把这个好消息告诉他了。他听了以后，并没有显得很兴奋，只是淡淡地说："这事情应该值得祝贺。不过……"他话锋一转继续说，"我觉得你还是谨慎一些。据我所知，现在公派出国留学名额太紧张了。在你没有迈出国门之前，一切都有可能发生的。"

我一听就不太高兴了，这么好的事儿他不祝贺我就算了，还说风凉话，难道是嫉妒我不成？

"没有你说得那么复杂，今天我们领导可是拍着胸脯和我说的，而且名单都已经确定好了，不会再变了。这三个人你知道是谁吗？有两个是我们系的，另外一个是其他系的，你和他很熟悉，你猜他是谁？"今天我出来的时候，系领导就对我说，上次的事情实在抱歉，这次有了这个机会，就立即想到了我，把我的名字报上去了。

"我认识的？"舍友自言自语，"是哪个系的？"

"我要是告诉你他是哪个系的，你就知道了。告诉你吧，是信息系的。"我这么一说他就明白了，就是那位半夜还披着军大衣学英语的天才。学校早就应该派他出去了，他聪明肯学，英语和专业都很棒，不选他还能选谁！

"是他呀！"舍友一下子就猜出来了，"那你们以后可就是校友了。"

"是的。估计他也知道这个消息了，一会儿我去找他问问。"舍友知道我真的要出国留学了，似乎并不太开心。这也许是因为同处那么长时间了，友情很深，多少有些难以割舍。再说，红楼的青年教师一个个出国了，剩下的真的不多了。

我找到这位信息系的天才，他果然已经知道这个消息。由于我们知道在未来的两年里要在另一个国家共同生活和学习，关系也就越来越近了。我们一起准备出国的资料，一起去外办填表，一起去图书馆，似乎已经出国了一样。很多人看见我们都投来羡慕的目光，尽管比利时不是我理想的留学国家，MBA也不是我的专业，但由于公派出国的机会太少，竞争异常激烈，我能获得这样的机会还是很珍惜的。

就在所有资料都准备好了，马上要报给教育部的时候，事情又发生了变化。上面给我们大学赴比利时出国的名额从原来的三个变成了两个。我不知道是不是上面有更硬的关系把那个名额要走了，这个也不是我们能够左右的。但是三个名额变成两个名额就对我们有直接的影响。由于我们三个确定的人选中两个是同一个系的，一个是信息技术系的，因此只能照顾两个系，必须从我们系的两个人中间选一个。这次系里还开了一个会，专门研究了这个事情，最后决定计划经济专业的那位老师保留，让我继续排队等待。那个时候，计划经济是国家经济管理的主要方式，而我这个不痛不痒的专业只能靠边儿站了。听到这个消息，犹如又一记闷棍打到了我的头上，打得我开始怀疑自己、怀疑人生。

我不再奢望天上能掉下来什么馅儿饼，开始脚踏实地地工作，出国的事情也就慢慢地淡化了。这个时候，我也收到了来自全国各地的讲课邀请。印象最深的有这么几次。一次是河南安阳有一个成人教育辅导班需要一位老师去辅导国民经济计划管理这门课。安阳那边提供卧铺和很高的讲课费，只辅导一个小时，报酬是600元。这种好事我当然要去。全国成人高考的试题就是我们学院出的，虽然我不知道会出什么样的试题，但是凭着大学期间扎实的基础，我就足以应付了。

北京到安阳的路途也就8个小时，对方给我买了卧铺票。去了以后，又请我吃饭，还安排我入住安阳最好的酒店。晚饭后，我被带到了一个院子里，院子中间有一个礼堂，我今晚就要在这个礼堂给学生们上辅导课。我走进礼堂，里面已经黑压压地坐满了学生，我粗略地数了一下，至少有600多人。当我走上台的时候，主办方领导还做了简短的介绍。一个小时很快就过去了。安阳的学生很好学，辅导课之后，又把我围在中间问个不停。次日清晨，阳光明媚，我带着600元的辅导费，坐着卧铺火车回到了北京。当时我一个月的工资是 100 元左右，这一个小时的劳动就得到了六倍的补偿。如果说当时一个月 100 元的工资相当于现在的 5000 元的话，那么这一个小时我就挣到了 3 万元，而那时我才 24 岁出头。

回到宿舍，我兴冲冲地将事情告诉了室友，他经常走穴讲课，非常了解行情。他冷笑着说："你以为你挣得多呢？主办方一般每个人收 20 元，600 个人他们就赚了 12000 元。你的 600 元也就是二十分之一。"

听了这话以后，我很吃惊。而更多的是发现这个世界已经变了，变得不再那么单纯了。

还有一次是为函授学院（现在的成人教育学院）在西安的分部讲课。这是系里安排的，必须要去的。讲课需要讲两天，费用是每个小时 5 元。两天下来可以得到 50 元的讲课费。那天讲课结束，我口干舌燥，不过课已讲完，心情轻松了许多。

我决定要狠狠地犒劳自己，就上街花了 5 毛钱买了一个肉夹馍，那时候电影《斯巴达克斯》刚上映，于是又买了一张电影票，手拿肉夹馍走进了影院。

西安的学生很热情，每次上完课总要请我吃饭。他们都是成人本科的学生，基本上都是各行各业的骨干人才或者领导。有一次，回北京的火车票已经售罄，我只能求助班里的一个学生帮我买票，而他正好是铁路上的列车长。他知道后，立即安排人员给我买票，可是只剩下软卧票了。国家当时规定，只有厅局级以上的领导和正教授才有资格坐软卧，我一个小青年教师怎么也不能享受这个待遇。问题是第二天下午学校还有我的课，我是非回去不可的。这次我一咬牙一跺脚就让列车长帮我买了这张票。学校如果不给报销，大不了这几天白干了呗。

这个列车长学生很认真，提前半个小时就在车站等我了，而且还亲自送我上火车。这是我人生第一次坐软卧，一个小包厢里共有两个上下铺。有被子、床单，还有水壶和茶叶。火车都开了几站了，我的包厢也没有新的乘客进来。中午的时候，一位列车服务员敲门进来，递给我一个菜单，告诉我午餐的时间到了，我想吃什么就告诉她。我接过菜单一看，妈呀，这价格吓死我了。鱼香肉丝要5元，红烧排骨要10元，这一顿饭下来，我一天的课就白上了。我坚强地咽下口水，告诉服务员："我不饿，还不想吃东西。"

"那您喝点儿什么？喝点儿茶还是水？"我瞥了一眼菜单，好像茶水只要5角，就回答："给我来一杯茶就可以了。"

不一会儿，服务员把茶端来放在小台子上。临出去前，回头又问我："您真的不饿？不想吃点儿饭？"

我肯定地回答："是的。"

于是，我就把茶喝了。过了一会儿，感到很饿了，就把茶杯续上水，又喝了一杯。这茶叶是助消化的，我越喝越饿，实在饿得受不了了，我想到了睡觉。这一睡两个小时过去了，说实在的，我是被饿醒的。我赶紧翻了翻我的行李箱，突然发现了几个大枣，我如获至宝，一阵狼吞虎咽，几个大枣就进肚子了。这时，天也逐渐黑了下来，又到晚饭的时间了。不过有了几个大枣垫底，饥饿感小多了。我决定还是用睡觉的方法来解饿，反正火车明天一大早就到北京了，那时候再吃也行。

正想着如何抵抗饥饿，列车服务员又敲门进来了，问我是否饿了，想吃什么。我心说：你要是不进来提醒我，我还不感觉饿呢。但嘴上还是客气地说："我还不饿的，谢谢了。"

"那您什么时候饿了就叫我，我随时过来帮你点菜。"说完，关上门就出去了。

她这么一说，还真把我的饿虫给激活了。我太饿了，如果当时有一把生米，我都敢直接放在嘴里吃了。最终还是饥饿战胜了理智，我决定赌一把，如果服务员再进来，不管多贵，我也要点餐吃饭；如果她不再过来，那么今晚就没有吃饭的命了。

虽说是想赌一把，内心还是希望服务员能过来。我在矛盾中挣扎着、等待着，我的饥饿感就像一头饿疯了的狮子一样，等待着服务员的敲门。在一个小时之后，终于等到了敲门的声音，服务员又出现在我的面前，手里还是拿着菜单，依然客客气气，笑容可掬。还没等她问我饿了吗，我就抢过菜单，把最便宜的两个菜都点了，一个是西红柿炒鸡蛋，另一个就是萝卜汤，外加两碗米饭。其实我真想吃鱼香肉丝，可是价格太贵了。

我敢说这是我一生中吃到的最香、最美的一顿饭了。谁要是说火车上的饭不好吃，我一定跟他急，那不是饭的问题，而是饿的程度不够。

服务员进来收餐具，看到我吃得那么干净，一粒米饭都没有剩，感到有点儿惊讶。有了两碗米饭垫底，我说话气也粗了："服务员，我要买单，给我算算多少钱？"

服务员冲我微微一笑说："我们列车长已经关照我们了，您所有的餐费都不收钱。"

"呵呵……"我摇了摇头，苦笑了一声，像是后悔，又像是嘲弄自己。我终于明白列车服务员为什么如此关照，一次次地进来嘘寒问暖。为了不掉面子，我还是装出一副一本正经的样子："是吗？你们列车长太客气了。"

"是的。他说您是他的老师，所以非常重视您的到来。"我看了看她，感觉她年龄比我还要大，居然还总是称呼我"您，您"的。

她接着说："列车长还特意吩咐，软卧车厢如果不拥挤的话，就不要安排其他乘客进您的包间。"

我又一次被惊到了："那人家已经订了这个包厢的车票怎么办？"

"列车长吩咐我们调到其他包厢了。"我说怎么一路上没有人进我这个包厢呢，原来是列车长的特意安排。

之后，这个列车长学生再也没有联系过我，但是他一定知道我这一辈子都记得他。

回到大学，我找成教院的院长说明了为什么要买软卧车票，我真没想到他那么爽快地就答应了。他拍着我的肩膀说："小金也是很辛苦的，你的费用，哪怕是机票也一定给报销的。"也许我上辈子积了德，好人好事都让我摊上了。

四、全国首批 MBA 工商管理硕士项目

又过了一段时间，我们大学在全国率先开拓国际视野，成为首批和国外大学合作的先驱，其中一个项目就是和加拿大麦吉尔大学联合推出了 MBA 试点项目。当时 MBA 在全国鲜有人知，后来大家才知道就是工商管理硕士学位。现在看来，我们大学还是有先见之明的，至少当时在这个领域是领先清华大学的。由于是首次举办，所有学员就是从我们这些青年教师和本科学生中筛选，全校名额也只有十几个，我都不知道自己怎么就稀里糊涂地进入了这个项目。

由于 MBA 在中国属于新的专业，国内能胜任的教师基本找不到，整个项目的教师只能全部由麦吉尔大学派遣。派来的几位教师差不多都是印度籍的加拿大人，他们主要教授西方管理会计、财务会计、管理信息系统和人力资源管理等课程。刚开始学起来还是很有困难的，虽然英语水平说得过去，可是一看到每一门课都要阅读三百多页的原文教科书，我的弱点一下子就暴露出来了。这不像读小说，可以跟着情节走，它需要每一段的意思都要弄懂。如果你每一部分都要搞懂，那么阅读速度就要下降了。这几个印巴教师也真够狠的，每天都要让

我们阅读几十页。我最不喜欢学的就是《西方财务会计》，各种记账法将我搞得晕头转向的。我头脑简单，直来直去，学习带有逻辑性的数学还可以，可是财务会计却一直没有搞明白。再有就是这几个印巴教师的口音特别重，说话的时候好像嘴里含了一块热白薯，"咕噜咕噜"的真不知道在说什么，有时候还吃音，"t"和"th"永远都是发"te"的音。即使这样，班里的那几个选拔上来的本科生每次作业成绩都是全班前几名，弄得我们这些当教师的都觉得汗颜。

为了让他们这些外教在中国教学的同时也能体验中国的文化和文明，外事办公室每个周末都会组织他们到北京周边的风景名胜旅游。而学校又不能抽出人员来陪他们，也许是我较好说话，人长得又面善，外办负责人就找到了我。其实我是很乐意干这种事情的，陪同他们去旅游，既能玩儿还可以练习英语。

根据学校的安排，我带他们去了不少地方，像故宫、长城、颐和园都是必去的。时间长了，我们就混熟了，我也搞清楚了两个教授的来历，一个是印度籍的，另一个是巴基斯坦籍的。那位印度籍的教授大约50岁，个子不高，微胖，说话口气生硬，在我看来有些傲慢。他最得意的就是他的夫人，经常和我提起她，而且不止一次地说他的老婆是加拿大白种人。我从不搞种族歧视，对待各种肤色的人种都是一视同仁。那时候印度的电影在中国很火，一个有说有唱的电影《拉兹之歌》就征服了半个中国。印度人确实也有理由看不起中国，20世纪80年代初，我们的国力还不如印度。我还在上学的时候，学校把财政部的王部长请来做报告，介绍了当时的国情和国力，全国的国民生产总值才只有500亿元，而现在一个县的国民生产总值就可以超过千亿元了。

但是每次看到他伸出来的黑黑的毛茸茸的手，我心中还是有一种莫名的优越感。虽然他把白人抬得很高，觉得找到了加拿大白人老婆好像就了不起了，在我看来他就是种族歧视者，首先他看不起自己的种族，觉得白人天生优于他们，其次他看不起中国人，心里认为中国穷，中国人低于印度人。

有一次，我和他聊起了种族的事情，因为我不明白印度、巴基斯坦是不是也是黑种人，我看到他们的肤色和黑种人差不了多少，于是就问他是不是也属于黑人："Are you black people too？"

他听见我这么说，立即急了，嘴上的一撮八字胡都跟着竖了起来："No！You are absolutely wrong.We are not black." 他反驳说他不是，我的想法是绝对错误的。

他接着说，种族可以分以下几种，即白种人、红种人、黄种人、黑种人。除了白种人以外，其他的种族都可以称为 "Coloured People"，也就是有色人种。和白人最接近的人种就是红色人种，因为他们的骨骼等是最相似的。

最后他强调："We are red people."（我们是红种人）

他说的也许有一定的道理，不过我还是接受不了他那黑黑的手和毛茸茸的胳膊。在我看来，他们就是黑种人。

有一次，他把他老婆的照片给我看，以前都是夸她如何漂亮，肤色如何白净，我接触的外国美女不多，以为所有的白人女人都和电影里面的一样，像饰演《苔丝》中主人公的金斯基一样美丽，像费雯丽一样漂亮。当我看到他夫人的照片之后，完全把我对西方女性的印象给颠覆了。对我来讲，他的夫人是一个年过半百的老太太，身材臃肿，头发稀疏，一脸的横肉，看起来很凶。我心想，就这么一个丑老太太还敢拿出来吹嘘，也许是他们感情很深，"情人眼里出西施"这句话也适用于外国人吧。但是更多的还是觉得自己找了一个白人便有了骄傲感。

由于和我熟悉了，他就让我帮他做一些事情。有一次，他让我帮他做一个关于中国消费者行为的调查问卷，一共 500 份，每一份有十几页，而且要求我在一周内完成。起初我的警惕性很高，如果我做了，是否会被认为是为国外收集情报呢？我赶紧问了一下外办的工作人员，他们说这个应该是作为学术研究用的，又是关于买卖行为方面的，应该没有问题。我就把这差事接了，可是我还是有点儿不放心——中国的东西还是别让外国人知道得太多。我发动亲朋好友填了大概 100 份，剩余的 300 多份怎么也找不到人帮助填写了。在截止日期的前一天晚上，我决定自己填写，就找了一个朋友帮忙。300 多份真不是一个小数目，如果一份最快用时 2 分钟，一个小时最多也就能填写 30 份。300 多份就意味着需要十几个小时。我们两个就把剩下的调查问卷平分，晚饭随便吃了一些就开始挑灯夜战，一直填到凌晨 4 点才填完。

次日早上，我把这已经完成的 500 份调查问卷正式交给了这个外教老师，他大致翻了一下，点头称赞："Very good. Well done！"他要带回国，再找专门的人做进一步的统计分析。我没想到这么一个问卷还要带回加拿大分析，我真想告诉他，大部分数据都是我和我的朋友主观杜撰的。基本数据都不对，做出的分析能正确吗？

我正要转身离开他的房间的时候，他突然叫住了我："Wait！"我心一哆嗦，难道他发现这是假的问卷了？

只见他从抽屉里拿出一个牛皮纸信封递给我："这是给你的报酬，每份一元，500 份就是 500 元。"

"啊！"居然还有报酬，这是天大的好事。可是转念一想，我提供给他的这些数据多半是我们瞎填用来糊弄他的，不准确。如果收了他的钱，我的良心怎么能过得去？然而，事到如今，也只能将错就错了。说不定是好事呢，万一他们是经济间谍怎么办？这么一想，我的心里就平衡了。

后来，我还帮他做了不少事情，最夸张的就是他让我给我们 MBA

的同班同学批改作业。一开始,我真的不愿意帮他。我们班里的同学基本都是大学的精英,个个智商了得。如果把 MBA 班里的智商排名,说实在的,我是垫底的。但是我有一个最大的优点,那就是情商还可以。我很尊重我的授课教师,而且嘴甜,不管在哪儿,只要遇到教过我的教师,我都会毕恭毕敬地打个招呼。

由于我经常陪同他们出去旅游,他们也就没有把我当成学生。有时候收回来的作业太多的时候,就把标准答案和作业分给我一些,让我给同班同学批改作业。我也乐意批改,除了能知道班里同学的水平之外,还可以得到外教给的报酬,批改一份作业可以得到一元的报酬。这件事我从来没有和任何人提起过,当年同班出来的那批学生,现在基本上都成了国家的栋梁,可是他们一直都不知道,那个时候他们的作业都是我照葫芦画瓢批改的。这也成了我一直不敢说出来的秘密。

五、久旱逢甘霖

我们的大学是一所受政治和政策影响很大的大学，在国家战时需要的时候，它的作用和名声甚至可以超过北大、清华。进入和平年代和阶级斗争的年代，它存在的意义就不大了，甚至可以直接解散。20世纪70年代末，政策得到落实，我们的大学也恢复了正常。大学能够生存实属不易，每年的校庆都很隆重。大学逐渐和国外接轨，不管在办学内容上，还是外观上都强调保持一致。从外观上，大学特别注意校园的绿化，因为国外的大学都有大片大片的草坪，而学生们可以在草坪上休息、看书，一派洋气。可以说在那个时候，中国百分之九十九的大学都不种植草坪的。

这一年的校庆，学校要大搞一次，据说国家领导人可能会出席。大家集思广益，要把校园环境建设得更美丽。有人就提议种植草坪。但是由于学校对于种植草坪没有经验，购买和维护又非常昂贵，种草坪的意见就被否了。不过，大学的一些领导不愧是参加过早期革命的，一直保持着延安的优良传统，于是就提出了在校园种植麦子的建议。这个主意后来还真的被采纳了，秋天播种，次年的三月麦子开始发芽，四月整个校园前面绿油油的一大片，的确美化了校园，校庆活动也就在这个时段举行了。

那个时候，信息流通很慢，对国外大学的认识也只是看看画报。看到国外大学的校园如此美丽，学生和老师们真心希望自己的大学也能如此。有一天我路过前面的操场，看到整个操场都被绿色所覆盖，虽然知道这是麦子，但是心里还是很自豪的，毕竟我的大学也有成片的"草坪"了，哪怕是麦子，哪怕是暂时的。看到了绿色，心情也超好，我忽然觉得好像有什么喜事要降临到我头上了。

我回到宿舍刚坐下，就有人敲门。我开门一看，原来是一名外办副主任。她怎么突然来找我了，是不是又要让我陪同外教出去呢？

"主任，您怎么能亲临寒舍？"这位副主任是一位女士，陪同外教的事基本都是她安排我做的，时间长了，就和她很熟悉了，说话也比较随意。可是，这次她是第一次来这里找我，弄得我一头雾水。

"小金，长话短说。我这里有一个去英国留学的机会，你想去吗？"她很认真地问我，我估计这次是真的了。不过，我心中的留学国家一直是美国和加拿大，考试也是一直准备的托福和GRE，她这么一问，我还真的有点儿犹豫。

她看我有点儿犹豫，就说："我们大学这次就一个名额，还是去英国直接读博士的。你为外办做了很多事，所以我谁都没有说，就直接找你了。"

这么好的机会我怎么能拒绝呢？但是我还是担心是否会被别人顶替，因为这次就一个读博士的名额，还要通过教研室、学院、大学三层的同意，任何一个环节都有可能出现差错。

有了前两次的经历，我这次平静了很多："这个还要经过教研室、我们学院和大学的同意吧？"我接着说，"万一……"

我想说万一再被别人顶替了呢。主任明白了我的意思，她说："这次你放心。我们外办可以代表学校，直接把你的名字报到教委。然后我们直接给你们教研室和学院下发通知，按照大学的要求，抽调你代表大学去公派留学。这就可以把你们系和学院直接 pass 了。"

她这么一说，我心里就有底了，一直平静的心情也开始激动了。我突然不知道该干什么了，语无伦次地问她："什么时候出去？下一步怎么办？出国学什么？"

"具体的文件还没有下来，初步确定，你们要先去上海外国语学院（现在已经改为上海外国语大学）进修英语，然后在明年 9 月出国留学。"她已经把整个过程都安排得很好了，这次我相信不会再有什么变故了。

我突然觉得我面前的这位主任就是我的恩人，她给我的这个机会也许会改变我的一生。如果没有这次机会，我可能会去美国、加拿大留学，或者仍然在大学当教师，干一辈子，混到教授、博士生导师，或者已经跳出大学，进入公务员的队伍，走上仕途之路。

我不记得是否对她说过什么感谢的话，只记得后来还找她办过一次出国手续，以后就再也没有见过她了，直到现在。

临行前，我去系里、院里还有教研室和领导同事们告别。大家都觉得太突然了，一点儿前兆都没有。院领导握着我的手，语重心长地说："这次大学直接选拔你去英国读博士，说明你很优秀。你一定要认真学习，给我们院里争光。"我点头应允，内心却想：我真不优秀，如果通过公开或者不公开的选拔，估计我还要等上几年的。

六、他乡遇故知

暑假过后，我就买了车票直接去了上海。上海一直都是中国纳税最高的城市，为国家经济和社会的发展做出了巨大的贡献，也许是因为积累和消费的比例关系一直没有处理好，那个时候上海市自身的建设和发展严重透支，市政建设和公共服务设施都很差。

利用业余时间，我走访了上海的几家亲戚，他们都很热情，还坚持要我留宿一晚。老上海人非常守旧，不愿变化，每家都没有厕所，如厕时只需要把帘子一拉即可。这样的好处是可以节约空间。上海人非常勤奋，多刷几次马桶是可以的，只要能节约钱和空间就行。我是不习惯在卧室里面如厕的，小便还能凑合，大便就只能去外面的公共厕所了。每天早上天刚蒙蒙亮，朝霞透过晨雾射入弄堂小巷，整个上海就像一个安静的少女静静地躺在大地上等待唤醒。最初，远处可以听到几声"唰唰"的声音，把寂静了一整夜的"少女之城"唤醒；再过一会儿，声音就多了起来，有大有小，有高有低，有粗有细，错落有致，后来就演变成了一首首刷马桶交响曲，在大街小巷中回荡。

我们公派留学的培训基地就选在了上海外国语大学。这所学校当时还是一所学院的时候，名声不大，校园也很紧凑。教学楼和宿舍楼都不是很多，学生食堂也只有一个，是一幢二层小楼。由于学校不大，教学区和生活区分得很清楚，学生基本是三点一线地活动。要说多了点什么的话，那就是附近有一个开水房，每天午饭和晚饭后学生都提着暖瓶排队打水。这个学校不像我们的大学，每天吃饭的时候大喇叭一个劲儿地广播和播放音乐，它总是静静地挂在树上，不到特别急的时候是从来不出声的。然而午饭和晚饭的时候，学生都急匆匆地在宿舍、餐厅、水房之间穿梭，五花八门的脚步声盖过了所有的声响，以至于那种特殊的"嚓嚓嚓"的上外脚步声依然熟于耳鼓。

这次从全国选拔前来参加出国强化培训的学员一共有 120 余人，分为 12 个小班级。学员来自各省市的科研所和高校。我们班 10 余人分别来自西安、武汉、厦门、长沙、南昌等地，英语水平参差不齐。经过入学考试，我的英语成绩在班里名列前茅。培训一个月之后，老师就要求每个学员去讲台上做宣讲，不少同学磕磕巴巴地连一整句英文都说不好的时候，我已经可以很从容地用英语介绍我们的专业了。

我的英语宣讲题目是《中国经济布局的几种模式》，我居然用英语又讲又画，从所谓的"弓箭式布局"到"阶梯式布局"，一口气讲了 20 分钟。所谓"弓箭式布局"就是把中国东部沿海地区看成一张弓，西部的成都和重庆等就是箭尾，长江就是这根箭，上海、"苏、锡、常"（苏州、无锡、常州）就是箭头，这张弓拉得越长，就越能带动整个中国的经济。而"阶梯式布局"就是把全国看成一盘棋，东部是一个阶梯，中部是一个阶梯，西部是一个阶梯，东部可以把技术和服务转到中部和西部，这就可以带动落后地区的发展。我讲得正投入，由于超时太多就被老师叫住了，否则还真的停不下来了。那个时候年轻人不怕犯错误，根本不知道什么是天高地厚，现在想起来都不知道当时哪里来的勇气。

英语学习真的难倒了不少南方学员，他们的普通话说起来本来就很费劲儿了，还要赶鸭子上架，逼着他们说英语，这也闹出了不少笑话。有一次上课，外教让我们每两个人组成一个小组，练习英语句型对话。而她自己则是走到每一组听听对话，如果有问题就及时纠正。

这个外教英文名字好像叫 Linda，她来自英国的约克夏地区，胖胖的，每到课间休息，都不会忘记拿上她的包包出去吸几口烟。我对女人抽烟很不理解，也许是因为小时候受母亲的影响比较大。母亲是基督徒，从来不吸烟，更不允许我们吸烟。当看到 Linda 抽烟的时候，不自觉地就把她列入"不正经"女人之列了。我更不理解的是她为什么每次出去都要带上她的包包，哪怕出去两分钟也要带上，难道怕我们偷你的包包不成？

Linda 讲课还是比较认真的，可是脾气也大，她上课需要绝对的权威，不允许我们在底下干自己的事情或者窃窃私语。

她看到我和一个来自国防科技大学的女学员口语句型练习得不错，满意地点点头，就去看别的小组练习了。我和这个女学员接着练习对话，突然听见 Linda 大喊一声，把我吓了一跳，原来她正对一组南方学员吼呢。

"What are you doing？！ This is class！"她对那一组学员说。（你们两个干什么呢？这是在上课呢。）

那两个学员看到 Linda 发那么大的火，一脸的惊慌，不知道究竟发生了什么事情。

Linda 接着说："In class，you must stop talking Chinese. English only！"（在课堂上，绝对不能说中文。只能说英语！）

这两个学员中，一个好像姓柯，来自江西，那时候金庸的武打小说风靡全国，我们就叫他"柯大侠"，他普通话说得非常费劲儿，"LAN"和"NAN"是不会分的。有一次，老师上课问他要什么颜色的笔，他就说：我要男的。其实他是想说：我要蓝的。

柯大侠的小组练习伙伴是一个非常娇小的福建女生，说话声音很小、很轻，和她说话，需要集中百分之二百的注意力或者凑到她面前才能听清。

他们两个知道 Linda 生气的原因之后感觉很尴尬，因为他们刚才一直都在练习英语口语，但是说英语的时候口音太重，以至于 Linda 以为他们一直在用中文聊天呢。

这个来自福建的女生站起来说："We have been speaking English."

由于她声音太小，Linda 只能凑过去仔细听。这位女生反而更紧张了，磕磕巴巴说了好几遍 Linda 才听懂了。

Linda 还是将信将疑，就说："OK. Ke，can you make a sentence by using 'by no means'？" Linda 的意思是说："那好吧。柯，你就用 'by no means'（绝不）造一个句子吧。"

柯大侠站了起来，大声地说："英格里希 以西 白闹明细 安 一级 英格里希。"

他说的时候，全班鸦雀无声，等到他说完了之后，全班哄堂大笑。说实在的，我们真没有听懂他在说什么，对于一个中文一点都不懂的外教，她肯定以为柯大侠在说中文呢。

奇怪的是，这次 Linda 居然听懂了，她也禁不住大笑起来说："Good, I know you tried to say 'English is by no means an easy language'."

Linda 说："不错，我知道你想说 '英语绝对不是一门容易的语言'。"

上海的冬天湿冷湿冷的，这令来自北方的学员非常不适应。而上海冬天还没有暖气，在房间里面根本待不住。于是，我们就想出了两个办法，一个是用热水泡脚，每天临睡觉前就去水房提几瓶开水，把脚泡得暖暖的再上床睡觉。我睡的是上铺，一上去就懒得下来了，我从图书馆借了两本小说，一本是《If tomorrow comes》（假如明天来

临)，另外一本是《Stranger in the Mirror》(镜中怪人)。这两本书的场景描写精彩，情节逻辑性强，引人入胜，令我爱不释手。读的时候我可以达到废寝忘食的地步，寒冷早已置于身外，是这两本书陪我度过了难熬的冬季。

我下铺住的是一位来自西安一所名校的老师，他也有他抗寒的高招。每次他泡脚的时候，都用陕西话讲各种段子，逗得我们大家前仰后合，也就忘记了寒冷和时间。他说他和老婆之间感情不好，一旦他出国就会找一个老外，然后再和自己的老婆离婚。我们都以为他是说着玩儿的，后来听说他到了英国后就找了一个日本留学生结婚了，把自己的结发之妻抛弃了。

我们还有一种抗寒的方法就是去跳交谊舞。上海外国语学院是性比例严重失调的学校，估计男生连十分之一都不到。而我们出国强化班的学员也是性别比例严重失调的，只不过正好相反，女生不足十分之一。每次大学举办交谊舞会，我们这些学员就成了宝贝。

我应该感谢那位教我跳舞的大哥，上海和南方的交谊舞会都很单调，他们只会两种舞，一种就是"迪斯科舞"，另一种就是"两步舞"。我的到来把整个舞场水平提高了一个档次，我把我会的交谊舞，例如平四、六步帕斯、探戈、快三等毫无保留地教给了上外的女生，她们也就自然而然地成为我的舞伴，每次去跳舞的时候，她们也不约而同一起过去。跳舞的时候，居然有二十几个女生等我邀请她们跳舞，真不知道邀请谁更好。

半年的时间就在学习和生活不断的交替中快速地过去了。转眼到了考试和申请大学的时候。也就是在那个时候，我第一次听说了雅思考试，不过当时还没有中文名字，英文名称也不太一样，前面并没有"international"，全称就是"English Language Test System"，内容也不太一样，考试有"Study Skill"一项，而现在的 IELTS 考试已经没有了这项。

　　由于是第一次参加这种考试，又是在学校里进行的，我在思想上就没有充分的重视，更没有进行过任何针对性的训练。考试的最后一天，考的是口语，我居然还和考官聊起了天，我问他在英国是否可以打工，是否学位很难通过等，他居然一一地回答我了。后来我和别的同学说起这事儿，他们都不相信。

　　Linda 是来自约克夏的，我们申请大学受她的影响非常大。她经常说利兹大学非常好，谢菲尔德大学也不错，并强调这些大学所在城市的生活消费都很低。我听了她的建议，申请了利物浦大学、利兹大学、剑桥大学。利物浦大学和利兹大学很快就给了无条件录取的答复，而剑桥大学还需要补充资料。由于利兹大学也是世界著名学府，生活费用又便宜，我就毅然决然地选择了利兹大学。而这一个选择，使利兹大学就像一个印章一样，在我的生命中留下了永久的烙印。

第二章
初到英国

A Journey of a Thousand
miles begins with a single step.
千里之行，始于足下。

——老子

一、一场虚惊

南宋的洪迈曾在《得意失意诗》中写到了人生的"四大喜剧"：久旱逢甘霖，他乡遇故知；洞房花烛夜，金榜题名时。那年可能是我一生中最幸运的一年，经过漫长的等待，终于获得了公派出国的机会。后来到了英国，又得到很多前辈们的帮助，也算是"他乡遇故知"了。那年我也解决了单身问题，还获得了英国利兹大学攻读博士学位的录取通知书，人生的四大喜事我都占全了。

公派留学的最大好处是所有的出国手续基本都不用自己操心，从申请大学到办理签证、购买机票都有专人办理。距离出国的日期越来越近了，在上海同一期培训的同学都陆续拿到了签证，确定了出国日期，只有我和少数同学没有得到签证的消息。于是，我就给当时负责公派项目的英国使馆的麦克打了一个电话，那是我第一次给外国人打电话。

我告诉他我的名字和其他一些情况，他让我等一会儿，他去查一下。过了两三分钟，他回复说："I am sorry. I cannot find your profile." 他说他没有找到我的资料。

我一下子就傻了，都到这个份上了，不会再出现什么变故吧？"Can you please check my information again？"我请他重新找一下，他说好的。

不一会儿，他说还是没有找到。我的脑袋"嗡"的一下，一片空白。我几乎用哀求的口气问他："Could you please check it again？Please！ There must be something wrong."

他让我不要着急，让我再把名字说一下。我就重新说了。

"Can you spell your surname？"他让我把我的姓（金）重新拼读一下。

"JIN，J-I-N。"我告诉他是JIN。但是我的发音有问题，"J"和"G"基本读的是一样的。

为了确定我读的到底是"J"还是"G"，麦克又问："Is J for John, or G for Game？"麦克想问我是约翰的J还是游戏的G，因为在英文里QIN才能发出"金"的音，而JIN可能会发出"银"的音。

我告诉他是约翰的J，而不是Game的G。他终于明白了："I see. I thought it was GIN."他把我的姓写成"GIN"了。都怪我学艺不精，发音这么不准，才闹出了这样的笑话，虚惊一场。

按着我正确的名字，我的资料很快被调了出来。他说我的签证还要等一段时间。我想知道为什么很多同学已经拿到了签证，有的甚至机票都拿到了。

麦克说，英国大学就是这样的。如果你的英语成绩不够格，那就需要先去英国读语言。差得不多就先去读2~4周，差得多一些的就要读4~12周。但是如果差得太大了，可能就不能去了。英国把这个开学前的英语课程叫作"Pre-sessional programme"。这个录取体系很合理，不会因为你语言的问题就把你排除在大学之外。

我很感谢麦克，那天要不是他耐心地帮我解决问题，我可能还要焦虑好几天呢。后来他去了剑桥考试中心，目前已经是那里的总负责人了。

我们同一个培训班的柯大侠还有那个福建女生好像英语成绩不足，就都先过去了。而我们英语稍微好一点儿的只能在临近开学的时候才能去。

没过多长时间，我终于拿到了去英国的学习签证和机票。走之前，家里和学校还有很多事情需要处理，可是机会难得，开学日期又不能错过，我还是选择了割舍。在机场与家人和前来送行的朋友难舍难分地告别，很有可能一年甚至三年都不能回来，而对英国的了解就是一个"0"，大有"西出阳关无故人"的感觉。但是我还是把对家人和朋友的眷恋藏在心里，收起眼泪，走进关卡，没有再回头。

这是我第一次出国，也是第一次乘坐大飞机。让我没有想到的是飞机上还提供三餐，更没有想到的是餐盒那么精美。餐盒是用塑料压制而成，底下是咖啡色的，分为几个小段，用来装主食、凉菜等，上面的盖子是透明的硬塑料制成的。这也是我第一次见到那么精美的餐盒。早餐还提供用袖珍小瓶子装的果酱，甚是可爱。20世纪80年代距离现在虽然只有30多年，可是那个时候我们国家工业基础还非常薄弱，这些看似简单的餐盒和袖珍小瓶子，我们是生产不出来的。尤其是可口可乐的罐子，需要比较精密的锻造和模压技术，可是我们没有相应的设备，这些罐子我们都要进口的。

由于产品稀缺，人们对国外来的东西和我们做不出来的产品就格外珍惜。当时飞机上的餐盒和用具是需要收回的，但是很多人都会趁着空乘不注意的时候默默地把餐盒收起来。我没有收起餐盘，却把精美的袖珍果酱小瓶子收到自己的兜里，心想：如果自己的家人也能和我一起分享就好了。

30年前，从中国到英国是没有直航的，飞机需要先在中东的沙迦停留几个小时，才能再飞往英国伦敦。出国前东拼西凑了 80 美金，这次出国全都带上了。在世界航空都不发达的年代，很多国家还没有机场，能作为国际中转的机场更是不多，而沙迦就是其中一个。那时，中东石油国家处于历史上最幸福的时代，全世界的石油都依赖于中东这些国家。毫不夸张地说，他们躺着就把钱赚了，个个富得流油。阿联酋就是最有钱的国家之一，那时的沙迦机场是该国最大的机场，同时为很多国家的航班提供中转服务。众多的国内外游客也刺激了商业的发展，沙迦机场开辟了很多免税商店，在那里可以买到很多中国买不到的东西，特别是在国内买电视机还处于用票排队的时期，沙迦早已经什么都能买到了。

在国内学英语，录音机是必不可少的。我一直用朋友从蛇口带回来的一个和"砖头"差不多大小的卡式录音机，它就像一块砖头，需要放平着使用。在练习听力的时候，需要反复地听一个听不清楚的句子或者单词，这时候就要不停地倒回去，再放，再倒回去，再播放，直到听明白为止。几年下来，录音机的按钮早已经被我按坏了。从知道要出国的那一刻起，我就决定要在国外买一个新的了。

飞机在沙迦转机的时候，我来到了一家电器商店，找到了我梦寐以求的一款录音机，它是黑色立式的，有收音机和卡式录放的功能，价格只有三十多美金。我毫不犹豫地买了下来，后来它一直陪伴了我七八年。

二、伦敦"51 号兵站"

凡是从事教育工作而又在早期去过英国的人，都不会忘记使馆教育处的一栋房产，它位于伦敦西面的 West Ealing，是一个拥有百年历史的两层别墅。它后面有一个足有几亩地的花园，多少给这座古老的建筑添了几分生机。

使馆教育处对此栋房产也进行了简单的装修和改造，一间房子里面摆上几张上下床，足可以住上十几个人。改造的目的主要用它来接待国内的访问团体和公派留学生，因此它是很多人来英国的第一站。由于是该街道的第 51 号，而当时有部电影正好叫作《51 号兵站》，所以大家在私底下都称它为伦敦"51 号兵站"。

出国前我们就已经知道了这个所谓的"51 号兵站"，我们公派留学生的第一站必须要到这里报到，同时领取在英国的生活费。如果你不去报到，那就没有生活费，在英国就寸步难行。

我第一次出远门，是家里给我准备的行李，为了怕我饿着冻着，快把半个家的东西都拿上了。那个时候羽绒被刚开始流行，于是就把厚厚的羽绒被打进了行李，就连牙膏、牙刷、拖鞋、袜子都一应俱全。

家里有一些肉干一直没有舍得吃，索性也带了过来。我背了一个重重的双肩背包，一只手拖着一个大行李箱，另一只手还提了一个旅行包，当我正要走出海关关口的时候，站在关口的几名工作人员看见我大包小包地走出来，就叫住了我。

"请你打开行李箱！"一个女警察让我打开行李箱。

第一次出国，我还真没有听说要打开行李箱检查的。所以就犹豫着没有动。"Please open your luggage！"那个女警察看我原地不动，就提高声音，命令我打开检查。

一看这架势，好像要玩真的了，我赶紧打开了行李箱。女警察翻了一下，看到的都是被褥、衣服、袜子，也就没有再仔细查。我正要盖上箱子盖的时候，她居然发现了我的肉干，便问我这是什么。我只能如实回答。

"肉制品是不能入境的。我们必须帮你处理掉。"她一本正经地对我说。

我一听说要把肉干扔了就有点儿急了，这个是我们家省吃俭用才带给我的。当时我也有点饿了，就问她："我能把它吃了吗？"我想我吃了还不行吗？

结果那个一脸横肉的女警察坚持说吃了也不行。无奈我就把肉干交给了她，她才放我过来。我曾经怀疑过是不是他们会拿回去自己吃，但是不少人告诉我，英国政府官员很廉洁，一般不会干这种事情的。

出了海关检查的大门就算真正进入英国了。这个大门很重，下面一半还是用铁皮包着的。它是自动的，人只要走到跟前，这个重重的大门就会自动打开，当时看到这么先进的技术，我无比羡慕。

我怀着激动的心情迈出了这扇大门，从此就正式进入了英国。外面有不少华人的面孔都在等待着接客人。这些华人看到我走出来，都很友善，有的还冲我点头。有的问我是不是乘国航过来的，以确认他们要接的朋友是否也已经到达。可能那个年代在英国的华人比较少，好不容易见到一个华人面孔都会很亲热。

我并没有被这么多接站的华人所打动，因为我知道我来这里，除了知道我要去"51号兵站"报到会有人接待我以外，在英国就不再有任何熟人了。自从踏上这片英国的土地，我就要丢掉一切幻想，所有的事情都需要自己来完成了。

如何去"51号兵站"呢？我查了一下，先要乘蓝线地铁去 Ealing Broadway，然后再换车去 West Ealing。一切都很顺利，我坐上了蓝线地铁，之后又换乘去 West Ealing 的车。那天我才知道地铁是可以在地上走的。英国伦敦的地铁是世界上最早的地铁，虽然目前略显落后，可是它却为世界各国提供了宝贵的经验和技术。地铁为什么不能从地上走？在适合地上行驶的地方就建地上铁，在适合地下行驶的地方就建地下铁，因地制宜，这样不仅可以节约很多建设成本，还可以方便乘客。

去 West Ealing 的不是地铁而是一个小火车，我上去之后看见列车员怎么都是黑人或者印巴人，后来才慢慢懂得英国并不是一个全白人的国家。我问这个黑人去目的地还要几站，他说下一站就是，并要查我的车票，我就把地铁票递给他看了。

"No, it is a wrong ticket." 他说这个票是不对的，需要买一张新的。

我真以为这张票是通用的呢，就和他说了。他看我也快到站了，又不是故意的，就让我下次注意。让我突然间对英国产生了好感，这应该是一个讲人性的国家。

三、臭豆腐熏晕了英国的警犬

　　下了小火车，拖着行李走了有一里路，终于到达了传说中的"51号兵站"。一走进小院就闻到了一股菜香的味道，虽然仅仅离开中国一天多，这熟悉的味道还是令我觉得久违了。

　　走进客厅，已经有不少同胞在这儿了。他们有的在看书，有的在下棋、打牌，这里不像一个外事机构，更像一个旅社。一个昨天刚到的同学把我带到办公室。办公室不大，昨天到的同学介绍说这是负责报到的老师，让我直接和他对接就可以了。

　　这个老师问了问我的情况，然后告诉我第一次可以领三个月的费用。但是会计要两天以后才能过来，这样我就需要在这里住两天。说完，他给了我一把钥匙，让我和刚才的那个同学住同一间宿舍。住宿费用是每天每个床位 5 英镑，到时候直接从生活费用中扣除，食堂提供一日三餐，也都不贵。想想在伦敦，一般的酒店最便宜的也要几十英镑，而这里才 5 英镑，简直太划算了。

　　我把东西放进了房间，正好也到晚饭时间了，就和昨天刚来的这位学生一起去吃晚餐。晚餐居然还有红烧排骨和清蒸鱼，这在国内也不能经常吃到呢。这个同学姓王，由于年龄比我大七八岁，他就让我叫他老王。他是山东即墨人，但是并不像我们印象中的山东人那样又高又壮。他说话的时候口音比较重，我问他为什么不说普通话，他说已经改不过来了。他介绍自己的时候，说自己是山东"即密"人，我说我怎么从来没有听说这个地方呢。他就写出来给我看。

"这不明明是即墨吗，为什么你读成即密？"我问他。

他憨憨地笑了笑说："俺也不知道为啥。有的人说以前即墨也称为即墨（Mo）邑（Yi），两个字念快了就成了MI。即墨邑也就成了'即密'了。"

他说话的时候一股海蛎子味，听起来很搞笑。

经过路上的折腾，吃完晚饭没有多久就有了困意，开始我和老王还东拉西扯，后来我真的困得不行了，他还和我说着话时，我就睡过去了。不知什么时候我醒了，这时候天已经亮了。我这一觉睡得死死的，甜甜的，我以为我已经睡了一个世纪，我赶紧看了看手表：怎么还不到5点！我也才睡了7个小时。我上了趟厕所，看看时间还早就躺下继续睡，可是却怎么也睡不着了。

英国和中国相差8个小时，伦敦早上6点的时候，北京已经下午2点了。你人虽然在伦敦，但是你的生物钟还停留在中国，你还是国内的习惯。这就需要慢慢地调整，这个调整的过程就是所谓的"倒时差"。那么伦敦为什么天亮得那么早呢？这就和伦敦所处的纬度有关系。如果我们仔细看一下，伦敦的纬度其实和我们国家最北端的漠河差不多，所以夏天天黑得晚，早上天亮得非常早。在6～7月份，一般早上4点多天，就亮了，如果再往北到英国的设特兰岛，天亮得会更早。到了冬季，英国也非常难过，如果天气不好，下午4点天就开始慢慢黑了，而早上9点天也才蒙蒙亮。

老王也是刚到英国，也需要倒时差。他经过我这么一折腾也睡不着了，我们大早起就开始聊上了。聊了一会儿，我们都感觉很饿，这是因为"时差"导致了"食差"，不该饿的时候反而饿了。"51 号兵站"的食堂开得很晚，怎么也要快 8 点才能开呢。

我和他说："老王，等等。我这儿有好吃的。"说着，起身去箱子里拿肉干。我一打开箱子就想起来入关的时候，我的肉干早就被英国海关给没收了。

"老王，你吃不成了。昨天入关的时候海关警察查到肉制品，就给没收了。我听说海关一般是不查验的，只是抽查而已。我也太倒霉了。"

我这么一说，老王来了精神了："你看看吧，咱两个就是有缘分。我的行李入关的时候也被查了。你说我们多倒霉呀。"

他说他特别爱吃花椒和辣椒，他太太就往他包里放了很多。不过他最爱吃的还是咸鱼和虾酱。如果在玉米馍馍上抹上虾酱，别提有多好吃了。可是出来之前，走得比较急，就忘了带虾酱和咸鱼了。

他提前一天到的北京，在一个北京老的商场里面，他突然发现了他非常爱吃的王致和臭豆腐。他特别喜欢在新蒸出来的大白面馒头上抹上臭豆腐，吃起来那叫香，别提多滋润了。他就买了两瓶，放进行李箱。很不巧的是，他在出关的时候也被英国警察抽查到了。

海关警察问他："这是什么东西？"

他回答："臭豆腐。"

警察又问："干什么用的？"

老王说："吃的。"

看着外表脏乎乎的东西，海关警察怎么也不相信这东西能吃，就说："那你把这东西给吃了。"

老王一想，我吃可以呀，但是你怎么也要给我一块馒头或者面包之类的，哪里有干吃臭豆腐的道理！

警察看他比较犹豫，就说："那你把它打开，我们先看看。"

于是，老王就小心翼翼地把盖子拧开并递到了警察的面前。警察凑近一闻，立即跳后三步，情不自禁地说道："Holy shit. What fucking hell is that？！"（天哪，这他妈的到底是什么东西？！）

接着，他牵来一只警犬，让警犬也来嗅一下。老王就把臭豆腐的瓶盖完全打开，让英国狗来嗅嗅。令人匪夷所思的是，臭豆腐居然把这只狗给熏晕了。警犬一下子躺在了地上。

看到这种情形，警察很不开心，就说："你不能把这玩意儿带进关，你就把它扔在这里吧。"无奈，老王只能把两瓶好不容易带来的王致和臭豆腐扔到了海关的违禁品的桶中。

老王很遗憾地重新把行李整理好，正要走开的时候，警察一只手捂着鼻子并挥着另一只手说："你还是把它带走吧！太臭了！"

他立即露出喜色，赶紧从桶里面翻出了属于自己的臭豆腐。

听老王描述得绘声绘色，我差点笑晕过去。

时间就在我们聊天中不知不觉过去了。吃完早餐，我问老王借了10英镑，准备去伦敦市区看看。

四、腐朽，太腐朽了

临出门前，我和教育处的老师打听好了去市区的线路，就开始上路了。他建议我花上 3 英镑就可以买一张全天都可以用的交通卡，即 One Day Travel Card. 有了这张卡，伦敦市中心所有的地铁线路和公交车都可以乘坐，也可以随时出站到上面的景点旅游，然后再乘地铁去其他地方。伦敦市区的地铁覆盖可以分为 6 个区域，全天交通卡覆盖的区域越多，价格就越高。

听了他的建议，我计划先去泰晤士河沿岸看看著名景点，再去看看鸽子广场，之后去唐人街。下午在晚饭前赶回来。

一切都很顺利，我按着伦敦地铁图，转乘了几次车，终于到了西敏寺地铁站。刚一出站，一条长长的河就呈现在我的面前，这一定就是世界闻名的泰晤士河了。出了地铁口，向右转走上台阶，一座高大的建筑矗立在了我的面前，这不就是久仰的大本钟吗！《三十九级台阶》的画面浮现眼前，不断地和现实中的实物进行叠合，即使它活生生地就在眼前，我依然觉得现在仿佛就在梦中。我走上大桥，扶着栏杆，环视周围，我的眼睛就像 360 度实景拍摄一样，从大本钟、国会大厦、伦敦桥等环绕一周。那个时候的泰晤士河还没有建千年眼摩天轮，那个时候的伦敦也不像现在游客人满为患。我伫立在伦敦桥上，以前小说里面的人物和场景一一跳了出来，从《远大前程》到《三十九级台阶》，从《雾都孤儿》到《魂断蓝桥》，从《百万英镑》到《傲慢与偏见》，从格里高利派克到天生丽质的费雯丽……我被英伦的名著所感动，被眼前的写实所冲击，我的眼睛情不自禁地湿润了。

我照着地图一路行走，从国会大厦出发，经过西敏寺大教堂到唐宁街 10 号的铁门，然后再从白金汉宫沿着圣詹姆斯皇家公园一直走到鸽子广场，就这样慢慢体验着英国的历史和辉煌。

中午的时候从国家艺术画廊出来又走到了莱斯特广场，到了以后才知道很多英国和好莱坞电影的首映式都在这里举行，就在这样一个方圆不到一公里的小地方就有五十多家电影院和各种规模的小剧场。

距离莱斯特广场不远的地方就是著名的中国城。那个时候整个伦敦中国城都是被香港和伦敦的各种势力所控制，整个唐人街上百家中国餐厅几乎没有一家是大陆人开办的。此时已经下午 3 点了，唐人街弥漫着诱人的中餐味道，再看看每个橱窗里面都挂着烤得焦黄冒着油的烧鸭，口水就已经流出来了。说出来不怕你笑话，我那个时候是不敢下馆子的，因为一顿简餐就能顶国内一个月的工资。但我真的不能抵御这来自整条街的饭香味，更抵不住橱窗烧鸭的色诱，赶紧走出唐人街，离开这个有强大诱惑的地方，到了一个没有香味没有色诱的地方。

旁边正好是一个小卖部，我走进去，里面卖不少吃的，有三明治、甜点、果汁等。我眼睛快速巡视一周，把每个食品上面的价格都折合成人民币，我相信当时我的计算速度肯定不亚于当时的 286 计算机。计算后的结果告诉我，每一种食品都要 20 元，超过国内五分之一的工资。而最便宜的就是一盒牛奶，折合人民币 5 元。买了牛奶以后，我走出商店，边走边喝，一直走到了一个很奇怪的地方。我走到了一个酒吧前面，发现里面和外面都站着不少英国人在一起喝酒，再仔细一看，好像一个女人都没有。难道英国女人比较传统，都在家做家务、看孩子吗？我正想着，突然看见两个大男人抱在了一起，一会儿又热烈地亲了起来。我突然想起来了，这一定就是外教说过的同性恋酒吧。看到他们两个大老爷们儿"咔嚓、咔嚓"地互相啃着，我恶心得差点儿把刚喝的牛奶都吐出来。我终于明白了什么叫腐朽的资本主义了，眼前就是活生生的教材。

"腐朽，太腐朽了。"此时，我看到一个男人还冲我笑，我自言自语地骂着腐朽的资本主义，就逃到了一个相对偏僻的地方。

我走到一个门前，看到了一个很摩登的女人在跳舞的照片，而这种照片在当时的中国是绝对看不到的。我就在门前多停留了一会儿，看看照片和上面写的什么字。字不大，我就又靠近看了看，上面写着"PEEP SHOW"，这到底是什么意思呢？我正琢磨着呢，一个很和蔼的英国大妈走了过来。她和我微笑着打着招呼，我看她人老面善，就谦虚地问她 PEEP SHOW 是什么意思。

她说："Is it your first time to see this？ It is wonderful." 她问我是第一次看这个吗？我说这是我第一次知道这个单词，当然是第一次了。她告诉我这个很有意思。

说着她就把我拉进了门厅，上面有一个小的窗口，窗口里面有一个挂着的窗帘遮挡着窗子。她指着旁边的一个小孔对我说，你只要放进去一英镑的硬币，里面的窗帘就会慢慢地落下来，你就可以看见非常精彩的东西了。

受好奇心的驱使，我还真想看看窗子里面到底是什么玩意儿。可是一想到一英镑就是人民币十几元，就立即打消了这个念头。

这位和善的英国大妈看我犹豫，就强调这是非常有意思的，我看了以后一定不后悔的。

看她这么真诚，我狠下心，不就是一英镑吗，今天我就看看这里面到底是什么了。说着我就要把钱投到小孔里面。

她一看我要投钱了，赶紧制止了我："Wait for a minute." 她说等一分钟，她先进去后我再投钱。我也不知道她在玩什么呢，反而觉得挺好玩的。

说完她就进去了。看她进去了，我就把钱投到了小孔里面。停了一会儿，窗帘还遮挡在那里一动不动。难道她是在骗我？我心里纳闷儿。她要真是骗了我一英镑，说实在的，在伦敦人生地不熟的，我也没有办法。

我正在想着，窗帘开始往上升了。你猜我看到什么了？我先是看到了白花花的大腿，一丝不挂。看到这儿，我的心都快跳出来了。当时没有镜子，如果有的话，我想我的脸一定比关公的还红。窗帘继续往上升，我又看见两个白白的乳房，它们已经不再挺拔，略显下垂。窗帘又往上升，我终于看见了一张脸，原来就是那位慈眉善目的英国大妈。我真的不忍心再看了，赶紧离开了。回去的路上，这位大妈的一切都在我的脑海里反复出现，挥之不去。从我看到她脸的那一刻，我就没有了任何邪念和好奇心，我一直在问自己："这就是腐朽的资本主义。她的孩子都去哪儿了？他们怎么能让一个年近半百的大妈靠出卖色相来生存？！"

"腐朽，太腐朽了。腐朽，太腐朽了……"那天，我一直念叨着这几个字。

五、林荫小路和公民维权

"51号兵站"是在一条名字叫"Drayton Green"的街道旁边。它的对面就是一个街心公园，公园的名字就叫作"Drayton Green Park"。旁边的居民可以在这里散步、骑行，带着孩子玩耍。在伦敦市区，每一个居民小区都会有一个相应的街心公园，它们既是居民的游乐场，也是灾难来临时候的避难所，同时，也起到了小区空气调节的作用。

我们中国人都有晚上吃完饭散步的习惯，我相信凡是在"51号兵站"住过的人，都应该在这个公园散过步。"51号兵站"住满的话，可以容纳几十人。每当在这里有什么集会的时候，晚饭之后，整个公园里都是中国人的身影。

我喜欢激烈的竞技运动，不太适合像老年人一样在公园里溜达的。可是老王就愿意散步，在"51号兵站"同住的这几天，他每天晚上都拉着我出去散步。

今天吃完饭又被他拉出来散步。公园中间有一条大约500米长的小路。8月底，英国已经进入初秋，落叶已基本把小路覆盖了，雨后的空气更加清新。路口还有一个标志，上面写着只允许行人和自行车行走。在深夜，偶尔会遇到骑车的警察在巡逻。

我们今晚出来得比较晚，公园里面很安静，基本没有什么人了。这个时候我看见前面有一个老人牵着两只狗也在散步，远处一个小伙子骑着车从他身边快速擦身经过。我并没有觉得有什么不正常的，但我们突然听到老人冲着那个骑车的小伙子大声喊："Hi，Stop！"

这个又高又壮的小伙子立即把车停了下来，回过身问道："怎么回事？"

我和老王看到这情景，都为老头捏了一把汗。按照国人的思维，这两个人可能要打起来或者吵起来，在这个小伙子面前，老人一定要吃亏了。

老人严厉地训斥道："你不知道要把你的车灯打开吗？"

原来英国法律规定，晚上不管是不是机动车，灯都要打开的。而这个小伙子骑着车，速度又快，对这里的行人就会造成威胁。我不知道国内是否有这样的规定，自行车晚上也要开灯。我想就是有规定的话，也没有人去管这些闲事。如果管了，搞不好还要挨骂甚至挨打。

没想到这个小伙子听了老人的训斥后，态度很好，接连说了好几声"Sorry"。他低着头，好像犯了什么大错一样。老头看了他一眼，没有再说什么，小伙子也就骑车走了。

这虽然是件小事，但是我很佩服英国公民的维权意识。英国的法律也是经过几百年的建设和完备才最终达到一定平衡的，大家终于明白了，如果所有的人都按这个规则办事，那么就会和平共处，相安无事。如果谁触犯了这个规则，谁就要受到惩罚，而这个惩罚的依据就是法律。因此，英国每个人除了尽量遵守这个法律以外，就是相互监督。

一个国家的法律必须是人人平等的法律，也必须是经过所有人真心认可的法律。除了要靠执法人员监督以外，人与人之间的相互监督似乎更重要。只有大家都遵守了这个生存规则，那么大的环境才能更好，每个人才能有相对舒适安全的生活环境。

初到英国只有两天，就遇见很多国内很难遇见的人和物以及事件。一想到将要去北方的利兹大学读四年的书，那将会是一种什么样的生活呢？

使馆负责留学生的会计终于来了，我领了三个月的生活费，拿了行李去了伦敦国王十字火车站。在那里买了一张单程车票，然后直奔利兹。

第三章
我的房东，我的钱

Take care of the pence and

the pound will take care of themselves.

金钱积少便成多。

一、我的房东阿明·穆罕默德

一大早，我从大使馆教育处的"51号兵站"出来，心情无比激动，那是因为我的兜里多了不同寻常的东西——教育处发的三个月生活费用，600英镑。按当时的汇率换算，这应该有人民币一万元了。我敢说这是我有生以来拿到过的最多的钱，我也终于跨进了国人艳羡的"万元户"行列，一想到这儿，我觉得在伦敦大街上发疯地笑死都不为过。

我来到了英国中部的利兹市，偌大的城市，举目无亲。还是路上遇到的一个中国学生把我领到了利兹学生学者联谊会，简称学联。后来才知道他就是利兹学联主席。在那儿住了几天后，他对我说："你必须要搬走了，又要来新同学了。"

"啊！那我去哪儿？"我一脸的迷茫。

"你别担心，我给你介绍一个人。他有空房子，你可以租他的。"听到这儿，我心里有点底儿了。

利兹市坐落在数个丘陵之上，一排排的"Townhouse"都是坡上坡下的。那个时候，国内几乎没有见过什么别墅，看到这些联排别墅，真是羡煞我也。学联主席带我去了一户的门口，上面写着"24"，街道是"Ebor Mount"，门口前面是一个小花园，但里面没有花，都是杂草，除此之外，还有一个大的黑色的垃圾桶。

敲了几下门，随着吱呀的开门声，探出了一个肤色黝黑的大胡子印巴人。怎么会是印巴人呢？在我印象中，能有房子的都应该是纯种的英国人。而这个印巴人居然有好几套空房子，这让我对他肃然起敬。

简单寒暄之后，我知道他来自巴基斯坦，名叫阿明·穆罕默德，"二战"之后他父亲携全家来到英国。他显然还有点儿傲气，居然郑重其事地要求我叫他穆罕默德先生。为了表示我对他的敬意，我索性称呼他"Sir"了，他似乎也感觉优越于我们很多，便欣然应允。

这位"Sir"告诉我，这是一个三室一厅的小联排别墅。一共三层，最上层是一个阁楼，第二层有两个卧室和一个洗手间，而一层就是客厅和厨房。英国就是处处与人不同，一层楼不叫一层楼，偏要叫"ground Floor"，闹得我们后来总是搞混。我感到房子不错，距离利兹大学步行只有十几分钟，十分满意。于是，怀着忐忑之心，问道："How much is the rent？"他说每月租金180英镑。但我每月只有200英镑的生活费，交了房租，就只能喝西北风了。

20世纪80年代，国人还都没有什么花花肠子，心里干净得和纯净水一样，根本不会想着讨价还价。还是来了几年的学联主席有经验，他直接问这个印巴先生还能再便宜吗。印巴人说："我只能降到160英镑了。"学联主席告诉我，这个价钱不错，建议我先租下来，然后找人合租。这也正合我意，我就占领了阁楼，把二层楼两间房子留给其他住户。说来也巧，第二天学联就来了两个新同学，他们就住进了我租的新房，房租也一分为三，我的压力立马小了许多。

这两个新房客，一个是现在著名的英国皇家材料协会会员陈征宇博士，另一个是还在英国打拼的张生博士。这还不算什么，冯长根博士（原北理工副校长，中国科协副主席）、李建葆博士（原海南大学校长）都曾在本陋室借宿数日。

住进去之后，一切都很顺利，我们每天都是严格按照两点一线做有规律运动，每天早上吃完饭就直奔学校的实验室和办公室，晚上9点再回来做饭、吃饭、睡觉。我们都是公派留学生，没有人敢怠慢和浪费这千载难逢的好机会。

有一天，大家晚饭的时候聊起一个在谢菲尔德大学的公派留学生，由于论文没过，就给他转成了"哲学硕士"，他觉得丢不起人，就自杀了。听到这个，我们的心情沉重了数日。

就在大家心情都不太好的时候，穆罕默德先生出现了。我们把这么一位有钱房东请进客厅，却不知所措。他倒也不客气，一屁股坐在沙发上，跷起了二郎腿，多少有点趾高气扬的味道。他问东问西，我们都毕恭毕敬地认真回复，一点都不敢马虎。穆罕默德待了有半个小时就走了。

第二天他又来了，我们依然好言好语地奉承他。第三天，他又来了……接连好几天，他都过来，而且屁股越来越沉，待的时间也越来越长。可是我们的学习和实验任务都是很重的，谁有空天天陪他？！当穆罕默德再来的时候，陈博士和张博士就借口有事，都溜走了。只剩下我一个人留下来，硬着头皮陪着他聊天。

我总觉得他有事想和我说，但是不知道怎么开口。日子就一天天过去了，我和他居然成了朋友。虽然他内心还看不起我们这些穷留学生，可是我也能和他勾肩搭背称兄道弟了。有一天，房间里就剩下我和他了，他说："Jin, I have something to tell you. Can you help me？"我和他的关系早已经熟透了，早就不叫他 Sir 和穆罕默德先生了。他允许我叫他的名字——"阿明"。我就说："阿明，只要我能帮助的，我一定帮助。"那时年轻，有血性，也讲义气。不管能不能帮上忙，都先答应下来。

阿明的脸突然有点红了。他告诉我他有三个老婆。听到这儿，我大吃一惊。看到我这么惊讶，他说："巴基斯坦人主要是穆斯林，可以娶四个老婆呢。"

"那英国法律也不允许呀！"我想和他强调这在英国是非法的。

"我们是在巴基斯坦结的婚，然后回到英国，不告诉他们就行了。"他这么解释也许有他的道理。

但这并不是他想求我帮忙的事情。我看着他，用鼓励的眼神让他告诉我他的困难所在。他看我一脸的诚恳，终于下决心说："金，你知道我有三个老婆，这把我搞得力不从心。我的腰都快断了。听说你们中国有治疗腰痛的膏药，还有很管用的壮阳药，你能给我从中国弄一些吗？"

哈哈……听到这儿，我险些笑出声。你这不是活该是什么？谁让你娶三个老婆呢！完全是自找。再说，我们这个 House 还有三个"准光棍儿"呢，真是饱汉不知饿汉饥呀！

他似乎看透了我这怪异的表情："Jin, you should not laugh at me. I am serious."（金，你别笑我，我是认真的。）我赶忙说："阿明，我没有笑你，我正在想怎么帮你呢。我可以托人从中国给你带治疗腰病的膏药，至于壮阳药我真不知道在哪儿能买到。"其实我说的也是实话，那个时候还没有伟哥，而且也只是听说什么驴鞭、牛鞭、韭菜之类的可以壮阳。20 世纪 80 年代，不是以结婚为目的的恋爱绝对是耍流氓，而不是以生育为目的的性爱也和耍流氓差不多，谁敢光天化日之下售卖壮阳药！我只能建议他晚上别做得太多了，悠着点，毕竟身体是自己的，而快乐终究是别人的。我还引经据典，告诉他中国还有句老话："只有累死的牛，没有耕坏的地。"他点头称是。后来，每次有人回国，我都要让人家给他带狗皮膏药，他试了一段时间，腰痛居然有好转。我也不知道到底是他听了我的话节制了呢，还是用了我帮他买的膏药才见好的。

转眼一年过去了，房子的租期也到了。在英国一年后我们才发现，这个房子并不是什么好房子，在附近比这个房子条件好的有很多。我们决定搬出这个房子。临行前，我们准备按照中国的礼仪好好地请阿明大吃一顿。阿明也欣然答应，他说鸡肉可以吃，但是必须是放过血的鸡。英国人杀鸡很粗鲁，直接把脑袋剁掉，印巴人是不吃用这种方法杀死的鸡的。

我们三人周六一大早就出去采购，还特意从中国超市买回了按中国方式杀死的鸡。回来之后，每个人都做了几个最拿手的好菜。我做了两个菜，一个是"宫保鸡丁"，另一个是"醋熘白菜"。张生博士擅长烹饪，一下子做了四五个菜。等到大家把"作品"都摆上来的时候，满满的一大桌子。可以说这是我们来英国一年多，做得最认真、最丰盛的一次饭了。我们还铺上桌布，摆放上了几束鲜花，专等阿明的到来。

阿明如时赴约，坐下后，依然跷着二郎腿，摆出一副傲慢的样子。我们告诉他这些都是中国最有名的菜，这个叫"宫保鸡丁"，那个叫"鱼香肉丝"等。他也配合着尝尝这个，尝尝那个。快结束的时候，我们问阿明哪个菜做得最好吃，令人匪夷所思的是，他居然回答说花生米最好吃，而这花生米还是我们在超市里买的！看样子我们三人一天的劳动是白费了。

我们还聊了很多，听他口气的确把中国人当成哥们儿，但是他是在英国长大的，那时中国还很穷，他多少也有点儿看不上我们。但是当他听到我们毕业后都要回国为祖国效力的时候，还是很佩服的，大拇指一个劲儿地往上翘。

又两年过去了，这期间我们偶尔街上相遇，最多打个招呼。他也来我们的新住所看过。有一天，他过来后兴奋、骄傲地告诉我，他在 Burly Road 附近开了一家旧家具店，他也名副其实地成了"大老板"。后来，我还去他的店里买过几件旧家具，走的时候，阿明还送了我一把旧椅子。

又过了半年，我博士毕业了，并在利兹大学的一个学院当了高级讲师。有一天，我下班没有换下西装就到他的店去看他。他一看我这身打扮感到很诧异。我告诉他我已经拿到了博士学位并受聘在大学当了高级教师。听到这里，他脸色立即变了，非常不自在。他从跷着二郎腿的沙发上一下子跳了起来，说："金，太好了。祝贺你。"他再也没有居高临下的气势，说话口吻也谦逊起来。从那以后，我就再也没有见过他跷二郎腿了。

"金，以后我叫你金博士吧？这样比较尊重你。"我让他依然直呼我的名字。那个时候，别说在中国，即使在英国，拿到博士学位的人也不多，如果有一份好的工作，你的社会地位就会截然不同，而印巴就是承认社会等级制度的这么一个民族。他哪里知道，在中国即使一个清洁工也会梦想着成为老板而出人头地的。

由于工作性质的不同，我和阿明的交往也越来越少了。后来，我辞去了学校的工作，成立了自己的公司。又过了数年，有一天开车又路过阿明的家具店，他的店面已经失修，外表破败不堪。我的好奇心驱使我下车再看望一下这个老朋友，他从窗户看见了我，一路小跑从店里冲出来迎接我。而他早已没有了当年的神气，衰老已经开始在他脸上显现出来。

去年，我又去了英国利兹，又路过了阿明的家具店。但是这次我没有停下车，没有去看望他。我知道，阿明除了变得更衰老，不会有任何变化。除了可怜他，我什么也做不了。而我和他的处境，犹如今日中国和英国之别。在中国这片国土上充满了变化、无限生机和挑战，这就是最吸引人之处。而英国 10 年不会有什么改变，30 年也不会有什么改变，这是一个逐渐走向衰败的国家，不管它是否高兴，不管它是否愿意，它都要把曾经的辉煌，昔日的老大宝座拱手让给富有朝气的中国，这就是社会发展的趋势。

二、省钱四分法

我们这个公派去英国留学的项目，属于中国和英国政府之间的合作交流项目，据说每个留学生去英国的学费是由英国的技术合作项目（TC）资助的，而生活费则是英国政府通过中国政府给每个留学生 400 英镑。而那时中国太穷了，全国每年的 GDP 不足 1.6 亿元（2017 年已经达到 80 万亿元），所以一分钱需要掰成两半花，到了个人手里每人就只有 200 英镑了。为了能把有限的资源用到极限，我就采取了四分使用法，即把每月的 200 英镑平均分成四等份。

第一个 50 英镑用于支付每月的房租。每周也就十几英镑，这对于现在大批来英国自费留学的学生来讲，想都不敢想的。我原以为我就是最会过的了，后来才知道不少中国留学生为了省钱，就到比较偏远的利兹七区租房子，可那里是黑人和印巴聚集区，是地痞流氓出没的地方，经常发生抢劫等事件。据说利兹七区与曼彻斯特和纽卡斯尔的黑人区并驾齐驱，成为英国最乱和最危险的三大区域之一，连出租车司机都不愿过去。然而这却吓不住我们中国留学生，虽然每天要面临着各种危险，虽然每天走到大学要 40 分钟，不少留学生还是选择在那里租房子，因为每月房租只有 30 英镑甚至更低。

第二个 50 英镑就用于吃穿了。我们去英国已经算早的了，但还是有不少人比我们更早。他们都毫不吝惜地把它们如何节约的方法传授给我们。这的确让我们节省了很多钱，但是也缺了不少创造性和探索性。他们告诉我们最好买东西不要去超市，因为那里东西比较贵，而去自由市场就会便宜很多。我们还真听话，每到周六就背着一个双肩背，跟着"前辈们"走一个多小时的路，去自由市场买蔬菜和水果。

那时候利兹市的自由市场分为两部分，一部分在很有历史的"谷物交易市场"，这个市场是我当时见过的最大的市场，它是很早以前用来做物物交换的商品交易的，后来这种交易被货币的商品交易取代而失去存在的意义，就成了自由市场。前辈们告诉我这里的肉很便宜，他们就直接带我去卖鸡翅膀和猪蹄的地方。我一看，果真便宜得要命，一大包足足有 1 公斤的鸡腿、鸡翅还不到 1 英镑，一个猪蹄只要 20 便士（相当于人民币 2 元）。我一下子买了五个猪蹄。回去以后发现猪蹄上全是毛，也不知道怎么去掉。我记得国内都是用烧红了的铁棍儿把毛烧掉的，可是在英国找根铁棍儿并不容易，"前辈们"就让我找出了剃须刀，那天整个下午我都在给猪蹄剃毛。当看着五个被剃得光光的白白胖胖的猪蹄时，满足感油然而生。然后我按照自己想当然的方法将它们红烧，两个小时之后，看着一窝红烧猪蹄胃口大开，而吃的时候怎么也不是想象中的味道，真的难以下咽。为了不浪费，我还是没舍得扔掉，连吃了三天，吃到后来想吐的感觉都有了。从那儿之后，我就再也没有买过猪蹄。

令我记忆最深刻的还是有一次买了一只足有十斤重的火鸡，看着这庞大的火鸡，我脑海里立刻闪现出从烤箱中出来的那种烤得香喷喷的样子。这么大的火鸡怎样才能入味，怎样才能做得香喷喷的呢？我突然想到了注射器，于是我把各种调料混在一起，用注射器打入火鸡肉里面，不一会儿火鸡就黑一块紫一块的了。我觉得差不多了，就放入烤箱。可是由于没经验，火候控制得不好，火鸡的皮都烤焦了，而里面的肉依然没有味道。于是就再切成块，用油又炸了一遍。这只火鸡让我吃了一周，从那以后，一听说吃火鸡，我就立即逃之夭夭。

自由市场的另一部分是露天的，小商贩们排成几排摆着蔬菜和水果摊儿。"前辈们"告诉我这里的橙子和香蕉最便宜，所以每次去自由市场购物的时候，像葡萄、草莓、西瓜之类价格比较高的水果我连看都不看，直接就奔向橙子和香蕉。橙子基本来自西班牙和南非，价格很便宜，一英镑可以买20多个。刚开始的时候，我一次可以吃10个，脸都吃黄了。后来也吃得腻腻的，大约有10年都不想再吃橙子了。

"前辈们"的好心让我们受益匪浅，不过任何事物都是两面性的，我们按照他们的活法每天都吃鸡翅、猪蹄、圆白菜、橙子、土豆这些低价的食品，每次购物都是"直奔主题"。半年过去了，我们以为英国原来就是这样，人们天天就吃这些在中国都不愿意吃的东西。直到有一天我们说去超市和市中心转转吧，才发现英国的商品原来并不是只有洋葱、土豆和鸡胳膊，多少有点了解恨晚的感觉。自从去了超市，那背着10多斤的猪蹄和橙子从自由市场花一个小时走回家的时光，就基本一去不复返了。

我把英国的鸡胳膊、猪蹄之类吃得腻歪的不能再腻歪了，这还要感谢一个老前辈。他是搞科学的，办事不仅有计划性还非常有条理。我看他做饭不放任何调料和味精而只放盐就很不理解。他说："在英国你要长远打算，你一开始就把味道做得足足的，那以后怎么办？调料要逐渐地加多，否则以后就没有味道了。"我那时也真够单纯的，多少听了他的建议，您说天天只用盐煮鸡胳膊能吃不吐吗？！

第三个50英镑用于日常开销，购买书和水电之用。在英国租房子，除了水费由房东负责之外，其他费用都需要自己支付，例如取暖和烧饭，都要用电。所以我和陈博士及张博士有一个约定，为了节约用电，我们原则上不开自己房间的电暖气。大家一致同意，早上吃完饭就去大学待着，那里暖和。洗澡也不要在家里洗。我们几个都爱好体育，每周都要去体育中心活动几次，澡就在那儿洗了。对于我们来讲，最难熬的是冬季的夜晚，英国的冬天寒冷无比。入夜后，明月高悬，一阵阵寒风呼啸而至。英国又是一个岛国，冬天经常被 Gale、Storm 之类的风暴骚扰，每次遇到这种恶劣的天气，我住的阁楼就像要被刮飞一般。有一天，温度降至零下好几度，加上大风，体感更加寒冷。我蜷曲在被子里面，冻得瑟瑟发抖，厚厚的棉被好几个小时都没有焐暖。实在受不了了，我就偷偷地打开了暖气。渐渐地房间里暖和了，我也终于进入了梦乡。第二天早上，我们都说起了昨晚如何的寒冷。陈博士说他冻得几乎一晚上都没有怎么睡，听到这儿，我感到好惭愧呀！

我们隔壁是 22 Ebor Mount，里面住的也是中国留学生。其中有一个来自北京的一位女同学，偶尔会过来串串门儿。她略比我们大几岁，属于热心肠的好女人。我们最初对英国的了解都是从她那儿得来的。我最佩服的就是她对她丈夫非常好。她先来到英国，为了能让在国内的丈夫早日过来，她就每天打听丈夫如果过来后能上什么学，住在哪儿，签证怎么办等。她也很节约，为了省钱让丈夫能早日过来，她告诉我们她的暖气也基本不用。一天，我们说起天太冷了，暖气不开都快过不去了，她就像大姐一样告诉我们，身体是主要的，多盖些毛毯，别冻坏了。

第二天上午，我们刚起来，就有人"咚咚"地敲门。开门一看，原来是隔壁的她，她脸红扑扑的，很兴奋，说话也很激动："告诉你们一个好消息，我和电力公司联系了。他们告诉我用电其实是很便宜的，就是三个房间都开暖气，一个晚上也没有多少钱。那你们就用吧，用吧。"我们真的很感动，这点小事儿一直挂在她的心上，从那以后我们就开始适当地用电暖了。月底结算的时候，还真的没有花太多的钱。

我的第四个 50 英镑就是积攒起来，希望老婆和孩子能够早日来英国与我团聚。我们的一个朋友在国内刚刚结婚，就出国留学了，他思妻心切，每天都要和新婚妻子通个电话，而那时电话通信并不发达，一英镑放进去不到一分钟就没了。他告诉我们他发明了一个新的方法，那就是用一根细细的线绑在一英镑的硬币上，每次打电话的时候就把这枚硬币投入进去，通话时间快到了，就赶紧用绳线钓上来，然后再投进去。这样反复操作数次就可以用一英镑一直打电话了。我们听了这个所谓的"发明"都将信将疑，也不屑一顾，更没有试过。但是他这种思妻之心和精神还是令我们钦佩的。

我省钱也是有"高着儿"的。在英国凡是读博士的条件都很优越，大学都会配有办公室。我们系在利兹大学条件相对更好一些。我的办公室是在一个二层的白色小楼里面，30 平方米的办公室只有三个博士生共用。二楼还有一间咖啡屋，免费提供牛奶、饼干、茶和咖啡。这让我看到了省钱的机会。我一般都是早上吃得饱饱的，9 点多钟才去办公室，中午实在太饿了，就去泡上一杯正宗的英国红茶。和英国人喝茶不一样的是，他们一般泡茶不放牛奶，或者少放一点牛奶，再稍加一点糖。不放牛奶的叫作"BLACK TEA"（黑茶），放牛奶的叫"WHITE TEA"（白茶）。而我一杯茶只放半杯的水，再倒上一半的牛奶。这样营养也有了，解饿还省钱。然后再多拿几块免费的饼干，一块块地蘸着牛奶茶水吃。由于饼干是酥酥的，再有奶茶的浸泡，放在嘴里立即就化开了，在饥肠辘辘的时候能有这么可口的食物充饥，那也是世界上最幸福的事情了。直到现在，我都有边喝奶茶，边把饼干蘸茶水吃的习惯。每次去英国，只要有机会，我都会去英国最有名的"贝蒂茶屋"坐坐，点上一壶红茶，再要点儿茶点，回味着求学时代的记忆。

我这么喝红茶，同一个办公室的路易斯女士就很看不惯。她是研究区域间社会福利分配差异度的。她人高马大的，比我个子还高，头发是金黄色的，但是皮肤却是微黑的。后来我才知道那不是她的本色。她每天下午都要去做人工的"日光浴"，故意变成黑色的。她觉得黑色就是最性感的。世界就是这么奇怪，没有什么就想要什么。黑人羡慕黄种人和白种人，黄种人又艳羡白种人，而白种人则喜欢棕黑色。

这些都不是重点，重点是她有如山一般高的胸。每次和她说话，都至少要和她保持一尺的距离，否则一不小心就撞上了。即使在冬季，她也只穿一件紧身的衬衫。那件衬衫似乎每天都在和她的胸较量着，确切地说是和那颗纽扣的线较量着，终于有一天，那条线坚持不住了，松了下来。每个人都有一颗无耻且不争气的心，坦白地说，那天我被动地从缝隙中看到了不该看的那座山，居然连罩都没有戴，不过那山很美，白白的、圆圆的、饱满的。

她看到我又往茶里倒了很多牛奶，茶水基本就是纯白色的了，就做出感到很恶心的表情，然后讽刺地说："This is indeed a cup of WHITE TEA." 意思是说：这才叫真正的"白茶"啊。我对她笑了笑，不置可否。她哪儿知道我这是在省钱呀。同时我心想：你有心监督我？还是先把你的衬衫扣子缝上吧。

我隔壁办公室有一位来自巴西的女硕士生。她是学习 GIS 的，即地理信息系统。她英语不怎么好，英国人也懒得花时间搭理她。而巴西人属于那种天生就很豪放，不甘寂寞的人种。她没事就跑到我的办公室来找我聊天，还主动教我葡萄牙语（巴西人讲葡萄牙语）。虽然中国是第三世界国家，但是我还真没把巴西放在眼里，更没有心去学习巴西语。多年之后，我还是有点儿后悔，假如当初跟她认真学习葡萄牙语了，那真是可以走遍天下了。我不愿意跟她学习葡萄牙语，还因为有一天中午我们两个聊天的时候出现了一个不便泄露的小插曲。那几天她可能有点感冒，下午茶的时候找我聊天，聊到兴奋之时，她突然大笑，一不小心从鼻孔中吹出一个大鼻涕泡泡，直径足有5厘米！这是我人生中第一次看到一个大鼻涕泡泡居然能从一个优雅的女士鼻孔中吹出来，简直太尴尬了。她也意识到了这种窘境，立即收回鼻涕泡，但是我们的聊天再也无法继续下去了。从那以后，每次和她聊天都会想起那个泡泡，您说我还能有心学习葡萄牙语吗？

她看到我中午也不怎么吃饭，只是喝茶吃饼干，就告诉我一定要吃午餐，这样身体才会好。我违心地告诉她我不饿，所以才不吃午餐的。她看出我的心思，就说："我不相信。大学也有食堂，那里的饭很便宜的。"那天是她请我去餐厅吃的午餐，我点了炸鱼条、薯条，还有甜食，总共也不到五英镑。那天我还学了一个新的英语单词——refectory，即学校餐厅的意思。过了两天，我也请她去餐厅吃了午餐，之后就再也没有去过。一个原因是餐厅的饭不符合我们中国人的口味，另一个原因是即使再便宜，每天花五英镑吃午餐的话，十天就要把我省钱的计划吃没了。

英国有句谚语："Take care of the pence and the pound will take care of themselves."即金钱积少便成多的意思。我的"省钱四分法"也得到了很多留学生的效仿。那个时候的节俭也让自己养成了良好的节约习惯，即使到现在也不会随便浪费饭菜，而且会随手关灯，不轻易丢弃还能穿的旧衣服。出国留学不仅是学习知识，个人的修养也是不可或缺的内容。

第四章
我的五个导师

Education is not the filling of
a pail but a lightening of a fire.

教育不是灌满一桶水，
而是点燃一团生命的火焰。

——爱尔兰诗人威廉·巴特勒·叶芝

一、差点儿入了基督教会

我把住宿和生活问题解决了以后，就准备开始实质性的博士学习生涯。

开始正式学习的第一步就是去学校和系里注册。根据要求，我首先去学校报到。那天学校接待新生，就在餐厅的前面摆放了几十个展位。这些展位有的是宣传大学的，有的是用来报到的，剩下的基本都是学校各种各样的俱乐部，他们正在招收会员。

我签到以后，领到了自己的学生证。这个证件很重要，它能证明我的身份，将跟随我至少三年。有了这个学生证，乘火车和长途汽车都可以享受优惠待遇。旁边的工作人员建议我再办理一张"运动卡"，价格很便宜，只有20英镑，凭着这张卡，可以在一年内随时去大学的体育中心活动。如果没有它，每次进去就要缴纳2英镑。体育运动是我的生命，如果一天不运动，就会浑身难受。"运动卡"对我还有一个特殊的意义，那就是可以随时去洗澡，这样就省去了自己在家洗澡的费用。

我刚收起"运动卡"，一个在旁边帮忙的女生又递给我一个用品包，我打开一看，里面有一个像喷雾用的长圆形黑色瓶罐。我很好奇，也不知道是干什么用的，刚想要按下去试试，这个女生立即制止了我。她告诉我这是一个警报器，如果有人袭击你的话，你按住它就能发出非常刺耳的声音，这样既可以吓跑袭击你的人，还可以起到报警的作用。

一个小瓶子怎么可能有这么大的声音？"我能试试吗？"我问她。

她说："Yes, but you'd better keep it far from your ears." 她的意思是：可以，但是必须离你的耳朵远一点。

我照着她说的，让它离我远一点儿，然后按了下去，强烈又刺耳的声音都快把我耳朵震聋了。原来这是防身用的，对女生的用途可能会更大。我试完了汽笛"警报器"以后，只见她又从包里拿出一个盒子。我打开一看，原来是一盒避孕套。看到这些，我是真的不理解，这不是告诉学生：在学校期间你们可以随意发生性关系，只要注意安全就行。而实际上，英国的大学从不干涉学生的生活，他们认为这是个人隐私，绝不能干涉。

我又到了一个展位前，工作人员又送给我一个旅行包。她告诉我他们是巴克莱银行的，只要在他们银行开一个账户，就可以立即把这个旅行包拿走，同时可以奖励 10 英镑。

我们都是从计划经济体制过来的人，而且国内物质一直很匮乏，没有哪一家银行会送你旅行包和现金的。我一看还有这美事儿，就立即报名，注册了账户。后来我才明白，旁边的几个展位都是不同的银行，他们为了拉学生客户也都提供了不同的优惠政策。有的学生就在每一个银行都开了账户，领了好多奖品和用品。

我继续看不同的展位，突然发现了利兹大学排球俱乐部，我立即走上前去，看看能否加入这个俱乐部。我告诉他们我非常喜欢打排球，而且还是国内一所大学教工排球队的队长。俱乐部的负责人说他叫 Nick，他非常欢迎我们加入利兹大学俱乐部。在我的观念里，只有球打得非常好的人才能去大学的校队，在国内穿着大学代表队的运动服就特别令人羡慕。可是 Nick 告诉我，这个俱乐部欢迎任何人加入，如果真的打得特别好，就可以代表大学队和其他大学比赛。这对我来讲又是一个新事物，也慢慢知道了俱乐部的运作模式。他同意我的加入，并给了我一张训练时间表，希望能在体育中心见到我。我喜出望外，有了俱乐部，就好像找到了组织。

我正往前走时，又有一个女生叫住了我，她说她是教会的，希望我能加入她们。她看我有些犹豫，就说她们中午有一个免费的午餐，欢迎我来参加。我看看表，到中午了，肚子正好也饿了，听她这么一说就想过去看看，至少能吃顿免费午餐吧。于是，我就跟着她走了有 10 分钟，到了一栋看起来不怎么高档的小楼。楼道里面已经有几个人了，但是大多数都在花园里。我看大家都站在花园端着饮料喝，偶尔有人会到旁边的桌子拿几块饼干和咖喱三角。我也拿了一杯可乐，还拿了一个咖喱三角。我咬了一口咖喱三角，那种特殊的味道实在受不了，就找地方吐了。

一会儿那个女生拍了几下手，意思是要讲两句。刚去英国，还不适应真正生活中实战的英语，所以她说什么了，我也没有听懂多少。估计就是希望大家参加教会活动的意思。她讲完以后，又把教会的另一位先生介绍给我。我看他头发长长的，蓄着长胡子，很瘦，很不健康的样子。而他也不管我是否能听懂，就对着我大讲特讲，唾沫星子在我眼前乱飞，基本都是教会有什么活动之类的，建议我参加。我其实来这里就想找点吃的，我打断他，问他什么时候能吃午餐。他用手指了指放饼干和咖喱三角的桌子说："那就是午餐呀！"

这就是午餐！我简直不敢相信自己的耳朵。我原来还以为能和中国一样，来几个小炒，再煮碗面条呢。英国教会的免费午餐我算是领教了。我推脱说有事，就赶紧离开了。在我看来，一个人只要不做违法的事情和违反公德的事情，多助人为乐，多做好事，即使不是教徒也没有关系。

二、这才是典型的中国人

在国内，我研究的专业是区域经济。那么什么是区域经济呢？在这里不妨简单地普及一下有关知识。任何一个地区的经济发展都是有其规律性的，区域经济所研究的就是这种区域经济发展的规律，例如三个产业之间的发展比例结构、积累和消费之间的关系等。这样就可以为区域计划和规划制定者提供决策依据。这种研究大范围的经济规律的，都属于宏观经济研究的范畴。但是区域经济的发展必须要落实到具体的项目上，例如修建一个水电站和大坝应该在什么位置？建立一个购物中心的地址如何选择？修建一个大型化工厂应该考虑哪些因素？这些研究很具体的项目选址的问题就属于微观经济学研究的范畴。随着经济社会的发展，区域规划和城市规划所要考虑的因素越来越多，单靠拍脑门儿就可以制订区域发展规划的时代已经过去了，那么就需要把统计、数学，乃至物理学的分理论方法引入进来，这就是区域经济的定量分析，而我就是研究区域经济方法论的。

区域经济和城市规划的研究一般都放在两个系，一个是经济系，另一个是地理系。经济系更侧重的是供求关系对经济规律的影响，而地理系更侧重的是地理因素对区域经济发展规律的影响。

我申请的是在利兹大学地理学院进行我的博士研究，所以还要去地理学院报到。

我从基督教徒的午餐会回来后，就直接去了利兹大学地理学院，由于还没有正式开学，学院的办公室就只有几个秘书在上班。一个身材高挑的女秘书接待了我，她得知我是来报到的新生，就热情地给我做了详细的介绍，例如什么信箱在哪儿，导师是谁，我的办公室在哪儿，等等。我看着她，还真看不出来她的年龄，说二十多岁也可以，四十多岁也可以，反正看起来很顺眼，气质绝佳。

她还对我说，我很幸运，学院给我安排了两个导师，一个是大导师，他是地理学院的院长，还是教授；另一个是我的第二导师，是高级教师。一个学生可以有两个导师，这个我还是第一次听说。一看英国学校这么重视我们，我也就放心了。同时，我非常想见到他们，就问秘书："When can I see them？"

秘书说他们都不在系里，而且如果我要想见他们的话，必须要提前预约。见自己的导师还要提前预约，这是什么制度？记得在国内的时候，我们和教授们都很随意，很多时候就直接去教授家里敲门了，教授们也不会嫌弃，肯定会欢迎你进屋坐坐，幸运的话，赶上饭点儿了，还可以留下来蹭一顿饭。而在国外见导师还要预约，今天我又长知识了。

看我发呆，秘书就拿来一个日记本，她打开了一页，上面是一个时间表，她说这就是我的第一导师的时间表，她指指有空的几个地方，告诉我这几个时间段都可以选择。我就选择了两天后的时间。然后我问是否能同时见第二导师，这样就可以省时间了。秘书说我的第二导师不会像第一导师那么忙，一般都有时间的。她也看了看第二导师的时间，说两天后见面是可以的。

　　然后她给我一张纸条，上面就是我们地理学院的地址，所有邮件都可以发到这个地址。学院办公室收到信件之后，就会放到格子状的架子里，她用了一个很形象的词"pigeon hole"，即"鸽子窝"，用它来代表邮箱。这也是我刚知道的，我看了一下这个架子，果然有几十个方格，每一个方格就是一个"鸽子窝"，信使会把信件放到这个"窝"里。在每一个方格下面都贴着一个纸条，上面按照字母顺序写着人名。秘书说她这两天也会把我的名字贴上去。听到这里，我感到一阵欣慰，英国教育体制非常重视师生的平等，作为一个博士生，我的名字居然能和这么多著名教授放在一起，倍感荣幸。

　　她接着说要带我去对面的一栋白色小楼。我不解，她说每个博士生都会有办公室，我的办公室早已经被安排在了小白楼的二楼。我又被感动了一次，在英国读博士居然还能有自己的办公室。她带我走进小白楼，直接上了二楼。二楼有三个办公室。她告诉我直对着楼梯的就是我的办公室，我们走进去，里面已经有三个工作台，一位女士正在工作。秘书给我们做了介绍，告诉这位女士我是新来的博士生，而那位女士也是再读博士生。我们寒暄了几句，看样子我们就要在这样一个空间里共事了。这位女士自我介绍说，她叫Lucy，也是读博士的，这是她读博的第二年。她指着另外一张桌子说："还有一位女士，叫路易斯，也是读博士的，不过今天没有过来。"我环顾了一下四周，门口边上的工作台上面是空的，我猜想这就是我的位置了。

　　Lucy是那种很成熟的女性，她谈吐举止，不温不火，绝对看不出她对你有什么好的或者不好的印象，哪怕是细微的表情也难以察觉。

　　我告诉她我明天就会搬过来，然后就要和秘书一起离开。她送我们出来，并告诉我旁边敞开的这个小房间是喝茶、喝咖啡用的，这里还有牛奶和饼干，都是免费的。看到国外博士生能有这种待遇，我更感叹国内外研究环境差别会如此之大。

我们正要走进办公室的时候，正好遇见一个满头白发的先生。秘书立即叫住了他。

"Hi, Frank, may I introduce Mr Jin to you ？ He is our new Ph.D student." 她要把我介绍给这个叫弗兰克的先生。他个子不太高，脸色红红的。

Frank 立即走了过来和我打招呼："金先生，你好吗？"

"啊！您会中文？" 他虽然说得不太标准，还带有很重的口音，但是在异国他乡特别是在一个老牌资本主义国家能有一个白人老头和你说中文，那种自豪感油然而生。

"我说得不好。只会一点点。" 一看他就懂中国文化，那么谦虚。

旁边的秘书说："Frank is a Reader. His research area is in China." 她介绍说弗兰克是一个读者（Reader），主要研究中国。当时我怎么也不明白为什么说弗兰克是一个读者，后来我才明白 Reader 的地位是很高的，在英国大学里面仅次于教授。

"It seems you two have a lot to chat. I got to leave you now." 秘书看见我们说得很热乎，就让我们两个接着聊，她要走了。

Frank 问我第二天是否有时间，他要请我吃午饭。我就是一个学生，有大把的时间，所以就立即答应他了。

第二天中午，我们在学院见了面，然后他带我去了停车场。他的车是红色大众 POLO，我当时觉得那个车还是不错的。现在想起来，当时一个大教授开一个那样的车确实够低调的。

我们去了市中心的一家中国餐馆。说是中国餐馆，其实都是早期香港人开的，上面全是英文。而且我在来英国之前根本就没有吃过广东菜，更不知道广东人和香港人还吃什么早茶和喝午茶。当弗兰克把菜单递给我的时候，我全都不知道是什么。

我想人家第一次请我吃饭，我怎么也要点几个便宜的，别让人觉得咱中国人好像很没出息一样，逮住人请客就点贵的。而弗兰克觉得我是中国人就应该知道怎么点中国菜，于是就把点菜大权交给了我。

我也装着会点菜的样子，拿起一个单页菜单，点了几个最便宜的"菜"。弗兰克就问我："你确定这个够吃吗？"

我说应该差不多。后来他就又加了一个菜。过了一会儿，服务员端过来三个小笼屉，放在桌上。我一看一个小笼屉里面是三个很小的虾饺，一个是一小碟子鸡爪，还有一个里面是叉烧包。

我一看就这么几个小吃，还不够我自己塞牙缝的呢。幸亏弗兰克点的那道菜也上来了。

我们两个就和吃点心一样，很快就把这点东西吃光了。弗兰克问我："你吃饱了吗？"

"我吃饱了。"我坚定地说。实际上我的肚子还是空空的，你想一个二十几岁的小伙子，这点东西怎么能吃饱呢？都是"爱面子"惹的祸呀。

午餐后，他直接把我送回了我的驻地。弗兰克刚一离开，我就立即拿了几片面包，抹上果酱塞了下去，这才有了吃饱了的感觉。我也是工作以后，经济条件好转了，经常去中国餐馆吃饭，才搞清楚了我和弗兰克那个午餐点的东西就是午茶茶点。那个鸡爪应该叫"凤爪"，虾饺叫"瞎搞"，而弗兰克点的叫"干炒牛河"。

自从和弗兰克吃过那个午餐以后，我们就经常在一起聊天。他性格很爽朗，说话声音很高。可能和我英语不太好也有关系，他说话很快，有的时候说到兴奋的时候就自己突然"哈哈"大笑，我也不明白他为什么笑，只能傻傻地陪着他一起笑。

他送给我一本他出版的书，名字叫作《The Changing Geography of China》，主要是介绍中国人文地理的变化，例如中华人民共和国成立前后的经济对比，经济发展各阶段的特点分析等。我没事的时候就会翻翻这本书，从中多少了解了外国人眼中的中国是什么样子的。

快到圣诞节的时候，他邀请我去他家做客。我问他能带朋友一起去吗？他说可以。那天我就和同一房屋的马征宇一起去他家了。

别看他开的车不怎么样，可是家里却很讲究。他家是一个独栋别墅，前后都有一个很大的花园。一进门就看见地上铺着厚厚的地毯。那时在国内每家每户都是水泥地，物件也都很简陋。而他家除了纯毛地毯，还有舒适的沙发，厚重的桌椅，20多寸的电视机。室内收拾得干净整齐，几乎一尘不染。看到这儿，我路都不敢走了。

他的夫人叫玛格丽特，是一位美食家和作家。她把满头银发梳起来，冬天还穿着大花色的制服裙，显得雍容华贵。她非常热情，从架子上拿下几本书给我们看，原来都是她写的菜谱，有关于中餐、西餐，还有印度的餐谱。

我送给她一个从国内带来的礼物——一个玉石手镯。她看到后非常高兴，然后就往手上戴。可是我是一个粗线条的人，也没有问人家的手到底有多大，而英国人还总愿意在送礼物的人面前打开礼物和试戴礼物。她这么一试，我们都尴尬了，手镯太小了。也许她为了使我们不太难堪，就使劲儿往手上戴，可是她越这么使劲儿，我就越觉得愧疚，最终她也没有戴上。

玛格丽特很会说话，她说今天有点儿急，等有空再好好试试。于是就放下了手镯，把话岔开了。

弗兰克和我们又聊起了中国，也许他也有几年没有去中国了，以为中国还很落后。他对我们说："你们两个都不像中国人，或者说不是典型的中国人。"

我们两个听了以后有点儿蒙，我们两个可是百分之百的中国人呀。弗兰克怕我们没有完全领会他的意思，就拿了一本关于中国的书，翻开几页以后，找到了一张照片。他指着这张照片对我们说："这才是你们中国人。"

我们两个立即拿过来一看，差点儿把牙笑掉。照片上是一个穿着红棉袄的女生，梳着长辫子，扎着绿头绳，脸黑红黑红的。

我立即说："NO, NO. Many Chinese don't like her." 我的意思是说，现在的中国人和那个时候已经不一样了。征宇也在旁边说中国人现在都是我们两个这个样子的，我们就是典型的中国人。

弗兰克看我们坚持这么说，就不再说了，默默地把书放回了书架。我后来又仔细想了想，其实弗兰克说得也是对的。20世纪80年代，中国刚刚开始改革开放，城市化还很低，农村人口仍然占全国人口的百分之八十以上。很多农村妇女就是他说的那个样子，而我们两个一直在北京出生、北京长大，身高又高，他当然说我们两个不像中国人了。

那天是他的夫人美食家玛格丽特做的饭，中西合璧，非常可口。

三、阿兰导师，酒和狗

报到两天以后，我又来到了学院的办公室。秘书说："你的导师已经在等你了。"然后就把我领进了楼道左侧第一个房间。其实我早已经知道我的导师是谁了，只不过从未见过面而已。我导师办公室的门上挂着一个白色的牌子，上面写着"Professor Alan G. Wilson, Chairman"虽然久闻其大名，但是看到这个名字我还是感到心里一颤。他在世界区域经济界应该是个举足轻重的人物。他早前在剑桥大学攻读物理学，后来成功地把"熵最大理论"引入到区域经济研究中来。他也是世界同行论文引用第二高的学者，出于他出色的研究能力和成果，他27岁就已经成为正职教授了。

后来我才知道，在英国当一个教授是非常难的。一个系里面可能有二十位教师，而教授最多也就两三个。英国乃至英联邦的教师分级很有意思，第一级是教授，即Professor。第二级是Reader。我们都知道它是"读者"的意思，但是在这里它和"读者"没有多大关系。个人觉得Reader要比我们常说的副教授高，而比教授要低一些。所以翻译成"准教授"更合适。即使是准教授，在一个系里也是非常少的，也就一两个而已。第三级就是 Senior Lecturer，即高级讲师。第四级就是 Lecturer，即讲师。第五级就是 Teaching Assistant 或者一般的 Researcher，即助教和普通研究员。

我怀着敬畏的心情走进导师的办公室，看见他坐在一个很大的办公桌的另一头。秘书把我引进来就走了，屋子里只剩下了我和导师两个人。

导师眼睛深邃，目光坚毅。一看到他，我就立即想到了饰演电影《教父》中麦克柯里昂的演员阿尔帕奇诺，他们简直太像了，不仅相貌像，性格也像。这种人最可怕了，国内有一句老话"低头的汉子，抬头的婆娘"，意思是男人低头不语，话不多的人最有主意，而女人中抬头挺胸的最不好惹。我正想着，看他站了起来。我以为他要过来和我握握手，对我表示欢迎，结果他走到了一个小的酒柜前面，从众多的酒瓶中抽出一瓶来，竟然给自己倒了一杯酒。那时候我刚从国内来，说实在的，就连威士忌和白兰地都没有听说过。现在回想起来，他当时用的是一个矮矮的上下一样粗的圆口杯子，那么喝的一定是威士忌了。

倒完以后，他喝了一小口。从秘书离开到他喝了一口酒，前后也就不到三分钟，可是我感觉这时间过得太漫长了，好像几个世纪。我倍感压抑，一种无形的力量从上一下子压了下来，似乎要瞬间摧毁我的自尊、人格、骄傲，使我不得不向这种无形的力量俯首称臣。他自信，有能力，有权力，这就是一个男人的魅力。

这时候他终于开口说话了。

"I am Alan. You can call me Alan." 他说他叫阿兰，以后叫他阿兰好了。这一下又把我从刚才的谷底提起来一些，而且距离也近了一些。英国等级森严，称谓很重要，像他这样有身份的人，一般是不允许直呼其名的，而应该称呼 Prof.Wilson 教授。

我也紧张地赶紧说："You can call me Jin."

听到这儿，他不解地看着我说："JIN is your surname. Some people

don't like to call his surname."（金是你的姓，在英国有些人是不喜欢直接称呼他们的姓氏的。）

我一看他就是一个很严谨的人，在他面前绝不能含糊，一定要清清楚楚的。我和他解释说，在中国，家里人一般互相称呼名字。而在外面，一般称呼全名。只有关系比较好的朋友才能互称姓氏。在国内的时候，同一个教研室的年级大一些的都叫我小金，而年龄相仿的都叫我"金"。

我们这么一聊，彼此没有了生疏感。他问我是否想喝杯咖啡或者茶。我告诉他我不喝，不过，我当时在想，他为什么不问我是否喝酒呢？

接着我们就开始转入正式话题，我把我早就准备好的研究课题和方案交给他。当时国内经济领域一直实行的是计划经济，市场经济机制也是一步一步采用的。而计划经济的基础就是这个社会的投入和产出是应该对等的，而且部门之间也必须保持一定的比例关系。经济学家里昂杰夫就发明了投入产出定量分析方法，为此还获得了诺贝尔经济学奖。计划体制的国家非常推崇这个方法，基本都采用宏观投入产出方法来计划国民经济。我的想法就是怎么能把这种方法再往深处研究一下。

他听我说完以后，停顿了一下，起身从另一个桌子上拿来一摞资料，对我说："这是我现在正在研究的课题，里面也涉及投入产出分析模型。"说着把资料递给了我。这份资料是我的导师在一个杂志上发表的文章，我拿过来一看，全是密密麻麻的数学模型。就靠我在大学学的那点数学知识，想把它一下子搞明白绝对是不可能的。

我的导师给了我三点建议或者说是三个任务：

第一，可以去听系里所有的课，但不是强制的。

第二，不急于确定研究题目，要把时间都花在图书馆，搞清楚其他学者都是怎么研究投入产出比分析的。然后要写一个"Review of

Literature"，即研究成果回顾。

第三，学会计算机语言。一个搞经济数学的人，必须要会计算机语言，这样才能把自己设计的模型在计算机上进行实验和调试。他还给了我一本书，是关于FORTRAN-77计算机的编程书和使用说明。

听到这里，我的目标明确了，但是压力也随之而来。听课好说，可以去也可以不去。可是阅读以往的研究文献则需要大量的时间，特别是英语阅读能力差的话，就更吃力。而学习FORTRAN-77对我有点抽象和难度，以前在大学学习计算机就是在纸带上打眼和穿孔，现在早就过时了。

他看我没有说话，就问我是否有问题，是否有困难。我自认为我是一个将才而不是一个帅才。一个将才就是愿意执行别人已经确定的任务，不管这个任务有多么艰巨。于是我就说："No Problem！"

我这么一表决心，他似乎也就放心了。他告诉我有问题可以直接找秘书预约见他的时间。为了能更好地帮助我，系里面还专门安排了另外一个导师，主要是帮助我日常学习。他让我一会儿就直接去找她。

说完，他就站了起来，说："OK，see you next time."他话音未落，就听见墙角柜子底下一阵骚动，一只巨大的狗站了起来，它抖了抖身上不整的毛，然后就走了过来。突然听见墙角那么大的动静真的吓了我一跳。

导师说，这是他的狗，非常聪明。刚才我们谈事时，它一点儿动静都没有，当听见导师的口吻好像谈话要结束的时候，它就站了起来。简直太聪明了，我真佩服这只狗。但是我更佩服我的导师，他太酷了，办公的时候，不仅小酌一杯烈性酒，还带着一只大狗，太有个性。我彻底被他征服了。

四、和蔼可亲的二导师

出了大导师的办公室，我就来到第二导师的办公室。第二导师的办公室和大导师的办公室中间只隔了一间其他教师的办公室。我确认门上面写的是"Christine Leigh，Senior Lecturer"以后，就敲了门。门马上就开了，一个中年女士满面春风地把我迎进了房间。

她一定就是我的第二导师了。她的个子好高，足有175厘米，穿着高跟鞋和我都差不多高了。和第一导师正好相反，她性格很开朗，也喜欢笑，很平易近人，可以一下子就把你从万里之外拉到离她只有一米的距离。

她也问怎么称呼我，我告诉她叫我"JIN"就可以了。她说是"QIN and TONIC"的"QIN"吗？什么是"QIN and Tonic"，我一点儿概念都没有。她看我没反应，知道我没听懂，就拿出纸来写出了"QIN and Tonic"，就解释说QIN是一种酒（注：我后来打工的时候才知道这就是松子酒），人们习惯把它和一种叫Tonic的饮料掺和起来一起喝（注：我也是后来才知道Tonic就是汤力水，味苦）。我一看写的是"QIN"，就告诉她应该是"JIN"。

她说："My name is Christine M Leigh. You can either call me Christine or simply Chris." 我的二导师也让我直呼其名，而且称呼她"Chris"（克丽丝）就可以了。但是我不明白她的姓怎么会发音为"Li"呢，应该发"Lei"的音才对呀！真搞不懂。

克丽丝又问我平常喜欢什么？我告诉她我很喜欢运动，特别是排球，非常喜欢。可是我说了两遍"排球Vollyball"，她都没有听懂。我觉得可能是排球在英国一点都不普及，很多人不关注这项运动所致。于是，我就给克丽丝用手比画，她终于明白了。"哈哈"，她大笑起来。

她说她给听成"Wolly Bully"了。而"Wolly Bully"的意思就是蒙着面的暴徒，她边说边比画着，好像要蒙着面去抢银行似的。

然后她告诉我"Vollyball"的"Vo"正确发音是要用牙齿咬住下嘴唇来发音。这样就不会发出"Wo"的声音了。

我太感谢我的克丽丝导师了，别的我还不知道，但是她至少是我最好的英语老师。事实上，由于她对经济数学模型没有什么研究，她主要在理论方面给我做一些指导。但是她做得最多的还是帮我指出我论文中的语法错误，让我一遍又一遍地修改，直到说得过去。

不仅如此，很多英语俚语也都是她教我的。

有一次，我为了解释一个小小的问题，就用很多大的经济理论来证明。她和我说，这么证明一点也没有必要。你这是"Using a hammer to crack a peanut"，直译出来就是"用铁锤砸花生"，其实就是我们说的"大材小用"。

还有一次，我很着急想要把很多工作做完，就找到她。我一着急就把所有工作都摆了出来。她看我那么着急就说："Jin, don't worry. We have to solve the problems one by one. If this job is not urgent, just put it on the back burner."

　　她劝我不要着急，问题要一个一个地解决。然后用了一句非常形象的比喻"Put it on the back burner"，意思是说如果一个工作不急的话，就先把它往后放放。英国家庭中使用的煤气或者电气炉灶基本都是四个，前面两个一般火力比较大，后面两个相对小一些。对于现在不急于做的方案，或者需要时间比较长的，就可以先放到后面两个灶头上。这些形象的比喻句，我至今都忘不了。

　　我一般完成一件工作以后，都要先交给大导师 Alan，他看完之后就会帮我修改，有的时候评语密密麻麻地能写好几页。大导师的字体很有个性，不是每个人都能看懂的。这个时候我就要去找克丽丝，她会帮我解释这些修改的地方以及写的那些评语。有的时候克丽丝也看不懂，我们就一起猜。经过多轮研读大导师的评语，我到后来基本上完全能看懂他的字体了。

　　有的时候，我会和克丽丝闲聊，那个时候我也不太了解本科、硕士、博士到底有什么区别，就拿出这个话题和她讨论。她说博士研究就是做别人没有做过的东西或者做不了的东西。这就像一座大厦都是靠一砖一瓦建起来的，一个博士的研究就像建一座大厦一样，要有自己的独特贡献。听了以后，我终于明白大导师的用心良苦，他让我花几个月的时间来了解别人对这个领域的研究和贡献，言外之意就是要了解这个学科的发展现状，搞清楚什么工作已经做了，还有什么工作没有做，然后你再确定你的研究方向。假如你不做这些功课，就开始展开研究，到最后才发现是别人早已经做过的了，那岂不是做了既重复又毫无意义的工作？

　　至于学士、硕士、博士的关系，我觉得用"What""Why""How"最能解释清楚。本科学士阶段所要求的就是学生要回答这个学科都有什么，即"What"，需要掌握学科的基本理论、原则和方法。硕士研究生阶段所要回答的是产生这些现象的原因，即回答"Why"，为什么会有这样的现象、理论和方法？到了博士阶段，就要解决"How"的问题，怎么样才能解决这些问题？需要什么样的方法？怎么样才能推动本学科的发展？怎么样才能为你的学科发展添砖加瓦？等等。

五、经济数学模型和
西安交通大学派来的笃笃先生

按照两位导师布置的学习任务，我便开始了紧张的学习生活。

在国内读博士是要上课的，而在英国就不用。导师会建议你去听一些课，你也可以不听。对于我导师推荐的课，我就听了一部分，不过大导师阿兰给研究生上的课，我都去听了。

由于来自于不同的背景，很多思维方式是完全不同的。有一次，他讲到了区域经济某一产品地区延伸发展模型，并用图表来说明几个阶段的发展过程。开始区域规模很大，后来逐步缩小。图中的曲线也由高到低。他把现象讲完了以后，就问大家为什么会是这样呢？

我是来自计划经济体制的，理论基础也是马克思的理论在支持，所以我第一个举起手来说："这是由于两种力量造成的，一个是原材料成本增大，另一个是政府计划部门的干预。"

我说的这两点是没有错误的。在计划经济时代，经济计划是采用苏联的做法，一切按配额来做。有关部门先确定全国的需求是多少，然后再把计划指标发下去。例如，全国的钢铁需要5000万吨，那么年产计划指标就要 5000 万吨。然后分到各省、市、区、县的钢铁厂来完成。如果成本增加了，可能就会影响区域发展的规模和方向。但是计划又多半是人为的，很多地方的规划都是最高领导人的一句话而已，这也是计划经济体制潜在的风险之一。

当我说完了以后，以为完全正确并能得到导师的表扬，可是导师却说："NO，it is supply and demand."他完全是西方经济学的信徒，认为是供求关系决定了产品区域规模的大小，而供求关系就是亚当·斯密隐喻的那只"看不见的手"。

从这件事儿，我感到我们这些来自中国的学者在思想意识方面和西方同行还是有很大的差别的，需要慢慢地转变。

与此同时，我也开始学习 FORTRAN-77 计算机编程语言。当时比较流行的计算机语言有 FORTRAN、COBOL、PASCAL，不知道大导师阿兰为什么要我学习 FORTRAN 语言，可能是他一直都用，所以希望我也使用吧。现在随着计算机的发展，这些语言也没多少人用了，取而代之的是应用更为广泛的 C++ 和 JAVA 等，因为他们是对象语言，可以和 VISUAL 界面很好地结合起来。

而使用计算机编程，除了了解如何使用计算机和程序以外，最重要的是你要设计你的经济数学模型。设计模型的第一步就是要做命题。举一个简单的例子：你要预测一个地区每年的葡萄酒销售量，那么就要假设有很多因素会影响这个销售量，如价格、人口数量、人口结构、进出口变化等。但是你也不知道它们到底是否有影响，而且影响程度到底有多大，那么你就要设计一个经济数学模型来反映销售量和这些影响因素的关系。它们之间的关系要用一种函数关系来表述，可能是线性的，也可能是非线性的。

做完这种假设的函数关系（也就是数学模型）之后，就要用计算机语言给编写出来，也就是写出让计算机能够读懂的语言，即编写程序，这样它才能执行你的指令。如果计算机读不懂你编写的程序，就说明你编写的程序没有符合它的要求，它不能读懂，于是就无法执行你的指令。为了使所编的程序通过，就要在计算机上一次次地上机调试。

我所设计的模型是一个比较复杂的数学模型，因为它是多元线性和非线性函数关系，涉及了矩阵和求逆的计算，所以就更复杂一些。由于我是学习经济的，计算能力和基本功要比学理工科的差得很多。我很快就编好了程序，然后就按照固定的格式输入到计算机里。我非常自信一次就能通过，于是按下回车键等待成功的结果。令我失望的是屏幕上显示的全是错误的信息，我把这些信息用宽行打印机打印出来，足足有十多页。上面显示有的是输入错误，有的是指令错误，有的是格式错误，我这才明白，从计算机本身来看，它是最认真的，一点错误都不能有，哪怕一个标点符号也不能随便出错。

我按照错误信息逐一调试和修改，这样一来足足花了我一周的时间，而且还是没日没夜的。程序通过了以后，我就把搜集好的数据输入进去，然后再次运算。这次非常顺利，没有怎么调试，运算结果就出来了。听着高速打印机"哐哐"的打印声，那种得意的感觉别提有多美了。

按照和大导师阿兰约好的时间，我又去了他的办公室。我把这一阶段的工作报告给了他，同时告诉他我建了一个预测模型，已经把搜集好的数据输入进去，运算结果都出来了。导师听了以后，很满意地点了点头，然后他就戴上眼镜，仔细查阅我的运算结果。过了一会儿，又看了看我建立的数学模型和公式。他收起眼镜，对我说："我看了一下你的预测结果。为什么你的预测结果全都是增长的？你要知道，一个地区的经济或者一个企业的经济，只要有增长就会有下降。你这个都是直线上升，没有一个经济体会是这样的。"

这句话对我的触动不亚于我要接受西方的基本经济理论基础。因为当时我们国家是计划经济制度，而且又是一个发展中国家，因此，我已经习惯所有的经济预测都是增长，只不过增长的幅度不同而已。

我的导师阿兰又对我说："你要好好研究你所模拟和预测的实体，例如可以通过历史数据找出它的发展规律，然后再设计出预测分析模型。"

出国前，我多少了解过几种预测方法，但是由于国内的预测都是正增长的，我最熟悉的方法就是"最小二乘法"，这种方法简单直观，易于掌握，而且适合预测直线增长的经济现象。而对于预测有增长有降落，规律不明显的经济现象，我还不太熟悉。

我的导师拿出了一张纸，在上面画了几种曲线，还把公式都写在了底下，并告诉我这几种曲线都能代表什么样的经济现象。我看了以后茅塞顿开，如获至宝。

回去后，我立即找到了几组典型的历史数据，并做出曲线，找到了它们大致的发展规律。我又按照导师给的图形查阅有关资料，再加上我的想法重新设计了分析模型，很快写出了 FORTRAN 程序。当我满怀信心试运行的时候，又出现了卡壳的现象。检查程序最难的就是你觉得你做的完全正确，可是实际上却不对，这种情况下找出问题就非常困难了。我又连续几天趴在电脑前面试来试去，就是不能修成正果。

这个时候有人来办公室找我了，我一看原来是机械系读博士的一个朋友。他是国内西南交通大学公派出来留学的，人很聪明。由于他的名字中有一个"笃"字，我们就亲切地称呼他为"笃笃"。他戴了一副黑边眼镜，还不到 30 岁，头发几乎掉光了。看到他我就想起了"聪明绝顶"这个成语。

他过来想让我帮忙。我正烦着呢，他过来找我，我就头都不抬地说："笃笃，你没看我正忙着吗？我哪有时间帮你呀！"

笃笃看我一脸的严肃就知道准是我遇见什么问题了。他说："你怎么了？这么严肃。"

我就把已经调了好几天程序的事和他说了，告诉他我真没有时间帮他。笃笃一听就说："原来是程序问题呀！你这个应该很简单。你发给我试试，估计很快就能弄好。"

我心想，连我都好几天没弄好，你还能弄好？那个时候年轻，不知道天有多高，地有多厚，盲目自信，总觉得自己就是全世界最棒的。所以并没有把笃笃放在眼里。

他可能看出我有点不相信他，就说："你就死马当成活马医，让我试试呗。"

"好吧。"我就把我的座位让给了他，他把我的错误信息看了看，然后又在计算机上看了看程序，对我说："可能一时半会儿找不到是哪错了。你给我几分钟时间，你现在该干什么就干什么去吧。"

呵呵，给你几分钟，就是给你一个月你也弄不出来呀。我这么想着，正好做了很长时间也没有吃东西，就说："我到那边喝点儿茶，吃点儿东西。你先弄着。"于是，我就去旁边的小屋泡了一杯浓浓的奶茶，拿出了自己做的三明治。我一直太专注了，都忘了时间，其实我已经在计算机前坐了好几个小时了。现在一拿出吃的，顿时肚里的饿虫全都疯了，我五分钟都不到就把三明治吃完了，接着咕嘟咕嘟几口就把奶茶也喝完了。

回到我的计算机前，笃笃还在那里皱着眉头看着程序，时不时地修改。他的额头上有三道很深的皱纹，再加上他头上没有几根毛，就显得有点老。我们有时候就和他开玩笑："笃笃，你怎么长得那么着急，看你那几道皱纹长的，说你五十岁也有人相信。"每当他听到这些话，就嘿嘿一笑："实话告诉你吧，我妈说我刚生出来的时候，这脑门儿上就长出了三道皱纹。"

"怎么样了，有戏吗？"我根本不抱什么希望。

"我再改改这个语句。"他边改边回答我。

过了两分钟，他站了起来说："估计差不多了，你试着运行一下吧。"

我输入运行指令后，计算机停了一下，接着就显示了一排字。我一看，成功了！我激动地使劲儿拍了笃笃的肩膀："你真行呀！太棒了！你怎么弄的？"

笃笃说："你编的程序也没有什么大毛病，就是有一句写反了，还有一个地方没有加上括弧。一般人是看不出来的。"

他说得那么简单，而且只用了十分钟就解决了我好几天都没有弄出来的问题。什么是高手？这就是高手。在这之前，我从没有觉得理工科的学生能比我们强到哪去，因此也就盲目地自负着。从这一时刻，我感受到了理工科学生的水平和聪明才智，再也不会看低理工科的博士生了。当然我也非常愉快地帮他解决了问题，那天我们两个皆大欢喜。

自从学会了使用计算机编程，我对建立经济模型就更有信心了。我把这次运算结果拿给导师看，他并没有表扬我，而是告诉我我们做定量分析的目的不是为了玩数字游戏，我们最终是要为我们的客户服务，甚至为政府和相关部门提供决策的依据。我立即想到了他在我们学院还有一个公司，听我的第二导师说过，这个公司的名字叫作"GMAP"，并且获得了几千万英镑的研究资助。这个公司就是我的导师阿兰开办的，在那个时候就能获得数亿人民的资助，可见他的工作是多么出色了。那一年，他成为利兹大学获得资助最多的科学家之一。

他问我："你如果要做可行性分析的话，需要做出几个方案。那么影响不同方案的东西是什么呢？"

我使劲地摇了摇头。这个我还不太清楚。

"是参数。"他接着说，"一个地区的经济会受到不同情况的影响，而不同的影响程度可以用参数表示。例如，参数可以有高、中、低之分，数学模型加入了这三个参数，就会得到不同的方案。"

这点对我真的太重要了，我马上问："那么我们怎么获得这些参数呢？"

"Good question！"他说我问得好，接着说，"参数可以通过两种渠道来获取，一个是进行调查，获取经验值；另一个是通过预测和测算来获取。"

我牢牢地记住了他的话，这些对于我顺利地完成毕业论文起到了巨大的作用。

六、最认真的教授，没有之一，只有唯一

与此同时，我也花了大量的时间去图书馆和阅览室，查阅了无数区域经济投入产出模型的领域的研究文献。这不仅使我学习了很多东西，更重要的是确定了我的研究方向。

我一般不会浪费自己的时间，所以给自己制订了一个小目标，那就是每写完论文的一章，就会向国际同行杂志投稿，或者在系里的内部刊物发表，或者去参加国际会议，在会议上宣讲。

在我写完了第一章的时候，将论文交给了我的第二导师，她帮我做了很多润色和修改。于是，我就把她的名字放到了第二作者，将稿件投给了两家杂志社。一年后，我收到了国际一类杂志《Chinese Geographical Science》的通知，此论文已经可以正式发表。

一转眼已经在英国快一年了。

在一次和我的第二导师克丽丝交流的时候，她正式地告诉我，所有的博士生都要在第一年结束的时候参加一个口试，这个口试的成员包括我的两个导师和院里另外两个同行的教师。他们都是院里的准教授，即 Reader。一个是女性，叫 Sally MaGill，她很个性化，头发剪得

很短，远看就像一个男生。我观察过她，她从不开车，每天都是骑自行车到学校，是一个十足的环保主义者。另一个叫作 Philip Rees，是一个区域人口学研究的专家，他不怎么说话，但是一开口说话，别人听着都着急，简直太慢了。我在查找类似文献资料的时候也看过他们的文章，这两个都是高产学者，都在世界区域科学界有着举足轻重的地位。

我问二导师："如果口试没通过，最坏的结果是什么？"

"你为什么要考虑没有通过呢？我觉得你没有问题，不用担心的。"二导师克丽丝对我还是很放心的，不过她又说："万一通不过的话，你可能就不能读博士了，就要转到研究型硕士了。所以这次口语考试，就是决定你能否 Transfer 到正式的博士学习。"

原来这次测试还是非常重要的，它的名称就叫作"Viva"口试，但是却决定着你的下一步走向，所以英文就用了"Transfer"，即转移的意思。口试通过了，就能自动转到博士学习；如果通不过，对不起，就要转到研究型硕士了，即 M.Phil（哲学硕士），一般学制为两年。

那天口语考试，我的面前坐了四个本学科的世界级高手，使我不寒而栗。我这么一个小博士，也不必用专家们拿"锤子砸花生"啊！这句话还是和我的第二导师克丽丝学的呢。

VIVA 口试开始了，我先简单介绍了我研究的内容，汇报了这一年都干什么了，下一步研究的方向是什么，等等。然后就是"四大高手"中的两个新手问我问题，我基本都答上来了。凡是不确定的，我就会说，我一定在下一年好好学习和研究之类的，态度非常诚恳，所以他们也就没有太为难我。我觉得这和我大导师的位置也有关系，他是世界权威而且还是学院的院长，这两个准教授不会傻到难为他的学生吧，以后还想不想在这里混了。

没过一会儿，这个口语考试的气氛就放松了，反而变成了一个讨论会，大家都在讨论我的研究课题究竟应该是什么？我对他们说，列昂节夫的投入产出分析是将一个国家作为主体来分析并设计的模型，那么如果把一个国家或者一个地区再分为若干个小地区，例如，我国的山东省再分为若干个地级市，地级市再分为若干个县级市……这样一个多区域多层次的区域结构，那么投入产出分析模型又该怎么表现呢？我想设计好了分析模型之后，再用英国约克郡为例来验证我的分析模型。因为多区域的投入产出模型还没有人研究过，如果我进行这方面的研究，不管研究的正确与否，都是对这个学科发展的一个小小贡献。

听了之后，几位前辈都没有说什么，这时候 Sally 建议说，现在一个经济体是和环境发展相结合的。她认为应该把环境的模块加进来。Phil 准教授也同意他的意见，他建议说，如果加上环境的模块，不如再加上社会发展的模块，因为经济的发展最终目的是社会的发展。

我的两位导师在这种考试中是不能随便说话的。不过考试快结束的时候，他们两个发表了赞同的意见，这次的口语考试就正式地确定了我的博士论文题目：多区域多层次投入产出分析。

自从这次口试之后，我和另外两个老师也逐渐熟悉了。在第二年的时候，Phil 让我去他的办公室。我去了之后，他问我：你能帮我做做辅导课吗？我听到这个高兴坏了，我知道做辅导课可以有辅导费。我的导师也和我说过，但是小时数都不多。如果能做辅导课，每个小时的辅导费大约在 16 英镑，这就相当于人民币 200 多元了，比国内一个月挣得都多。

Phil 见我很高兴，就说："也别高兴得太早呀！我讲课的内容是应用统计软件做区域分析，你要学习很多新的东西。"

我一听说是用统计方法做区域分析，一下子就乐了。我大学就是在计划统计系上的，而我们大学的统计研究和水平应该是在全国首屈一指。可是具体用什么软件我还不太熟悉。

"你要学习两个很容易掌握的软件——Minitab 和 SPSS"。他告诉我一定要掌握这两个软件。

其实，我自己曾使用过这两个软件，虽然不是很熟练，但是看看书也就会了。对我来讲，小菜一碟。我向他打保票，我一点问题也没有。

这时候 Phil 拿出了一叠厚厚的资料，我一看，全是辅导课的讲义，一共 10 个单元，他已经都事先写好了。这是我见过的最认真的教授，没有第一，只有唯一。他怕我不懂，居然搬了一个凳子让我坐下，然后一页一页地给我讲了一遍。其实我有的一看就会了，但是他还像教一个小学生那样，认真地教我，恐怕漏掉了什么或者担心我学不会一样。他这么做可能看我是外国学生，英语不够好，也许是怕我不会，再把英国学生耽误了。

以后每一次在我上辅导课之前，他都会把辅导讲义给我过一遍，保证我能够全懂。由于有辅导课这层关系，我和他接触得非常频繁，在某种意义上，我和他接触的时间比我的两个导师都多，就算把他当成我的第三个导师，也一点都不过分。

我觉得我是非常幸运的。在英国，也有很多学生和导师关系处理得不好，到最后连博士都没有毕业。而我却有这么多优秀的导师，这其中不仅有我的大导师阿兰·威尔逊、二导师克丽丝，还有给我很多帮助的 Phil Reese、中国专家弗兰克以及女强人 Sally 教授。

第五章
学习之外的快乐

People who cannot find time
for recreation are obliged sooner or
later to find time for illness.
腾不出时间娱乐的人，
早晚会被迫腾出时间生病。

——美国商人霍梅克·J.

一、都是 Bloody Mary 惹的祸

　　我们知道伦敦有一个著名的海德公园，马克思和恩格斯曾经在海德公园之角，站在小板凳上，向人们介绍《资本论》和共产主义。其实利兹市也有一个很大的海德公园，它就位于利兹大学的土木工程学院的对面，从这头看去，一望无际。冬季这里被白雪覆盖，行走于中间，一个个有规律的脚印都可以把盲人带到学堂。春季和夏季的草总是绿色的，偶尔可见利兹大学的学生们横七竖八地躺在草坪上，任阳光从身上扫过。我最爱也最惋惜秋天，每当 10 月标尺转到利兹，海德公园似乎要求所有的大树都要跪地谢恩一样，不仅把一排排的大树染成红色、黄色、绿色，还把五颜六色的美丽树叶铺满整个公园，美丽至极；但是落叶又添苍凉，落得再多，也挽留不住执意离去的秋季。

　　随着学习生活渐渐步入正轨，我也找到了合理安排时间的方法，时间也好像多了起来。一天我又去利兹的学联驻地，看看电视，和大家聊聊天。这时，有人敲门。我正好站在门旁，就把门打开了。

　　这是一个学生模样的英国学生敲的门，他大约 20 岁，留着小分头，胡子修得整整齐齐的。他的穿着也很有意思，里面好像穿了一件 T

恤，外面套了一件黑色长大衣。

"Hi."我和他打了一声招呼。以前在课本上学习和别人打招呼的句子我在国内的时候背得滚瓜烂熟。例如，见面要先说"How are you？"别人回答你之后，你还要说"Fine，I am fine. Thank you."或者直接用"How do you do？"然后你必须也说："How do you do."而到了英国以后，这些熟练的句子基本就用不上了，英国人打招呼基本就说个"Hi"。

他也说了一声"Hi"，然后说："I am Mark. Is it CSSA office？ I am studying Chinese and wonder if I can make some Chinese friends." 哦，原来这是个学中文的学生，想过来找个中国朋友练习中文的。在这里说明一下，CSSA 就是中国大使馆教育处为了能更好地管理公派留学生，丰富留学生的业余生活，加强留学生之间的交流与联系而倡导成立的中国学生学者联谊会，英文是 Chinese Student and Scholar Association，简称 CSSA。每个城市都有一个这样的联谊会，这里也是学生平时聚会的地方。

听他这么一说，我就客气地把他让了进来。

英国人为人处世很简单，你让我进来，我就进来；你让我吃，我就吃；你让我喝，我就喝。而我们自己人一般都要客气一下，明明很想吃喝，却说不渴不饿。我觉得这个主要是环境造成的，中国的物质一直都处于匮乏状态，到别人家里做客，一般都明白主人家里也不富裕，所以都要客气一下。而英国近代一直处于世界发展链的顶端，吃喝早已不成问题，所以他们到别人家不太会为主人着想，如果渴了、饿了还可以直接到冰箱去取。

住在学联的老张这天没事，正好给自己改善伙食，来之前就一直忙活着做了两张馅饼。这是老张的绝活儿，很多人连烙饼都做不好，更别提做馅饼了。而他在肉馅里加上从中国店买的韭黄，再加上点儿香油使劲儿地搅拌，肉馅别提多香了。然后，他又和好面，用擀面杖擀成很大的"面皮儿"，把馅儿放进去包好后轻轻地压几下就成了馅饼。接着他把炉子打开，平底锅放上油，等油热了之后，就把馅饼放了进去。没过一会儿，他那香喷喷的馅饼就做好了。他揭开锅盖，整个房间都弥漫着诱人的香味。闻到这味道，没有人不想吃几口的。我看到盘子里面金黄色的馅饼，口水都快流出来，真想抓起来直接塞进嘴里。可是一想，这毕竟是他的午餐，平常省吃俭用的，根本就不买肉，今天也不知道哪根儿神经出毛病了。

老张把刚做出来的两个馅饼端到客厅，又把熬好的小米粥盛到碗里也端了过来，然后坐下准备大吃一顿。这时候他发现这个房间多了一个老外，就愣了一下，然后违心地说："我刚做好的馅饼，你们尝尝。"

我们都知道，他也就这么一说，中国人一般就会客气地说："不用了，你自己吃吧。"然后，他就可以自己继续享用了。可是这个英国小老外就没有跟他客气，一听说让他尝尝就用中文说："好啊，好啊。"边说着就伸手抓过馅饼快速地咬了一大口，嚼了几下，说："好吃，这是我吃过的最好吃的饼。"他可能还没有学过"馅饼"这个词，只知道"饼"。

老张一看傻眼了，他本来只是想客气一下，没想到这个不速之客当真的了。正在他发愣的时候，老外手里的馅饼也快吃完了，他突然意识到老外可能会把另外一个也给吃了，就立即拿起馅饼，三下五除二，连一分钟都不到就吃进肚子里了。

小老外口中余香未散，又咂巴了两下嘴，问："这个饼中文怎么说？"老张没好气地说："馅饼！"我敢打赌，老张正生着闷气呢，肯定也没有吃饱。

一听说是"馅饼"，小老外说："哦，我终于知道是怎么回事儿了。我以前听说馅饼，但是没有见过。其实中国的馅饼就是我们西方比萨的祖宗。"我们不明白他为什么这么说。

"很早之前，马可·波罗去了中国，他发现馅饼非常好吃，回国以后，他也想做同样的馅饼，可是怎么做都做不好，因为他根本不知道馅儿是怎么放进去的。后来他把馅儿放在了面团的上面，再用火去烤，结果就成比萨了。"他说这些我还真是第一次听到。不管这个传说是否真实，我们也为老祖宗的聪明才智感到骄傲。

我们就这么认识了，后来还成了好朋友。我经常约他到我们家做客，他很爱吃中餐，每次都吃得不能再吃了才离开。

有一天他问我："金，我在利兹大学的酒吧里上班。我听说酒吧正好缺一个人，我想推荐你过去。"

"太好了。"其实，我那段时间没有什么事情，正好想找点事情做呢。再说，出国留学，打工是"必修课"，这也是了解英国社会的一个重要机会，而且还能挣钱，何乐而不为。

他看我很激动的样子，就说："你也别高兴得太早了，我还没有和老板说呢。他人很不好说话的，主要是你没有什么工作经验，酒吧里面酒的品种很多，你都要记住的。"

"我一定好好学习，很快就能学会的。"我怕丢掉这个机会，但是我也知道自己的英语不太好，对酒也没有什么了解，肯定困难不少。

第二天他又来到我这里，说老板已经同意我去工作了。每周工作三个晚上，每次大约三个小时，工资每小时 3 英镑。今晚就可以去，刚开始是他带着我，按照国内的说法，他就是我的师父了。

他给我讲了很多酒吧工作的规矩，还告诉我很多酒的名字。他说学生的酒吧比较简单，大部分学生都是喝啤酒，而啤酒的牌子虽然很多，但是基本可以分成几大类，一种就是苦啤酒，英文就是 Bitter Beer，颜色较深，这是英国非常有特色的啤酒，很多国家都没有。另外一种是淡啤酒，也就是 Larger，颜色较浅。女生如果觉得味道太

浓的话，就可以往里面加雪碧，加到了苦啤酒里面，就叫作 Bitter
Shandy；加到了淡啤酒里面，那么就是 Larger Shandy。他告诉我还有
其他诸如黑啤酒、清淡啤酒、红酒、烈性酒等，我一下子是学不全的，
要慢慢来。

他给我说了这么多酒，我早就有点晕了，也担心自己能否胜任这
份工作。看我有点担心，他就鼓励我说："没有关系的，有我呢。你刚
开始不用站在吧台里面收钱和点酒，你只要把酒送到客人那里，再把
空杯子收回来就行了。"这个英国小老外还是很讲义气的，都说老外是
不讲人情的，其实不然，他们只不过既讲人情又讲原则而已。

晚上就和他一起去上班了，利兹大学有两个酒吧：一个是 Tarten
Bar，另一个是 Old Bar。他带我见了老板，老板很像外国电影中描述
的老板的样子，是个大光头，面无表情，看起来有点凶巴巴的，而且
很胖，走起路来气喘吁吁的。老板没有说什么，就告诉我跟着 Mark 在
Old Bar 工作就行了。

这是我第一次走进英国酒吧，看到了吧台长长的，足有十几米长，
吧台里面的架子上各式各样的酒足有几十种，在背后镜子的映衬下，
流光溢彩，琳琅满目。20 世纪 80 年代，国内还很少有酒吧，即使有，
能达到利兹大学 Old Bar 规模的也没有几家。然而，进入 90 年代，中
国在各方面都井喷式地发展，酒吧文化也不例外。

这天晚上没有多少客人，我就和小老外 Mark 学到了很多关于酒
的知识。也就是从那天起，我才听说了威士忌、白兰地、伏特加等酒。
有一个客人还点了一杯 Qin and Tonic，于是就想起了我的第二导师曾
经和我说过的金酒就是松子酒和汤力水。学语言是需要环境的，如果
没有语言环境，学得再好也是空的。Mark 和我说，很多人点金酒加汤
力水可以简称为 "Q and T"，这样就更简单了。

三个小时很快就过去了，老板对我的工作没有任何评价，说让我

周五晚上再过来。然后把工资就给我了，这是我第一次知道工钱是可以现结的，之前还以为是一个月发一次呢。英国人就是直接，怎么省事怎么来。

按照老板的要求，周五晚上我和小老外 Mark 又一起上班了。我本以为还像上次那么清闲，还有空学点关于酒的知识，可是没到半个小时，人就挤满了整个酒吧。这是周末，英国学生的社交活动就是去酒吧，他们每个人都端着一杯酒站在那儿不停地说，酒喝得越多，就越能说，说得越多，喝得也就越多……一般来讲，第一个人要给一起来的人每人买一杯酒。等这轮喝完了，下一个人就再给每个人买一杯。等这轮再喝完了，第三个人再买。如果一起来六个人，那么他们就要每个人喝六杯酒，如果你不喝，你就亏了，因为你不管怎样，都要给别人买的。这就是英国的酒吧文化。

等到大家都喝得差不多了，就去夜总会了。英国的酒吧一般在 11 点就关门了，而这个时候夜总会就开门了，这些喝高了的学生就可以接着去夜总会继续喝。夜总会和我们理解的不太一样，其实也是一个酒吧，只不过中间有一个很大的地方供大家跳舞而已。利兹还有一个大学，过去叫作利兹理工学院，后来升格为利兹城市大学，它们市中心的校区曾经有一个夜总会酒吧，很多学生喝高了就会去那里继续喝。酒吧的中间是一个圆形的舞池，比周围都要低，很多女生都会在那里跳舞，而男生就在上面喝着酒，居高临下地看着舞池中的女生，如果他们看中了谁，就下去和谁跳舞。如果女生不拒绝，就会一起和这个男生跳舞，然后晚上一起离开。所以人们戏称这里为"Meat market"，即"肉市场"。

真的超乎我的预料，这天晚上我在酒吧三个小时一直不停地送酒和收杯子，下班之后连走回家的力气都没有了。Mark 问我："你知道今天晚上大概卖了多少杯酒吗？"我说我不清楚。

他是在吧台里面的，他说至少卖了 3000 杯。我非常惊讶，外面送酒的有三个人，这意味着我们每个人送了 1000 杯，估计来来回回走了有十几公里。回家后，一身的臭汗味，累得澡都没洗就睡了。

后来我也学着点单，时间长了，几种常点的酒我都没什么问题了。有一次晚上上班的时候，看见几个人喝多了。人一喝多了，干什么事就没数了。一个学生大声地吆喝我过去给他们点单，醉醺醺的，嘴里还不干不净的。他们三男两女，这一次又要了五杯啤酒。英国啤酒是按品脱卖的，一品脱就是 one pint，差不多是一市斤。我把酒送过去后，转过身就听他们在议论我，好像说中国人怎么不好之类的话。我假装没有听见。他们那一轮很快就喝完了，又让我过去点酒，其中一个女生说要 "Bloody Mary"，其中一个人也不知道说了什么，他们几个就哈哈大笑起来。我觉得 Bloody 就是骂人的话，所以很生气。过了一会儿我把他们要的酒都拿来了，就没有给那个女生拿。她就很不高兴，问我："How about my drink？" 我说你没有点呀。

其中一个可能是她男朋友的人走过来，说我故意不给她酒，是在欺负她。我对他们说你才 Bloody 呢。这几个男士觉得我在骂他们，靠过来就要动手打我。Mark 这时候看见了，赶紧走过来劝架，那几个喝多了的男生还是不依不饶，就想动手打我。突然 Mark 做了一个惊人的举动，他拿起一个空瓶子照着自己的头猛敲过去，酒瓶子打在了他的头上，一下子碎了，而鲜血也从他的头上顺着脸颊流了下来，在场所有人都看傻了。Mark 站在那里纹丝不动，静静地说："那你们就打我吧！"

这几个人好像一下子酒醒了，慌忙拿起东西溜走了。这件事老板也知道了，他后来知道了真正的原因。原来都是我的错，那个女生说要的 "Bloody Mary" 其实是一种鸡尾酒，就是威士忌加番茄汁，中文叫 "血玛丽"，根本没有骂我的意思。都怪我学艺不精，才弄出了这出难堪的笑话。

老板执意要辞掉我，而 Mark 坚持要留我，看在他的面子，老板没有把我辞了，就给我换了一份工作，这份工作就是在学生会看门，负责签字。晚上任何人来到学生会的酒吧和夜总会，我都要检查他们的学生证，没有证件的，有本校的学生签字担保就可以。

这份工作比较简单，就是在大门口的桌子后面一坐，有学生证的就让进来，没有的必须有人帮助签字担保才可以进来。如果没有证件又没有人担保的，我只能让他们离开了，有的时候还要动用"武力"，这其实就是我们现在的保安工作。

那段时间我英语说得最多的就是："Show your ID please." 以及 "Can you sign him in？" 或者 "Can you sign her in please." 意思是让学生出示学生证，或者让带人进来的人签字。

每到周末，排队进来的人很多，这时候就需要更多的人维护秩序。一个叫皮特的男生有时候也过来帮忙，稍微空闲的时候他就会到酒吧给我们做两杯茶。有一次他把糖放进了他的茶杯，而又没有找到合适的东西搅拌，他就索性用签字的圆珠笔去搅。我心里想，这英国人活得也太糙了点，这还能喝吗？一会儿他的茶就变成了蓝色，我以为他还会喝下去，结果他看到自己的茶都是蓝色的了，也就倒掉了。

我做了几个月以后，学习就又开始紧张了，于是我就辞掉了这份工作。虽然时间很短，但是我对英国社会又有了更多的了解。

二、为我解过围的法国女郎

喜欢运动的人注定要和运动馆结缘的。报到后的第二天，我就抽空去参观了利兹大学的体育运动中心。该中心的功能非常齐全，几乎可以开展各种各样的体育运动和比赛，这让我兴奋不已。后来，这里又建了符合国际比赛标准的游泳池，综合功能大大提高。

自从报名参加了学校的排球俱乐部后，每周都要参加两三次的排球训练。第一次参加训练的时候，就是负责报名的 Nick 给我们训练的。别看他小小的个子，身高不到175厘米，可是基本功非常扎实，他防守好，球技娴熟，大脑很清楚，天生就是做二传的一块好料。

第一次参加训练的人很多，足足有40多人。等到第二次训练的时候，人员就减到20多人了。训练一般为两个小时，第一个小时是训练，第二个小时就是分组比赛。Nick 把学员分为两组，然后举行练习比赛。他采取轮流上场的方法，每个学员都得到了锻炼和考察。最后他又抽选出15人，组成了利兹大学代表队。我和征宇都被留下，光荣地成为校队的成员。

我们这个队每次都要加长训练时间，训练的强度也很大。在国内教练教大家救球的时候，都是采用在地下滚翻的方法，即把手伸出来，救到球之后立即顺势来一个滚翻，这样就不至于伤着自己。但是这种救球方法防守范围小，而且速度也慢，所以相对落后。而在英国，救球必须采取鱼跃的办法，即救球的时候身子向前扑，手在空中救到球之后，再借力落地滑行，这样速度快，防守范围大，是当时最新的救球方法。我们训练的时候，Nick 教练就让大家站成一排，他在 4 米远的地方低空抛球，然后要求每一个人都飞身鱼跃过来救球。我也是第一次这么练，膝盖都磕肿了。

接下来的几个月主要是和周边的高校进行联赛，有的时候还要参加当地俱乐部的比赛。这一年我们队很幸运，俱乐部来了三个美国人，身高都接近两米。技术虽然糙一些，但是身高在那儿摆着呢，能扣球，能拦网，作用非常大，所以安排其中一个打主攻，另外两个打副攻。队里还有一个英国人，他叫安迪，身高 1.92 米，是力量型选手，专打主攻。还有一个英国小伙子 Patrick，是个多面手，能扣球也能传球，专做接应。二传就自然而然落在了那个小个子 Nick 的身上了，整个球队基本上都是围绕着他的策略来打。他既是场上教练也是场下教练，还是专职司机，因为我们每次去伯明翰、谢菲尔德等大学比赛都是他亲自驾车，他确实是球队名副其实的灵魂。

你可能会问，我和征宇怎么办？由于身高的原因，我们只能做超级替补了。我和一位来自芬兰的尤里斯都是打主攻，都只能做安迪和美国人的替补，而征宇做 Nick 和 Patrick 的替补。

这样的配置和组织经过几次实战检验，有赢有输，总的来讲还说得过去。但是几个美国人对这种管理方式不太满意，他们对 Nick 这种多功能的角色不太满意，认为他不专业。这几个美国人的身高使我们球队的平均身高超过了英国所有其他大学校队的平均身高，我们有理由成绩更好，甚至能拿到全英高校的冠军。在他们的强烈要求下，俱乐部就聘请了一个前英国国家队下来的队员当俱乐部的教练。他叫尤科斯，棕色皮肤，据说是一个英国印度混血儿。戴着一副眼镜，身高也在190厘米以上，身子看着却很单薄，一点也不像打过国家队的。

也许他看出我们似乎对他不太相信，就先让我们练习摸高。他让我们每个人把手涂上蓝色的粉笔，然后击打篮板，谁在篮板上留下的颜色位置越高，就说明谁的弹跳力越好。那几个美国球手率先试手，结果三个人都超过了篮筐10多厘米，其中一个叫Tony的跳得最高，他就起哄让教练尤科斯也试试，其实就是想看他出丑。尤科斯露出一嘴的白牙，欣然接受了挑战。他侧身和篮板平行处站好，然后轻轻下蹲后又使劲向上一跃，他的手就"啪"的一下达到了篮板几乎一半的位置，这足足超过了Tony有半只手之多，三个美国人见了也不得不拍手叫好。接着尤科斯又演示了其他几个技巧，他的灵活性和标准的动作让大家无比佩服。

在尤科斯的训练下，我的每个人的水平以及全队的整体水平都得到了大大提升。在全英国大学生排球联赛总决赛上，利兹大学校队最终获得了冠军。

尤科斯每次练球的时候，都会有一个女生陪他一起过来，我们都认为她是教练的女朋友。这是一位典型的法国漂亮女生，头发金黄，嘴唇红润，牙齿洁白，那双蓝色的眼睛更加迷人。她太完美了，以至于我都没有勇气正视她，但是又总想偷偷地瞄上她几眼。说来也怪了，每次我鼓起勇气偷偷看她的时候，她也正好在看我。偶尔，她还会眯起眼睛微笑着冲我"放电"，几乎把我全部的魂儿都勾走了。

有一次，教练尤科斯把她领到我面前说："我的法国女朋友对中国男人很有兴趣，特别喜欢你，要么你们交个朋友吧？"说完就哈哈笑起来。我第一反应就是她是你的女朋友，你怎么能把你的女朋友让给别的男人？当然，如果仅仅是露水女友的关系也就无所谓了。第二反应是我都已经成家了，根本不可能和她再有什么关系的。于是，我就有点严肃地说："Don't joke me. She is your girl friend, you must treat her well." 说完，我拿起球包就回家了。

相对于英国人，那时候的中国人要传统得多，男女之间只有一种关系，那就是婚姻。而英国社会异性之间以及同性之间的关系就要复杂得多，男女关系不仅局限于婚姻关系，还可以有长期伴侣、临时伙伴、通行伴侣、一夜情甚至多个性伙伴的关系。这些关系很复杂，唯一的处理方式就是不要让自己卷进去。

在全英高校举办的"学生杯"赛中，利兹大学校队又击败了来自南部的高校，最后决赛竟然在利兹大学和利兹城市大学排球队中进行。利兹城市大学的最大优势就是他们有体育系，还有专门学习排球的学生，因此他们的实力非常强。决赛的时候，要不是他们的绝对主力扭伤了脚，我们是无法击败他们而获得冠军的。整个比赛扣人心弦，我也在最后几乎确定胜利的情况下上场打了一局。

那天比赛一结束，我们都激动地抱在了一起。美国大个子 Tony 居然还激动地流下了眼泪。这时候总是跟着教练过来的法国女生也来了，她让我们大家排好队，准备给我们合影留念，队长 Nick 说，大家要转过身，把屁股露出来照一张。我一听就觉得不可能的，怎么能露出屁股，还让人拍照呢？正想着呢，就听法国女生喊"one、two、three！"所有人都转了过去，露出了两排白花花的屁股，而在第一排，只有我没有转过去，我的一张人脸和一排屁股形成了一个鲜明的对比。这张照片也成了经典中的经典，后来在搬家的时候，这张照片再也找不到了，多少有点遗憾，可是那个瞬间却永远在我的脑中记录了下来。

为了庆祝我们获得的两项全国高校冠军，我们准备第二天做两件事：一是去市区的一个很有名的西餐厅吃一次正餐，二是吃完饭大家去夜总会跳舞。

吃饭是在利兹的一家意大利餐厅吃的。我去了以后才发现，这些平常穿得很随意，甚至都随便露屁股的英国人、美国人，今天吃饭穿得无比正式，基本上是清一色的西装革履。而我上身就穿了一件运动衣，下身穿了条牛仔裤，看到这么大的反差，我自己都觉得很尴尬。我心说，不就是吃一顿饭吗，穿那么正式干什么？

英国人是比较含蓄的，他们看我穿这个，也没有说什么，毕竟我还是外国人嘛。美国人则比较直率，特别是 Tony 说："Jin，你怎么不穿西装来吃饭？你穿得那么随意，说明你很不尊重我们，也不尊重上帝。"

我一听就不高兴了，我穿得随意和上帝有什么关系？我就说："也没有人通知我要穿正式服装的呀！再说我穿得随意，和上帝有什么关系？"

"是上帝赐予我们的食品，所以正式宴会要穿正式的衣服，表示对上帝和别人的尊重。我是今天上午特意去西装店买的晚礼服。"我一看，这哥们儿还真重视这次吃饭呀，他买的还是名牌晚礼服，他的袖子边上，还有裤子边上都有特意做上去的黑色丝绸带子，这就是标准的晚礼服，我们吃一顿饭每人也就十多英镑，但是这身衣服就得一百多英镑。

宴会快开始了，我的座位在最边上，对面坐的还是这个直率的美国人 Tony，而右边就是教练尤科斯，他的女朋友就坐在他的右侧。

我的头餐点了一份奶油蘑菇汤，主食是比萨。那个时候，对西餐一无所知，除了 Soup（汤）和 Pizza（比萨）之外，其他都不知道。按照中国人的习惯，我的汤上来之后，我就趴在碗上，拿起勺子，津津有味地喝着。

"Jin, stop！" Tony 突然大喊了一声，让我停止喝汤。他这么一喊，所有人都看我了。我一脸的纳闷，真不知道怎么了。

"You shouldn't drink soup like that. Only pigs make noise while eating and drinking." 可能我刚才喝汤的声音太大了，所以他的意思是我不能

这样喝汤，只有猪吃东西、喝东西的时候才会发出这样大的声响。

我突然想起来出国培训的时候就说过，正式吃饭和喝汤的时候绝对不能发出太大的声音，可是我已经习惯吃东西发出声音了，这么多年的习惯怎么能一下子改掉呢。我知道我现在在西方国家，应该尊重别人的风俗习惯。我的脸顿时变得又红又烫，烫得我在脸上放一块冰都能被立即融化。

我转了一下头，看到法国女生也在看我，就更不好意思了。在西方，这些不良的习惯总是和没有好的教养联系在一起的。我就把头低了下去，恨不得整个脑袋都放在汤碗里才好。

"Tony，I think you should say sorry to Jin. He is not from our culture. Can you use chopsticks？"这时候我听见法国女生站在我的一边，为我打抱不平，她的意思是让美国的托尼给我道歉，因为我没有西方文化背景。她还反问托尼会使筷子吗？

这时候其他人也都觉得Tony有点过分了。我虽然非常感激法国女生为我解围，也很感谢其他人由于我是外国人而同情我，但是我来到这个国家就是要学习他们的知识和文化习俗的，所以我丝毫没有记恨美国人托尼，反而还会感谢他。从那次事件之后，我就把吃东西发出声响的毛病彻底改掉了，不仅如此，我还告诫自己，东西没有吃完就不能说话，参加正式场合必须要穿得整洁，一个人去社交是不需要名片的，因为你的一言一行，一举一动，就已经是你最好的名片了。

吃完饭之后，大家去中国城附近的一家夜总会跳舞。所有人都很兴奋，而我的心情却比较沉重，哪怕音乐再大再有节奏，也提不起我的兴致。过了一段时间，夜总会的音乐从快节奏的迪斯科舞曲转成了比较缓慢的抒情曲，法国女生走过来，拉住我的手走进舞池中间和我一起随着节奏慢慢跳舞，跳了一会儿她把我紧紧地抱住，脸贴到了我的脸上，这是我第一次和外国女生这么近距离地跳舞，而且还是和这样一位非常漂亮的法国女郎。我都不知道我的双手应该放在什么地方，于是就顺手搂住了她的腰。我们脸贴着脸，身子贴着身子，谁也没有说话，就这样跳完了整个舞曲。

第二学期开始了，球队又恢复训练了。我和往常一样走进体育中心，大部分的老队员还在，教练尤科斯也还在，不在的是那三个个性张扬的美国人，还有那个漂亮的法国女郎。据说他们本来就是交换生，学期一结束美国学生回美国了，法国女生也回法国了。这对我是好事也不是好事，好的一面是三个美国学生离开后，我终于可以不再坐冷板凳了，终于可以打主力了。而不太好的一面就是我再也见不到那个曾经为我解过围的漂亮法国女生了，心中难免产生一丝惆怅。

三、从打太极拳到跳芭蕾舞

　　早期来英国留学的学生可以说个个都身怀绝技，有的擅长跳舞，有的会弹钢琴，有的体育超群，还有一部分人继承了中国优秀传统文化的一些元素，如打太极拳。

　　老姚就是利兹大学的音乐天才，他吹拉弹唱，十八般武艺样样精通。他博士的研究方向是作曲，据说他是中国音乐界里面第一位拿到作曲博士学位的音乐专家。目前，他在国内大学出任教授，桃李满天下。

　　老朱比我们晚来一段时间，但是气场很足。其中一个原因就是听说他会中国功夫，太极拳是他的强项。第一眼见到他，我就被他的英雄气势盖过了。那天，他上身穿着对襟儿的中国衫，下着灯笼裤，头发不长，梳理得很干净，一看就是武术大师。我们虽然都是读博士的，但是也就是在自己研究的领域多喝了些墨水，勉强称得上渊博。但是在自己擅长的学科之外，可能就是"侏儒"，甚至是"傻子"。能在英国遇见这位中国武术大师，我们倍感荣幸。那个时候，国外对中国的了解几乎等于零，但是走到哪儿，只要提起 BRUCE LEE（李小龙），人家就会滔滔不绝地和你聊天。刚来英国的时候，有些"老前辈"就告诉我们："你们出去一定要带钱，但是要少带。带上 10 英镑左右就可以了。"

我就纳闷了："那岂不是不带钱更好！"

"不中，不中。如果有人抢你，看你一分钱都没有，可能会要了你的性命。"这句话很诚恳，直到现在，我都有去陌生的地方一定不带钱包，只带几百元现金的习惯。

我又问"前辈"："也有图财害命的人，万一给了钱还要伤害你怎么办？"

"那好办！"突然，"前辈""嘿—哈"地大吼两声，然后两腿一个马步蹲裆式，脚再使劲往地上"啪"一砸，稳稳立在那里。这就是当时会武术的基本招式。接着，"前辈"起身说："实在不行就用我刚才这招吧。外国人以为每一个中国人都会功夫，你这么一弄也许就把他们吓跑了。"

自从那天受教了之后，我就一直想找人学两招，至少可以在关键时刻唬唬别人。今天这个机会终于来了，还是一位武术大师，这简直就是天上掉馅饼呀！

我们就对老朱说："朱老师，你给我们演示一下。"

老朱笑了笑，突然之间把脸绷紧了，一脸的严肃，接着"唰、唰、唰"就给我们演示了很专业的几个动作。大家都陶醉其中，正准备接着欣赏的时候，他突然停了。我们立即问："怎么停了？"

"表演几个动作给你们看看就行了。以后我要办一个培训班，谁要想学，可以交钱。"我们以为他说着玩的，但是看他满脸的严肃，就知道这一定是真的。

我以为能在该严肃的场合就严肃，该放松的场合就放松的人是一定能干成大事的。这种人办事比较认真，易于成功，而能控制自己的情绪，内心狂喜，但是面上仍然一脸严肃的人也是可以成功的。老朱就是这样一个不苟言笑的人。和他相比，我完全就是一个由着性子、不分场合、难于把控自己情绪、任由感情飞扬的孩子，所以注定难以成功。

也许我天生就是这种人吧。记得小学的时候我和同班的不少人报名参加滑翔兵，也就是潜在的空军飞行员。但是体检这关必须要过，那可是在陌生人面前脱得一丝不挂，还要被医生在你的隐私部位摸来摸去。我刚脱完衣服，一个女医务兵就替我检查身体，她这么一碰，我就控制不住地笑了起来。那女兵眼睛很漂亮，训斥道："笑什么笑！严肃点。"那个时候我就觉得自己真没用，连控制自己笑的能力都没有。其实还有比我更过分的，同去的一个小男生，当女医生检查他的"蛋蛋"的时候，他忍俊不禁，"嘎嘎"大笑起来，然后胡乱扭动，最后挣扎着穿上衣服就跑了，并且大喊着说他再也不来体检了。

后来我上大学了，周末就经常和弟弟去中山公园或者劳动人民文化宫看书。有一天，看书看累了，我就四处打量，发现很多人都往一个老式的建筑里走，一个个还都是文人模样，好像都很重要的。我就和弟弟说："你看他们都干吗去了？估计里面有什么好事，要不一会儿我们两个混进去看看。"我弟弟属于那种非常老实的人，他看了看这个很严肃的架势，就说："估计是开什么重要的会吧，肯定不让我们进去的。""那我们等半个小时再混进去吧。"

半个小时之后，我们真的混进去了，才知道这里原来正在召开一个纪念老舍的活动。当年诸如苏叔阳、肖复兴等都出席了。整个参会的人数也不到100人，可以说是当时中国文学圈子的精华之精华了。前面是一个小的主席台，观众在对面分几排坐下，桌子上居然还有茶水和糖果。我和弟弟在最后一排悄悄地坐下。正赶上苏叔阳在讲话，他讲了自己和老舍之间的感情，越讲越动情，后来突然没有声了。我正在纳闷儿出了什么事呢，苏叔阳猛然"呜呜"哭了起来。我本来就是中途进来的，还没弄清这是在干什么呢，就看见了台上的大哭，反而觉得很好笑。他哭声越来越大，我越听越觉得滑稽，强忍着才没有让自己笑出声来。

他的讲话终于快结束，这时候他"噌"地站了起来，抹掉了脸上的眼泪，说："我建议大家全体起立，为老舍先生默哀一分钟。"

大家都立即站了起来。此时，全场异常的安静，夸张地说，谁的眼泪掉到了桌子上，大家都能听得见。而我想笑的笑点却被推向了高潮，房间越是安静，我就越想笑。我终于忍不住了，身子就像筛子一样抖个不停，发出的笑声就更别提了。这时候，弟弟碰了碰我，让我别笑，而前排的一个先生可能也听到了我的笑声，就回头看我。我实在没有办法了，只能把笑声改成了哭声，"呜呜"的，还有几分动情。我发誓这一分钟是我人生经历得最漫长的时间。我也觉得在这种场合确实应该控制自己的情绪，但是可能天生就是一个神经病，所以在以后的日子里，凡是有严肃的场合和活动我都一概婉拒，绝不参加。

后来，我帮助一个语言培训学校上英语课，发现学生的水平参差不齐，有的学生根本就听不懂我上课在讲什么。有一次，为了让每一个学生都能得到锻炼口语的机会，我就让他们一个个地跟着我读课文。我对一个学生说："Can you read the sentence after me？"

他没有听懂，反而对我说："Can you read the sentence after me？"差点笑死我，我只能假装看着窗外，不让学生看到我的表情。从那以后，我就再也不想教英语了，不是因为笑话学生，主要还是自己控制不了自己的情绪。

虽然我在大文豪苏叔阳主持的活动上献丑了，但是那两句诗却让我记了20年，至今难以忘却。

爱，
是一首无字的歌，

要用心去感觉。

爱，
是一条漫长无尽的小道，
要用整个生命去走。

回到武术大师老朱的话题吧。老朱就是能在关键时刻 hold 得住的人。不管以后他怎么样，我们当时是服他了，想跟着他混的心都有了。

老朱的眼界果不其然比我们开阔得多。过了一些日子就在利兹大学的体育中心办起了中国太极拳学习班。一天晚上，我参加完大学排球队的训练，正要往回走，惊讶地发现在一个透明的健身房里大约有30 多位英国学生在打太极拳，这可能是大学开天辟地第一次有这么多人在学习中国太极拳。顺着学生们的眼神往前看，我看到了一个熟悉的身影，他在最前面，正领着学生打拳。

"哎哟，这不是老朱吗？！"我几乎叫出声来。我真没想到他能说到做到，短时间内就把这件事办成了，真心地佩服，佩服！

回去后，我和我们同宿舍的人说起了老朱开办太极拳学习班的事情。他们也都很惊讶，一个是佩服老朱敢想敢干，再有就是他在这方面的确是比我们站得高，我们看不见也想不到的事情，人家都已经实现了。一个室友还给他算了一笔经济账，假如每个学员每次课收 3 英镑的话，他一次就差不多能得到 100 英镑。如果每个月训练 8 次，那他就可以得到 800 英镑了。当时的汇率大约是 1 英镑换 15 元人民币，他一个月就可以收入 1 万多元了。这相当于当时国内月平均工资的 100多倍，难以置信。

中国留学生中来了一个武术大师，这个消息在留学生中不胫而走，纷纷知晓。因此，中国留学生腰杆子也硬了，大家觉得以后要是有人欺负咱中国人，就可以找老朱给撑腰了。

说来也巧，最近还真有人欺负咱中国人，连骗带抢的。在利兹有一个地区叫"Little London"，即小伦敦的意思。我也不知道为什么叫小伦敦，因为它就是有几栋不起眼的高楼。中国人和英国人眼中的"高楼"含义是不一样，那时在中国，我们幸福的标志就是能住上高楼大厦，这是一种富有和发达的象征。在英国则不然，他们是富人住别墅，只有穷人才住高楼大厦。而这几座大楼就是英国利兹市政府盖的"廉租房"，主要提供给低收入人群和一些难民。一些无家可归的人，一般也会安排在这里住。中国留学生很多都是带着家眷来读书的，当听说市政府可以提供"廉租房"，就去申请居住。中国人一般除了政府给的生活费，基本没有别的收入来源，所以一申请就一个准儿。最初还比较容易申请，到后来中国留学生尝到了甜头，都要申请，难度就大了。

中国人的加入打破了"小伦敦"的平静，这倒不是中国人能怎么样，而是把原来居住在这里的人的狼性激发出来了。你想想这里都住的什么人呀？！基本都是黑人、难民、流浪汉，还有其他低收入人群。他们在中国人没有住进来之前，就像鬣狗和野狗的关系一样，都是半斤八两，谁也别看不起谁，大家相安无事，也能达到一种低水平的平静和平衡。

而现在，中国留学生突然加入进来了。他们可是中国千挑万选的佼佼者，本来就不应该和这些人住在一起的，并且留学生的特征就是比较柔弱，个子小，不惹事。即使真有事，那也是本着不声张，大事化小、小事化了的原则来处理。和这些黑人和难民相比，中国留学生就是免费送来的小绵羊。他们立即盯上了中国留学生，从一些留学生那里抢钱和财物。有了第一次后，又发现中国人老实得连报警都不会，就变本加厉，抢的次数越来越多。

更巧的是，老朱也住在小伦敦，而大家现在都非常熟悉的已故著名科学家黄大年博士也住在这边（注：第七章还会专门介绍黄大年博士）。

黑人的恶劣行径惹怒了住在这里的中国留学生，他们商量要好好收拾一下这些黑人强盗。他们第一个想到的就是武术大师老朱，同时还找来了黄大年。他们四五个人决定让一个看起来比较瘦小的留学生先出去引诱黑人，而其他几位隐蔽在周围，只要黑人一旦有要抢劫的举动，老朱就发号施令，大家就会出来，把黑人围起来教训。这个计划制订得很周密，几乎滴水不漏，特别是有了老朱的加入，大家心里踏实多了。

第一天傍晚，大家在黑人最容易出没抢劫的时间让瘦小的留学生自己出去，以吸引黑人。可是那天也是奇怪了，这个留学生在经常被抢的地方出出进进，重复了很多次，都一个多小时了，也没有见黑人的踪影。他们几个人有的藏在楼道深处，有的藏在小树林里，也都坚持不住了，于是大家决定明天再试试看，就各自回家了。

第二天晚上，大家又集中了一下，然后各自埋伏于周围不容易看到的地方，有的人还藏在了垃圾桶后面，都快给熏晕了。那个瘦小的留学生依然假装若无其事地走着。终于附近来了三四个黑人，他们的年龄看着都不大，也就二十来岁。有的还抽着香烟，燃过的烟灰在微黑的天色下忽明忽暗。他们看见了这个做诱饵的留学生，然后快速地把他围住了。

其中一个直接就说："Hey, Chink, give me all the money. If not, we will kill you."意思是说："中国佬，把钱都给我，否则要你的命。"这个留学生赶紧看看周围，生怕藏起来的其他几个人不出来，那他的小命可就交代在这儿。

此时的老朱应该大吼一声，招呼大家出来。可是眼前的情况有了变化，一个是原来想黑人也就一两个人，现在却有 4 个，而他们只有 6 个人，这些半大的老头，能干得过年轻的黑人小伙子吗？再有，他们手里好像都拿着刀子或者棍棒之类的。老朱看见此状有点儿犹豫了。可是那边的几个黑人已经开始拉扯那个瘦小留学生了，他们再不过来，他就有危险了。

黄大年是一个性格很爽快而又讲义气的人。看到这儿，他非常着急，为什么老朱还不发号施令！？这边黑人开始动手了，而且力量越来越大，那个留学生开始喊"救命"了。此时的黄大年再也管不了那么多了，他大喊："冲啊！"就跑了出去。老朱一看，黄大年都跑出去了，自己也出来吧。其他几个人也就都跑了出来。大家一阵撕扯。令人惊讶的是，黄大年反而异常勇猛，他一拳就把一个人打倒在地，接着又是几拳，打得那个黑人几乎要跪地求饶了。老朱也冲了过去，可惜的是，他的武术和太极拳并没有派上什么用途，他和一个黑人厮打了几下，就被人家锁喉了，无奈之下，他只能叫黄大年过来帮忙。黄大年见状，一脚踢了过去，正好踢在黑人的要害，黑人马上松开了手。其他几个留学生也使出了吃奶的拼命劲儿，这几个黑人一看中国人也不全是"瞪羚羊"，赶紧逃走了。从那以后，黑人在很长一段时间都没有找中国留学生的事儿。

自从经历了这场战斗，大家明白了，打架其实靠的不是什么武术，什么功夫，而靠的是拼命的精神。有句话就很在理儿，那就是："好功夫不如一块破砖头。"

大家也不再迷信老朱的中国功夫了，从此大家只叫他老朱或者直呼其名，"武术大师"的称谓就没有人再叫了。

不过老朱经常做一些让人意想不到的事情。有一次，他来找我："老金，我准备学芭蕾舞了。"

我一听，差点笑喷了。他那个时候已经是快40岁的大老爷们儿了，本来个子不太高，来英国两三年，身体又发福了，这怎么也不能是跳芭蕾的料吧。

他看我不相信，就说："你等着吧，我会证明给你看的。"

后来这事就从我脑中消失了。半年后的一天，他又找我了："老金，我想找你帮个忙。"我是一个热心人，利兹的很多中国留学生都找我帮过忙。对于老朱的要求，我更没得说了："说吧，什么事？"

老朱有点不好意思地说："我的芭蕾课结束了，我们要在利兹大学的剧院表演《天鹅湖》，我也要上台表演。"

我一听，忙说："这是好事儿呀。"

他接着说："我知道你也玩摄像，能不能请你帮忙给我录像？"

"没问题，这事儿包在我身上了。"我就答应了。

那天剧院坐满了观众。我在后面架起了摄像机，准备录制芭蕾舞俱乐部表演的节目。不一会儿，演出开始了，我立即把所有设备都设置好，双手紧紧扶住摄像机，唯恐机器不稳而影响录像的质量。

英国是一个文化底蕴很深的国家，很多学生从小就受音乐的熏陶，对音乐的理解力和表现力非常强。不一会儿，一排"小天鹅"们随着优美的音乐缓缓出现，表演越来越精彩，我真不敢相信这是普通大学生表演的。我眼睛始终盯着摄像机的取景口，双手依然紧握摄像机，同时欣赏着优美的芭蕾舞和音乐。

正在这时，一个身着大黑袍的"魔鬼"出来了。"啊！这就是我的朋友老朱！"只见他大张开双臂，黑袍也随即展开，他就像一个黑色的怪物呼呼地飘了进来。我原来以为他会演王子的，结果却是这样一个角色。我不懂芭蕾舞，也不太明白其中的情节，不过他的柔韧性很不错，似乎很合拍。

突然我觉得这个情景非常好笑，看到他那庞大的身体，就像一团黑雾一样在这几个苗条的小天鹅中间游来游去，我忍不住失声笑了起来，而且越想忍住，身体就越像筛糠一样抖个不停。手中的录像机也跟着颤抖起来，根本就无法录下去了。

后来在一次聚会上，他对我说："我原来以为你录像水平还可以，怎么你上次给我录的都是虚的呀。"你说我能告诉他真相嘛！

第六章

免费饺子换来了英国老婆

That sometimes all a person needs is
a hand to hold and a heart to understand.

有时候每个人都需要
一只可以握住的手和一颗信任的心。

一、《肉蒲团》和《金瓶梅》都丢失了

20世纪80年代，在英国研究中国问题的大学不是很多，比较好的大学应该是剑桥大学、伦敦亚非学院以及利兹大学，而利兹大学又以中文藏书最多而位居第一。在英国学习的前半年，学习都很紧张，不敢有半点懈怠，除了吃、睡、上厕所，基本上都泡在图书馆里查资料和文献，确定研究方向和课题。半年过去了，周围的环境已经逐步适应，学习的那根弦就不再绷得紧紧的了。对于留学生排解寂寞和思乡情绪的最好方法就是去图书馆，找中文的图书和报纸借阅，当觉得可以驾驭自己的学习和生活的时候，就开始寻找一些中文小说消遣了。

利兹大学有两个图书馆，一个是在"最长走廊"附近的爱德华图书馆，它的藏书主要以理工书籍为主；另一个是在利兹大学最有标志性的白色建筑大厦里面，这就是著名的帕金森大厦，也是整个城市的地标性建筑之一。这个大厦有着非常著名的帕金森台阶，它足有几十个台阶，居高临下，可以看到对面的商店、餐厅、银行，来往的公共汽车，还有形形色色的人群。每到夏天，天气变暖，男同学只穿背心、短裤，而来自世界各地的女同学更是身着各式各样的裙子，彰显着靓丽的青春气息。我敢说百分之八十的利兹大学的学生都在这个台阶或坐着休息过、吃便当，或在此约会。

利兹大学图书馆的中文馆藏部分就在帕金森大厦的地下一层。别看这么一个不起眼的中文图书馆，它却收藏着很多珍稀"禁书"。要知道在那个年代，整个中国还很传统，有很多书籍只闻其名而难见真容，想看到简直太难了。我也是偶尔听说大学的图书馆有不少禁书的。在一个吃饱了撑的没事儿干的晚上，我就去了图书馆，鬼使神差地径直走向中文藏书部分。我在寻找当时风靡一时但是几乎没有人看过的禁书《金瓶梅》和《肉蒲团》。那时候的心情我还依稀记得，明明可以光明正大地寻找这两本书，但是却和贼偷东西一样，碰见个熟人都不敢打招呼。

我按着索引去找兰陵笑笑生的《金瓶梅》，可是怎么也找不到，我把附近的书都找遍了，也没有发现它的踪影。一个中国留学生看见我像猴子一样上下地翻腾，就说："你找什么书呢？我帮你找。"

他突然这么一问，把我吓了一大跳，赶紧说："没什么，没什么，就是随便看看。"找了半个小时也没有找到，我猜想一定是被别人借走了。

紧接着我就按照索引去找《肉蒲团》。和找《金瓶梅》一样，我找了半天也没有找到。我暗自寻思，这些中国留学生都不是吃素的，我居然还是落伍者了。我正要走的时候，看见图书管理员推了一车新还回来的书走了过来，接着她把这些书一本本地归位。我一瞥，好像她在往《肉蒲团》的位置放书，我赶紧走了过去，拿起一看——老天呀，这就是我苦苦找寻的书呀。我心情万分激动，把这书像宝贝一样拿到了手里。

我记得那是一本红色硬纸装帧的书，虽然不一定是原版，至少应该是香港最早印刷出版的书。由于借阅的人较多，里面的几页已经有些破损。我迫不及待地找了一个座位坐了下来，先一睹为快。听过来的人说，如果你要没有时间看整本小说，那么寻找最精彩部分的最好办法就是把书立在桌子上，哪个部分先张开了，就说明看的人多，看得仔细，那个部分就一定精彩。我如法炮制、立竿见影，找到了最先打开的那页，立即把书翻开，一行行令人眼热的字便跃入了我的大脑。我终于看到了这些从未见过的描述，字里行间都是那么赤裸裸的。我就像偷窥一样，正在做着见不得人的勾当。

我不能让这些肮脏想法再继续发展下去，站起身准备离开。而英国女生依然冲我微笑，眼神是鼓励的、友好的。我判断她应该是中文系的，因为她也在阅读中文书籍。那个年代能来英国读书的人还不是很多，而利兹大学有着英国最大的东亚系，其中不乏很多学习中文的英国学生。他们非常愿意与中国人交朋友，这样可以提高他们的中文水平。即使她那鼓励的眼神邀请我做她学习中文的朋友，我也不敢久留。我的脑中依然充满着一个个淫秽的画面，如果现在和她认识，怎么能保证不想入非非？于是，我拿起书快速走出，到楼上办好了借阅手续就离开了。

说来也巧，几天后路过帕金森台阶时，我又看到了她。她正坐在那儿吃着三明治，懒洋洋地晒着太阳。她也看见了我，便和我招手。我也连忙招手敷衍一下，就赶紧逃了。我恨我自己是一个胆小如鼠的男人，居然连和她说话的勇气都没有。假如那个时候认识了她，也许还会衍生出很多故事来。我也是后来才慢慢理解了，一个男人如果有20岁的身体，40岁的成熟，60岁的财富，那简直就是蚂蚁窝上的蜂蜜了。

二、我的"香肠"很痛

利兹大学中文系的本科生都要去中国读一年，这和我们来英国一样，他们也要在中国读书、生活。由于他们更加年轻，也就更容易做出更多的新鲜事情来。有一个读大三的英国女生，个子高高的，很文静，属于那种知性女生，中国不少留学生都认识她。我已经记不得她的名字了，权且就叫她夏洛特吧。有一次，我们几个朋友一起去大学的学生会，在那里遇见了她。大家居然还坐下来聊了一会儿，这样就认识了。

一个哥们儿很欣赏她，他对我们说："如果能娶到她，此生便再无遗憾。"

"你别做梦了，我听说她好像已经订婚了。"我另一个朋友接着说，"他的男朋友好像还是一个中国人。"

其实我也不相信这是真的。我们都懂得英国女人像花一样，中看不中吃。很多习惯和想法和我们中国男人都是有一定差距的。再说了，在身体方面，也不怎么匹配，很多英国女生宁愿找黑人，也不愿意找中国男人，这点你懂的。

他看出大家还是不太相信，就更坚定地说："应该是真的，说不定过几天就举行婚礼了。"我就再也没有理这茬儿，反正结婚与否和我也没有什么关系。

我从阿明·穆罕默德那儿搬出来之后，就和另外几个朋友在Welton Grove 巷子合租了一个房子。其中一个也是北京过来的，他年龄比我们年长几岁，我们就叫他老马。他在某些方面还真有点大哥哥的感觉，不管有什么好事都想着我们，例如哪有什么促销会或者小型party，都会通知我们去。他应该插过队或者当过工人，吃过不少苦，生活上也比较节俭。没出国前，我对"Free"这个词领悟得不是很深，只觉得这个字应该和黑人，和南非的曼德拉有关系，不就是"自由"的意思吗？黑人一直都想摆脱白人的统治，所以"Free"对他们很合适。

到了英国，经过老马这么一指点，"Free"便有了新的意义，这个新的意义就是"免费"的意思。我们一起出去购物，别人向我们推荐产品的时候，老马都会大声地问道："是 Free 的吗？"还有的时候，有人敲门发传单，通知我们参加一些活动，活动还会提供简单的餐食，这时他也会大声地问："是 Free 的吗？"确认是免费的之后，他才向我们推荐。说实在话，我们还真心感激他。不过后来去了一两次这些免费的活动后，才发现基本都是教会组织的。我们共产党员从来是不信邪的，再加上餐食也不好吃，以后即使免费的我也不再去了。

由于老马不是应届毕业生，之前又耽误了学习，他的英文基础不是特别好。但是我特别佩服他的一点就是他敢想敢说。语言就是交流的工具，只有经常运用才能越来越熟练。正是有了这种敢想敢说的精神，经过了这么多年的历练，老马的英语水平一般人都难以匹敌。不过，他在初期交流的时候确实还出现了一些非常幽默的小插曲。

记得有一次，老马身体不舒服，就去医务室看医生。英国每个人都会有一个社区专属医生（GP），他负责给你看一些不痛不痒的小病，大病他看不了的话，就推给大医院。这个体系倒是和我国的诊所医务室有点相像，不同的是，英国一定要落实到每个人。

老马坐下后，医生就先问老马一些诸如姓名等很简单的问题，然后就问他的病情。

"Are you a student？" 医生问他是否是学校的学生。

"Yes，I am Ma studying Phd." 老马告诉他自己是在读博士生。接着医生问他哪里不舒服。

"Do you feel poorly？" 医生用了 "Poorly"，意思是问他不舒服吗？老马纳闷了，医生怎么问我感到很穷吗？我要是说穷，是否看病就 "Free" 了？于是就说："Yes，Yes。" 没想到还真蒙对了。

医生确认他不舒服之后，就又问："Where do you feel painful？"

老马这次听懂了，他就是早上什么东西没有吃对，肠胃不舒服。可是他真不知道"肠子"应该怎么说。那个时候只有字典，根本就不像现在找个翻译软件就全解决了。老马很机智，而且善于举一反三，于是他就想到了香肠，他觉得香肠就是肠子做的，直接用香肠就行。

于是他就和医生说："My sausage is very painful."

听到这儿，医生刚喝到嘴里的一口水差点儿喷了出来。这就是我们可爱的老马，他什么事情都能做得出来，也什么话都敢说出来。

三、免费饺子换来了英国老婆

就在我们说夏洛特是否要结婚两周以后的一天，老马在大家都一起做饭的时候说："我告诉大家一个喜事儿，咱北京的一个爷们儿把中文系的一个漂亮女生娶了，人家是纯种英国妞，今晚就要举行一个小的婚礼仪式。"

我赶紧问："那个女的是不是叫夏洛特？"

"正是。"老马答道。

"他们夫妻让我问问你们谁可以参加。有吃的还有喝的，都是 Free 的。"我和他们不熟，就没有去。

后来得知，这对恋人是夏洛特在北京学习的一年中认识的。这个男生后来我也认识了，他留着板寸，属于沉默寡言那种人，这种人就像"平头哥"，人狠话不多，捕捉要害和关键的能力特别强。他在国内没上过什么学，但是为人仗义，在国内的大学附近开了一家饺子馆。恰好夏洛特很喜欢那儿的饺子，隔三岔五地就去吃饺子。他是一个聪明人，第一次还收夏洛特的钱，以后就怎么给都不要了。夏洛特在异国他乡得到了热饺子的温暖，就逐步和他亲近，后来就给他办好了来英国的手续，两个人就这样结婚了。英国人也是人，英国女人也是女人，她们知道感恩，某种意义上比中国女人更直接，更容易动情。

虽然我没有去参加他们结婚的婚礼，但是老马这次又给大家增添了新的笑料。事情经过是这样的，那天大家都很开心，有说有笑，在英国，尽管不能闹洞房，尽管人家新娘还是英国人，但是刨根问底儿地问一些私人问题还是可以的，例如，你们怎么认识的，饺子都是什么馅的，等等。这时候，经验丰富的老马想问问他们认识多久后才进入谈恋爱阶段的。但是翻译成英文还真不好说，比如"谈恋爱"怎么用英文表述才合适呢？

老马总会有办法的，他问："When did you know each other？"（你们什么时候认识的？）

夏洛特如实地回答了，接着他想问什么时候开始谈恋爱的，就说："When do you first make love with each other？"大家一听全都愣了，他居然问人家："你们第一次做爱是什么时候？"

他这么一问，夏洛特的脸都红了。我们之间有人是能够阅读老马的语言的，知道他其实是想问人家什么时候开始谈恋爱的，经他这么一解释，大家也就都明白了。

老马就是这么一位能制造幽默的大师。那个时候，来英国华人面孔也不多，只要在街上遇到华人面孔的都会礼貌地相互打个招呼。我们分辨哪个国家或地区的华人的能力也很强。中国人穿得都比较朴素，比较老土，出门买菜都是拉着小车，有的居然还用那种红蓝白相间的编织袋子。而中国香港、台湾地区，或者新加坡的华人打扮得就稍微时髦一些。一天，老马看见有几个华人面孔的学生朝我们走来，就说："我猜他们一定是新加坡的。"

我说："应该是中国台湾地区的。"老马说那我过去问问。

他三步并作两步走过去，上来就问："你们好，你们都是从一个新加坡来的吗？"

他一着急，语言也没有怎么组织就脱口而出了。其中一个人回复他说："我们是新加坡人，但是世界上只有一个新加坡，没有第二个。"老马觉得犯了口误，赶紧和人家赔了不是。

夏洛特结婚之后，我和她就再也没有联系过，也不知道他们过得怎么样。不过英国也有句老话，那就是"no news is good news"，意思是没有新闻就是好事。这和我们常说的"好事不出门，坏事传千里"的道理是一样的。祝愿他们能白头偕老。

虽然没有夏洛特的消息，但是有老马不断给我们制造笑料，这让我们在紧张的学习之余多少得到了缓解。

四、家父去世了

　　来到英国第二个年头的时候，有一天我和往常一样去学院的"Pigeon-hole 信箱"查信件，由于周末学院办公室不办公，周一总能拿到一大堆的信件。由于那个时候没有网络，没有微信，电话费昂贵，唯一和国内沟通的方式就是通信。这个信箱承载着来自国内的情感、期望、问候和希望。

　　我拆信的顺序也首先是国内的信件，其次才是英国的。我看到有两封是来自国内的，其中一封就是家书。不知怎么了，拆开之前就有一种不祥的预感，总觉得这封信沉甸甸的，不敢打开。

　　鼓足勇气打开家书一看，短短的几行字却传递着一个非常沉重的消息——家父因病去世了。"父母在，不远游，游必有方"这是孔圣人告诫后人的，做儿女的一定要有孝心，只要父母在，就不应该远游。如果游的话，一定要有明确的方向和理由。我虽然来英国留学理由很充分，但是毕竟在家父弥留之际，没有在他身边，没能陪他多走一程。

　　我坐在我的办公桌旁边，手里拿着信，眼睛一直盯着那几个字。

一年前曾经专门回国看过老人家，心里也有预感，可是拿到这封信，还是不敢相信这是真的。我就这么看着信，办公室的其他人员出出进进的，我全然不知。我只盯着这封信，眼泪啪啪地一个劲儿往下掉。

我想起了家父的很多事情。

我也有一个和朱老父亲一样伟大的父亲。可是父亲在世的时候，我甚至还伤害过他。我是 1961 年出生的，那个时候每个家庭都以贫穷为荣。而我的家庭应该是光荣之荣了。我的母亲是一个英雄母亲，居然让我拥有那么多的兄弟姐妹。父亲的月工资只有 50 多元，却要养活这一大家子。为了能挣一些生活费，父亲就让我去做一些扫地的工作，好挣点零花钱。很要面子的我死活也不肯去，当父亲扬起他的手逼着我去的时候，我突然说："谁让你们生我呢？如果没有我的话，钱早就够用了。"记得当时父亲把手停留在半空中，半天也没有放下来。晚上的时候，父亲走到我的床前，对我说："孩子，你要记住，你没有选择你出生的权利。既然来到这个世界了，你就要生存。"我那个时候总是觉得父亲是那么的严厉、那么的冷酷和苛刻。

我的家是在一个高级知识分子云集的地方，这里有着全国最著名的摄影师、新闻记者，还有翻译家。班里绝大部分同学的家长都是高级知识分子，而我的父亲则是一个服务部门的普通职工。每当开家长会的时候，我是最尴尬的了。一次我把学校发的家长会通知藏了起来，父亲因此没有去成。有一天父亲发现了那张通知单，就问我怎么回事，我憋红了脸，什么也没有说。父亲心里很明白，知道我怕他在老师面前给我丢面子。我父亲又一次跟我说："孩子，你也没有选择你父亲的权利。"他转过身走出去的时候，我看到他的手在擦拭着眼泪。父亲也想满足我那时候的虚荣心，可是在那个年代，他也无法选择他自己的路。

我的学业虽然经历了一些波折，但还是赶上了高考。那一年，当我拿着一个重点大学的录取通知书高高兴兴回到家的时候，看到的却是父亲不屑一顾的表情。我父亲对我说："考上大学没有什么可骄傲的，路还长着呢。"别人的父亲都在为自己的孩子能考上大学而高兴，而我的父亲却泼冷水，我感到很不愉快。在我临去学校的前一个晚上，我发现我的桌子上放着一个笔记本和一个当时很时髦的塑料香皂盒。我父亲从来没有给我们家任何人买过的礼物。这些东西让我突然感受到了作为一个父亲那种深藏在心底的爱。

大学毕业后我留校当了老师。一天我高兴地跑回家，告诉家里我将公派出国读博士。听到这个消息后，家人都很兴奋。如果能有公派出国的机会，无论是名声还是经济上都是一笔财富。而我的父亲不但没有说话，反而表情很难看。不知道什么时候他出了家门，过了一些时候，从我房间的窗户，我看到了正在蹒跚行走的父亲。父亲正在提着两个塑料袋子，一个装的是蔬菜，另一个好像是肉。那个时候他已经上了年纪，加上身体又不好，走路的时候也要用拐杖了。我看到他又要提东西，又要拄拐杖，好像随时都要摔倒似的。一会儿他把菜串到拐杖上，扛着走；一会儿又放下来，提着走。他的背心似乎已经湿透了。我的眼睛一下子湿润了，赶紧跑出去，把他和东西接回了家里。母亲责怪父亲："你让孩子们出去买东西就行了，还要亲自去。"父亲说："孩子要出国了，我要亲自做他最爱吃的饭。他们哪里知道我要做什么饭？要买什么菜？"

晚上，父亲做了我当时最爱吃的馅饼。那天的馅饼是我至今吃到的最好吃的馅饼，这辈子也不会有人能做得比他做的更好吃了。可是在当天，我吃着如此好吃的馅饼竟没有和父亲说一句感谢的话。

　　想到这里，我的眼泪禁不住地往下淌。我后悔当时自己连一句感激的话都没有和他说，让他知道这个孩子他没有白给拉扯大。

五、祝贺你，从今天起，你就是博士了

时间过得真快呀。我在英国的学习转眼已经进入第三个年头了。英国的纬度很高，如果我们仔细看一下地图，其实伦敦的位置已经和我们东北的漠河差不多了，但是英国或许是受上帝的偏爱，大西洋暖流从英国近海通过，使这本来应该冰天雪地的英国变得温暖湿润，即使在冬季，大部分的植物也是绿的，树叶也是翠的。

尽管冬季不是特别寒冷，但是英国的冬季有两大特点令人非常难受，其中一个就是风雪很大，尤其是英国中北部雨雪很多。每当下雪之时，利兹的海德公园就会有厚厚的积雪，很长时间都不会融化。而落在马路上和人行道上的积雪不知道是道路地表热的原因，还是人体热量的释放，总是在下雪后的第二天就开始融化。一到这时，行人们走路都异常谨慎，有怕摔跤的，有怕弄脏鞋裤的，总之都是格外的小心翼翼。

我出国之前，家里就给我准备了只有在大西北的军人才能有的那种翻毛大皮靴，这鞋里面是纯羊毛，鞋底厚墩墩的，那深深的纹路都可以比得上拖拉机轱辘了。只有我敢哼着小曲，大踏步地走在这种路

上。每天都是两点一线，从家里到办公室往来数遭，不仅那条路熟得不能再熟了，而且那种我在雪化了以后走在通向学校的小路上的声音，"噗叽，噗叽"的，永远忘不了。

另一个特点就是由于纬度高，英国在冬季的时候，白天异常的短。如果是阴雨天，早上都9点了天还不一定能亮，而下午3点来钟天就渐渐地黑了。上帝永远是公平的，到了夏季英国的白天又是漫长的，凌晨3点多钟，窗外的小鸟"叽叽喳喳"的，就把你吵醒了。你一看天都已经开始亮了，立即起床，可是拿起手表一看，还不到4点。晚上都10点了，还可以看见血红的太阳挂在空中，久久不愿离去。

漫长的冬季就要过去了，我的第二导师克丽丝约我去她的办公室。她见到我的第一句话就是：你知道你的学习就要结束了吗？

我还真没有仔细想过这件事，现在一想，我已经在英国待了快三年了。按照英国教育部的规定，本科需要三年完成，研究生只读课程的是一年，而研究型的硕士研究生就需要两年。博士生的灵活性比较大，但是一般都在3—4年完成。大学都希望学生能早一点读完学位，顺利完成学业后，拿到文凭走人。也有不少发展中国家的学生，三年后把自己博士学习改成业余制的，这样就可以慢慢读，我们系有一个伊拉克攻读博士的学生，竟然读了十年的博士，最后英国永久居留权都拿到了，学位学习还没有结束。

在这两年多的学习过程中，我的大导师阿兰·威尔逊的位置也发生了很大的变化。我刚到学院的时候他是我们学院的院长，进入第二年学习的时候，他就升为学校的副校长，即"Pro Vice Chancellor"。进入第三年的时候，他就又高升了，成为利兹大学的校长了，即"Vice-Chancellor"。您可能会说，"Vice-Chancellor"不是副校长的意思吗？是的，您说得没有错。但是英国干什么都和别的国家不一样，开车必须靠左行驶，楼房的一楼偏要叫"Ground Floor"，计量单位便要用

"磅"或者"Yard"。所以，"Vice-Chancellor"其实就是大学的校长，而真正的校长（Chancellor）就是皇室成员或者有名望的人挂个名而已，实际上是什么事儿都不管的。

大导师或许天生就是有官运的人，后来出任了英国高教部的主任，一直升到了教育大臣的助理（相当于我们教育部副部长）。他一路高升，并未给我带来什么助力。在第一年的时候，我们隔三岔五就可以见个面，从他那里真的学到了很多书本和书本以外的东西。第二年，见他的次数就锐减，一个月能见面一次就不错了。每次不超过一个小时。我的研究积极性也不那么足了。到了第三年，也就两三个月见一次吧。他的研究课题尽管获得了几千万英镑的研究基金，可能是涉及英国的一些不宜公开的项目，所以非英国人基本不能参与他的研究项目。因此，我就犹如一个跟着他跑的比赛选手，到了一个岔路口，他突然不见了，从此我也就失去了方向。可以说，从第二年开始，我的研究都是摸着石头过河，完全按照自己的方式和方法进行的，质量和水准也就大打折扣。

我告诉我的第二导师克丽丝，这已经是我的第三个年头了。

"你要尽快把博士论文写完了。"克丽丝提醒我，"等你写完了，我们都觉得没有什么问题了，就要安排你的博士论文答辩了。"

虽然我一直都把博士论文答辩这件事记在心上，但是听她这么一说好像明天就要答辩似的，还是感觉时间过得真快。

"克丽丝，你能给我讲讲论文答辩的程序吗？"我的确不太明白论文答辩的程序，早知道就可以早做准备。

导师克丽丝告诉我博士论文很重要，这是决定你能否拿到博士学位的一个重要环节。论文写完了以后，首先要经过两个导师的认可，论文才能正式提交。然后，学院会给你指定2~3位考官，其中一个是学院本学科的专家，另外一个是校外指定的本学科的专家。

考试那天几个考官和导师都要参加，导师是不能说话的，关键时刻可以做适当的解释，但是说多了就会影响成绩。答辩之后，考生要出去十分钟到半个小时，而这么短的时间也就是检验你三年多学习成果的时间，也是决定你是否能获得博士学位的紧张时刻。

我还是担心会有问题，就问克丽丝："如果要是没有通过怎么办？"

导师克丽丝说："你别担心，应该能通过的。"不过她又说，"由于考试的最终决定权在于考官而不在于我，也有很多考生是最后没有通过博士考试的。如果没有通过，你就会降级到研究型硕士研究生学位了。如果论文质量太差了，可能连硕士学位都拿不到。"

克丽丝这么一说，我更不敢掉以轻心了。经过了几个月的努力，一本400多页的论文终于装订好了。

我的博士答辩考官也确定了。内部考官正好是本院的Phil准教授，而外校考官是利物浦大学的麦顿教授。麦顿教授是世界著名的区域投入产出分析研究方面的专家，我在莫斯科和剑桥召开的区域经济年会上都见过他。他设计的模型严谨、复杂、全面，逻辑性强，在国际上享有盛誉。从他的模型中可以看出他的数学、经济学功底都非常深厚，遇到这样的考官不是什么幸运的事儿。

终于到了论文答辩的日期，那天早上我换上了一身西装，还扎了一条领带，喝了一杯英国奶茶就来到了学校。英国很重视博士的论文答辩，那天考场就在学院的会议室，尽管这是我一个人的答辩考试，楼道还挂上了"Silence"（安静）的牌子。秘书看我过来，就和我说了一声"Good Luck"，其他老师看见我了也都打招呼说："Good Luck。"可见学院对博士答辩还是非常重视的。越是这样，我心中就越没底儿，也就越紧张。我就在接待厅的沙发上等着，手心有点出汗。

这时候，导师克丽丝过来了，她头一扭，手一挥，冲我喊："Jin, come in please."她让我跟着她走进答辩考场。

　　我走进了答辩考场，发现考场的布置和我想象的完全不一样。本以为是几个考官整齐地坐在我前面的长条桌后面，而我一个人坐在他们前面。这种传统的考试布置可能比较直观，但是缺乏人性化，说句不好听的，这和审问犯人没有什么区别。

　　此时的布置是我的前面摆了三个大沙发，内部考官和外部考官在我的正前方一个人坐了一个大沙发，而我的第二导师克丽丝坐在我旁边的沙发上。我的第一导师阿兰工作太繁忙，所以没有出席。我一看这种布置，紧张的心立即放松了下来。在我看来，这不是一个什么考试，什么答辩，这更像几个专家在这里喝茶聊天。这种人性化的考试，完全出乎我的意料。

　　答辩开始了，我的第二导师克丽丝大致介绍了情况和校外考官之后，这两个考官就针对论文里面所涉及的所有内容问了许多问题。Phil教授是内部考官，他是不会为难我的，可是他又是一个非常细致的人。他基本每一个章节都有问题，有的问题细致到标点符号是否使用得正确。不过他大部分的问题还是只需要回答"Yes"或"No"的问题，没有什么太大的难度。

　　校外麦顿教授的问题和Phil不一样，他问的问题都非常尖锐，每个都能击中你的要害，完全是要置你于死地的节奏。

　　比如，我们的经济部分可以分为三大产业，即以农业矿业等代表第一产业，以加工和制造业为代表的第二产业，以及以服务业为代表的第三产业。而这几个大类又可以细分，一直分到上万个部门。这些产业和部门之间既是供给关系又是需求关系，这种关系就可以用传统的二维关系来表示。然后我们区域的概念加上之后，就会产生乘数系数关系。二维的比较简单，利用矩阵就可以表示这种依存关系，但是多维的话，就要有多次方。两维二用"最小二乘法"建立模型计算很容易，但是用多维的模型求相互之间的关系和多层次的乘数参数就很难。由于没有很强的数学功底，我也建了一个求"乘数参数"的模型，并且列了出来。

麦顿教授就是哪壶不开提哪壶，我最没有底气的就是这部分，结果还是被他发现了。他问："你很胆大地设计了一个多维乘数参数的模型，可是在你的论文里，我怎么也没有找到它理论数学的推导，更没有看见实践的应用。你做过数学证明吗？"

这个推导是非常难的，我根本就推导不出来的。于是，我只能如实回答："没有。"

他紧追不放："如果你没有经过证明和检验的，就不能放进来而作为你的成果。"

我看他是动真的了，如果他要是一直较真儿下去，我要是再不能自圆其说，这博士论文有可能就过不去呀。尽管大家都坐在沙发上，考官还跷着二郎腿，这表面看起来很随意的答辩其实一点都不轻松。我赶紧说由于时间比较紧，就没有做进一步的推导和论证。最重要的是我并没有把它作为一个现成的模型来使用，而是把它作为一个未来继续研究的方向。

说完，我用余光看了看外校考官麦顿教授的表情，身上也紧张地开始冒冷汗，不过好像他缓和了一些，手也开始翻动论文后面的部分了。

三个小时之后，论文答辩终于进入尾声。克丽丝说："我们几位还要合议一下你的论文和表现，请你先出去回避一下，十分钟之后我去外面叫你。"

我站起身，忐忑地走到了外面。学院大厅旁边有一个小咖啡屋，可以喝茶和咖啡。我泡了一杯浓浓的咖啡，心里一直惦记着答辩结果。我个人感觉应该是能过的，可是这两个考官，一个那么仔细，一个那么苛刻，究竟是什么结果，我心里一点底儿都没有。我端起咖啡就要喝，发现杯子里面的咖啡不知什么时候已经让我喝完了，可见我当时是多么紧张。

好像一个世纪都过去了，那扇决定我命运的大门还没有打开。又过了一会儿，只见那扇门轻微地动了一下，我的导师克丽丝终于走出来，她还是那个手势，还是那句话："Jin，come in please."

我很不自信地走进了房间，当我看到这几位都是用笑脸看着我的时候，我那一块悬着的石头终于落了地。我的导师 Chris 正式地宣布："Congratulations！ From now on，you are Dr. Jin." 她说："祝贺你。从今天开始，你就是博士了。"

"However，" 她话锋一转，"There are still some areas you need to correct. You must complete the corrections and hand it in within one month's time."

原来，博士论文的答辩将会有几种结果：

第一种，完全通过。也就是非常完美的论文，历史上是不多见的，因为每个人都保证不了会犯一些小的错误。而且考官不能挑出一些毛病，说明他也没有尽职。

第二种，修改小错误。就是有一些可以接受的错误，不至于影响论文的整体结构和质量。那么这些小错误需要在一个月内修改完毕，然后再交上来。这个只要在修改之后交给你的导师就行了。

第三种，修改大错误。这说明你的论文里面有比较致命的错误，需要进行大的修改，主要观点需要重新论证和实验。然后在 3—6 个月修改完毕后再上交。这一般需要校内内部考官审核通过。

第四种，有重大问题，论文根本达不到博士学位所要求的水平。这种情况一般就建议重修或者直接给一个研究型硕士学位了，也就是 M.Phil.

我很庆幸的是获得了第二种答辩结果。我所做的就是把里面的一些语法错误还有打印错误都做了修改，然后把麦顿教授提出来的需要论证部分直接给删了。做好之后，直接交给导师克丽丝。我三年半的博士学习就这样结束了。

结束的当天，我和室友，还有几个朋友举行了简单的庆祝会。一会儿老马也过来了，他把夏洛特这对新人也带了过来，他们是手牵着手一起进来的。看到他们这么恩爱，我们好羡慕。他们也向我祝贺通过了博士论文答辩，获得了学位。而我向他们祝贺新婚快乐，并祝愿他们能够白头偕老。

他们待了几分钟就要走了，走的时候，依然手牵着手。看到这里，我想起了那句话："That sometimes all a person needs is a hand to hold and a heart to understand." 是的，人的一辈子活着不容易，有时候每个人都需要一只可以握住的手和一颗信任的心。

第七章
黄大年家的那把菜刀

And now as I lie on my deathbed,

I suddenly realize：If I had only changed myself first,

then by example I would have changed my family.

From their inspiration and encouragement,

I would then have been able to better my country and,

who knows，I may have even changed the world.

当我现在躺在床上，行将就木时，我突然意识到：

如果一开始我仅仅去改变自己，然后作为一个榜样，

我可能改变我的家庭；在家人的帮助和鼓励下，

我可能为国家做一些事情。然而，谁知道呢？

我甚至可能改变这个世界！

——威斯特敏斯特教堂的墓志铭

一、在什么样的岗位，就要做什么事，说什么话

通过博士答辩之后，我的心情立马轻松了。从答辩结束到学位授予典礼还有几个月的时间，突然一下子我不知道该干什么了，彻底失去了方向。

由于没有什么目的，这期间就干一些杂事，我和二导师克丽丝把我的论文重新整理了一下，发给国际专业杂志社，争取能多发表几篇论文。此时我的大导师已经基本完成了对我的指导工作，以后没有什么特殊情况估计也基本见不到他了。而他前一段时间又被女王封了爵位，今后必须要称他为"Sir Professor Alan G. Wilson"了。

有很多同学听说我的导师被封为爵士了，就向我祝贺，好像我被封了爵位似的。我对他们说，他即使变成英国首相也和我没有半毛钱的关系。我就是这样一个人，和我的关系越近，我越不愿意求别人，今后也不会沾他什么光的。

但是朋友问我有关爵位的问题，我还真不知道应该怎么回答他们了。后来我问了比较懂的英国人，他们告诉我爵位是分世袭和不是世袭的，如果是有皇室血统的贵族而且是历史上就是世袭的爵士，那么

他的子孙后代也都可以是世袭的。

老马对这事就比较关心，他知道了我的导师被封爵之后，就说："你的导师够牛的，居然被封爵位了。"

"是的，我也真为他高兴。"我不太想聊这方面的话题，就说，"我听说你的导师也很厉害，是世界上著名的炸药专家。"利兹大学的化学系在英国也很厉害，很多中国和中东国家的学生都慕名前来学习。

老马说："是呀。他应该在炸药领域很有名，都是世界能排上号的人物。"

我也记得他的导师还带不少中国学生。可是老马话锋一转，又转回来了："你说，这封爵能有什么好处？他是不是就算世袭贵族了？"

要是在两天前，我还真没法回答他这个问题，可是前一天问了几个英国人，又问了我的导师克丽丝，才闹明白了大概。于是，我就给他做了大概的介绍。

"我的二导师昨天告诉我，英国女王每年都给社会有突出贡献的人封爵的。这个需要政府的推荐，例如这两年利兹大学在我导师的带领下，取得了辉煌的成绩，特别是学校赞助和其他收入大大增加，还有很多的成果，因此教育主管部门就推荐他了。"

"可是我怎么听说大学的校长都可以封爵呢。"他接着问。

"是的。原则上像英国规模很大的重点大学的校长都是可以封爵的。我觉得这和我们国家大学的级别有点儿像。最近国家不是刚刚公布 14 所大学为副部级高校吗，就是你只要在这个位置上就是部长级领导。"我刚想起了前一段时间，国家公布的副部级高校名单。

"都有哪些学校呀？"他的问题还挺多的。我告诉他我只记得有北大、清华、人大、北航、北理工、北师、复旦、中科大、上交大等大学。好像浙大、南大、武大、川大等都还不是副部级单位。这是第一批公布的，后来国家又陆续公布，这些大学也就是第二批成为副部级单位的大学了。

我对老马说："英国封爵好像不是自动的，如果你做不好，英国教育部不推荐，你可能就不能被封爵了。"

"那你导师他们家以后就成贵族了吧？"老马的问题其实就是问爵位是不是世袭的。

"女王给这些各行各业有贡献的人封爵，我觉得就像一种表彰，一种荣誉，很像我们国家的全国'五一'劳动模范奖。所以肯定不是往下传的。"我突然想起了我们国家的"五一"模范劳动奖还真的和这个封爵有点像，就做了个比喻。

我接着把导师克丽丝昨天告诉我的也一起告诉了他："英国可以世袭的只能是那些贵族。由于爵士人数在逐渐减少，女王每年也要封一些爵位作为补充。但这是有级别的，也就是我们常说的五级爵士，即公、侯、伯、子、男。他们都是可以传给长子的，所以是世袭的。"

老马点了点头，似乎已经明白了。他突然问我："对了，你今晚有空吗？"

"我今晚倒是没有什么事。怎么啦？"我想知道他想让我做什么。

"你知道我一直都在中国餐馆打工的，我们老板昨晚告诉我今天是周末，餐馆会很忙，让我帮他再找一个人帮忙。你要是今晚没事就一起去。"原来是这件事。在英国三年多了，我还真没有在中国餐馆打过工，倒是想试试。

他看我没动静，以为我在犹豫，就说："我们老板人不错，工资给得还不错。一晚上能给你 25 英镑呢。"我知道 25 英镑的价格还可以，但是要工作 6 个小时，强度还是很大的。

"是在厨房刷碗还是当服务员？"如果在厨房刷碗我肯定就不去了，主要是得不到什么锻炼，和社会也不能接触。

"都不是。这家餐馆有一个酒吧，你在酒吧卖酒，当然你要去餐桌问客人要喝什么，还要给送过去，还要收杯子等。"我一听就乐了，就告诉他："这些我都干过，小菜一碟。那晚上我和你一起去。"在中国餐馆工作的好处是你会更自信，因为客人都是喜欢中国文化和中国餐才过来的。这样偶尔还可以给他们介绍一下。

我们下午一起去了老马打工的中国餐馆。英国人吃饭比较晚，一般都是 7 点左右才来客人，8—10 点最忙，之后就会轻松了。按照餐馆的要求，我们去了之后先吃员工餐，吃完立即做好迎接客人的准备。

7 点左右客人陆陆续续就来了，到了 8 点客人就爆满了，来晚的客人居然还要排队等座位。我们也开始忙了起来，忙的时候都要一路小跑地送酒。

快 10 点了，节奏才慢了下来，这个时候我们收杯子、收台的时候，客人也会和我们聊几句。这天正好赶上了一桌日本人也来这里吃饭。我开始还以为是中国人，还用汉语问他们是不是从香港或者台湾过来的，他们居然一直笑着摇头，等到他们告诉我他们是日本人的时候我才明白。

日本人还是有很多良好的习惯的，他们出来吃饭穿得很讲究。饭吃得也很干净，基本没有剩的。我最欣赏的是他们吃完饭以后，还居然能把餐具整齐地摆在一起，这样就便于服务员收走。

也许那时候还年轻，觉得自己已经是博士了，就根本没有把他们放在眼里。我们聊了几句之后，我就不管他们爱听不爱听便开始口若悬河，滔滔不绝地和他们介绍中国的情况，然后还很骄傲地告诉他们我已经读完博士了，现在只是过来帮帮忙。说了这么半天，就是怕他把我看成一个普通打工的服务员。

这几个日本人可能早就不耐烦了，但还是故作认真地听我说着。在我停顿的时候，一个日本人终于说了一句话："你说这么多意思是你比我们重要？其实你在这里就不是什么博士了。"

这个日本人虽然用生硬的日语说的，但是他的意思我是懂的。我忽然觉得我有点过分了。此时此刻我的身份就是一个打工的，本职就是一个服务员。你的身份再高，都要服从这个岗位。客人永远是上帝，那个时候日本很讲究服务意识，而我们对这个概念的认知才刚刚开始。

于是，我对他们说："Sorry，perhaps I just talked too much." 然后就赶紧回到我的吧台后面了。

那天晚上酒店生意很好，老板高兴就多给了我 5 英镑，这天晚上我就得到了 30 英镑的工资。但是我收获最大的就是日本人对我说的那句话，让我明白了你在什么样的岗位就要做什么事说什么话，只有这样，社会才有秩序。

二、在英国，有了工作就换了一个阶层

又过了几天，我们学院的准教授 Phil 约我去他的办公室。他问我读完博士了，下一步有什么打算。我还真的一下子说不出来。按照我最初的想法，参加完毕业典礼就应该赶紧回国，回我的母校继续工作的，因为出国之前是签过协议的。但是确实又有很多新的问题，例如都在这里三年多了，基本上已经适应这里的环境了；虽然学习了三年，又好像没有系统地学，什么都没有学精。平时，周围的朋友也都说，学习结束后最好能在英国找份工作，积累海外工作经验，这样的留学才算完整。

Phil 见我没有说话，就说："你知道我们利兹大学还有两个学院，其中一个是在利兹的圣三一学院，还有一个是在约克市的约克圣约翰及里鹏学院。据我所知，圣三一学院正在招聘一个高级讲师，主要讲授区域经济理论和统计软件。我觉得比较适合你，建议你去申请一下。"

我听了之后很感激，我倒觉得 Phil 更像我的导师，在给他的学生做辅导课的时候，很多软件都是他手把手教我的。但是我如果要工作的话，还是非常希望能在我第一导师阿兰教授的 GMAP 公司工作。因

为他所研究的都是世界顶级的技术和理论。我就和 Phil 说了真心话。

他停顿了一下告诉我："我和你说实话吧，那个公司研究的东西都是技术很先进的，一般不会让外国人参与的。"

我听了以后，又仔细想了一想，觉得他说得有道理。那个公司都是清一色的英国人，而且都是白种人。如果不能在那里工作的话，要是圣三一学院能要我也不错。高级讲师的地位已经很高了，而且年薪在三万英镑以上，这对于我来讲就是一个天文数字。那个时候能打进英国高校教师届的华人凤毛麟角，至少当时在利兹大学应该还没有。可是这家学院凭什么会要我呢？

"我可以申请这份工作，但是我觉得竞争力会非常大。另外，我对我的英语也没有自信。"我和他说了心里话。

Phil 说："你应该看清楚你自己的优势，你搞的是区域经济数学模型，很多英国人是不喜欢数学的，这就是你的优势。你的英语虽然不是特别好，但是讲授专业课对英语的要求也不是特别高，主要还是看你的专业知识。"Phil 不断地鼓励着我。

我想了一下，就说："好的，那我就申请试试吧。"

Phil 看了一下我，好像要说什么，可是欲言又止，我也不知道他什么意思。接着他把申请表递到了我的手里说："我告诉你一个信息吧，我比较了解你，所以才推荐你申请的。"

我还是有点不明白，他推荐我？怎么推荐？难道他是"内线"？

Phil 送我出门，到门口的时候终于和我说："这次招聘高级教师我是主要评委之一。我了解你的能力，只要你有信心，就一定能成功。"

我听了这句话，心中充满了感激之情。还是那句话，Phil 真像我的导师。

我把申请表交上去没有多久就收到了面试通知。当时英国的经济状况也不是特别好，就这么一个高级讲师的职位申请人数竟达到 90 多人，而评委会又从中筛选了 6 个人参加面试。可见难度之大。

面试那天，我专门穿了一身新的西装，戴上了从国内带来的一条红色领带。到了圣三一学院的时候，时间还富裕不少。我和前台秘书说明来意，她把我带到了一个教师休息室，然后告诉我所有的要面试的六个人都要在这里等着。面试是在旁边的一个房间，秘书会安排面试顺序的，我被排到了第三位。说完他就离开了。

教师休息室布置得不错，有几张沙发和桌椅。还有免费的咖啡和茶，随时可以饮用。里面已经坐了几个人，都是西装革履的，我一看就是我的竞争者。大家都相互打个招呼，都是皮笑肉不笑的，因为都知道只有这么一个位置，每个人都会拼死争取到它的。里面还有一个印度人，聊了几句知道他是曼彻斯特大学毕业的，说他是印度人，其实是印度英国人，他们家早在"二战"结束的时候就移民来英国了。还有一个是一本正经的英国人，人高马大的，很有绅士风度。他是诺丁汉大学博士毕业的，专业也是区域经济。其他几位候选人的背景我已经记不太清楚了，反正就觉得他们都太厉害了，如果我能在面试中击败他们，真是烧高香了。

前两个面试者已经结束了，他们走进来的时候，都是满面春风，感觉都很不错。轮到我了，在秘书的引领下，我走进了面试室。一走进去，就有着一种无形的压力。桌子是摆成长方形的，我坐在桌子一进门的位置。面试小组一共有五位专家，坐在我正对面的就是 Phil 教授，他的两侧分别坐了另外两个人。后来我才知道，这其他四个人是院长、系主任、财务主任，还有一个教授。

当我看到面试小组有我熟悉的 Phil 教授时候，紧张的心情一下子放松了。面试主要是 Phil，系主任和另外一个专业教授来问，院长和财务主任基本不说话。他们所问的问题基本都是我非常熟悉，很多都是 Phil 以前手把手交给我的那些知识，很符合他们的口味。然后院长

问了我一个问题："你到我们学院工作，除了讲课还能为我们学院带来
什么新的东西？"

我想了想，然后是这么回答的："中国是一个新兴的发展中国家，
我想开始一些新的课程，例如东亚经济发展，让学生了解世界。同时
我会在我们学校举办有关中国的研讨会，为更多想了解的学生和当地
有关人员服务。"我看他满意地点了点头。

接着财务主任问了有关是否需要申请工作许可证，是否有 NI 国民
纳税卡的编号等，就让我出去等消息了。面试后，我的感觉不错，和
之前的两个人一样，都是满面春风地回到了教师休息室。

等到面试完所有的人之后，Phil 教授、院长、系主任等一行走过来
说，按照面试安排，中午要一起吃午餐。我在之前就知道，这个午餐
也是面试的一个部分，它主要考察你的社交能力，还有餐桌的礼仪等。
我想起了我们打球的美国队友 Tony，真要感谢他那次对我的批评，如
果没有那次经历，我吃饭的一些坏毛病还真不一定能改过来。

吃完午餐，大家都准备要离开了。我也和大家一样，都要走到大
门口了。秘书走了过来说，院长请你再去面试室。为什么单独让我回
去？难道我被录用了？我真的不敢想。

我再一次走进面试室，还是原来那些人，还坐在原来的位置上，
不同的是大家看起来都很轻松。院长说："祝贺你，从现在开始你就是
利兹大学圣三一学院的一名教师了。"

我真不敢相信这是真的，这幸福也来得太突然了吧。我看了看坐
在正对面的 Phil 教授，他也冲我点点头，好像在说："这就是真的。"

我都不知道说什么好了，一个劲儿地说："Thank you.Thank you."
接着院长说："我们会帮助你申请工作许可证，但是在得到之前你也可
以先过来工作。"

实际上这个有点意外的结果还是和我最初的打算有较大差距的。

如果当时选择继续在英国，我可能会和我的爵士导师说一下，请他给我安排一个博士后，继续我博士的研究应该是没有什么问题的。然而一份正式工作总比做博士后要体面得多。

在英国，有正式工作与否决定了你的社会地位和经济地位。有了正式工作，你就进入了另一个阶层，银行也可以给你贷款，你就很容易买房买车了。虽然这份工作不是我最初想要的，但是它毕竟是一份很不错的工作。于是，我在英国开始了新的工作生活。

三、CSSA 中国学联与金桐大哥的文采

在进入第三年学习的时候，我还做了一件自己人生的大事。

有一天利兹学联的主席明堂找到我："金 Sir。"我们关系很好，他这么叫有些开玩笑的味道。

"有什么吩咐，主席？"我也半开玩笑地问他。

他和我说他在利兹任的中国学联主席的一年已经期满，现在他学习任务很重，准备卸任。明堂主席这一年工作还是很有成效的，大家也都很满意。我就说："你干得不错，再干一届吧！"

"我确实很忙。不过我卸任后想推荐你当学联主席。"他这么一说，吓了我一跳。我属于那种喜欢做自己喜欢的事儿，而且肯定能做得特别好的人。做学联主席是要花时间站在大家的角度考虑的，我觉得我干不了，就对他说："不可，不可。"

明堂说："我觉得你很合适，你很热心，又有能力、精力充沛。是块做学联主席的料。"接着他又劝了半天。后来我觉得自己业余爱好很广泛，为何不把这些爱好服务于学联会员呢？但是为了能广泛招贤纳士，我建议发布一个竞选学联主席的通知，在一周内如果有想竞选学

联主席的同学都可以报名，并在一周之后开竞选大会，告知目前的候选人是我。我想得很简单，如果有更合适的候选人，不用竞选，我就直接让给他人了。

三天过去了，六天又过去了，依然没有人报名竞选。我们估计这个时候也不会有人参与竞选了，于是在第七天就在学校的礼堂召开了全体大会。我做了简短的"就职演说"，主要是重申学联的目的就是服务好会员，而且保证在我任期期间让大家玩好、吃好、开心。我还以访谈的形式做了一整页的问题解答，把任期内的计划和实施方法都公布于世。

我做事没有什么条条框框，并不忌讳什么，所以在任期之内做了当时很多人都不敢做的事情。一个就是改变利兹学联举办春节联欢会的形式。当时留学生回国一次并非容易，因此在海外的春节联欢会就非常重要。我建议邀请知名艺术家来表演助兴，学联委员都不解，因为这是要花钱的，而钱又从哪儿来？我说那我们就搞一场最好的演出，做出最好的饭菜，然后售票。我请了世界古筝比赛第一名的一个艺术家来表演，利兹华人中也不乏有很多艺术天才，他们都先后登台表演。饭菜是以自助餐形式，很多饭菜都是请会员做好了带过来，然后大家一起品鉴。那一次利兹大学春节联欢会大获成功，好评如潮，学联居然还盈利了。

另一个突破就是举办联谊舞会，那时候的中国留学生的圈子很小，大部分时间都是在实验室度过的，有限的业余时间也没有什么娱乐活动好参加的。以前的学联也举办舞会，也就是找一个教室，拿个录音机放放音乐，有人愿意跳就上去随便舞几步，所以参加的人并不多。我和几个委员商量我们要搞正式的、大型的舞会，就在利兹大学学生会租用专业音响设备，在专业舞池里举办，参与的人一下子就多了起来。

有一天，我接到了中国使馆教育处去伦敦开会的通知，到了之后，才知道由于利兹大学中国留学生规模很大（估计有 1000 人），我就自动成了全英中国学联的执委，相当于副主席吧。这次参会的另一项任务就是选举新一届的全英学联主席。主席的候选人是来自南安普顿大学的林金桐博士和来自剑桥大学的一位候选人。

选举之前我看了两人的资料，好像两个人都是理工科的，都已经获得了博士学位，背景都很强大。但从资料来看，我更看好剑桥大学的候选人，毕竟人家是剑桥大学的，提一下这个名字就能给人吓得半死了。

两个人先后做了自我介绍和管理学联的理念，而林博士更强调一个学联主席就是要做好以下三点：

第一，学联是中国留学生学者联谊会，为会员服务是其宗旨；

第二，强调爱国，留学生国外留学，服务国内，这是任务；

第三，促进中英友谊，这是学联责任。

林博士平稳谦和，不张扬，接地气，把这三点娓娓道来。

反观剑桥的候选人空话多，还有点张扬跋扈，天下唯我独尊的感觉。一个全英的学联肯定是要交给一个脚踏实地，能设身处地为会员服务的候选人的，而现在看来林博士更适合。我改变了我的初衷，把票投给了林博士。

我的另一个发现是林博士虽然是理工科的，可是文学修养非常之好，他为人处世有两个特点，一个就是必须正直，该讲原则时一定要讲原则；另一个就是办事要讲究策略，为此他还写了两句小诗来诠释：

（1）"做守恒动量，当对称中心"。意思是做人做事要正直，讲原则。

（2）"曲率半径处处相等，摩擦系数点点为零"。意思是做事要讲究策略。

林博士年龄大我们不少，我们都亲切地叫他金桐大哥。我们这届的执委还有谭铁牛、胡金莲、王黎明等，现在都是响当当的人物。金桐大哥入职之后就给每个人安排了任务，我主要负责全英学联的体育工作，主要是做好一年一度的"全英学联游子杯"。会后，他和我单独会面，一只手按在我的肩膀上："玉献，这届运动会就交给你了。"从他手的力度，我感受到了他的信任、责任和压力。

我对金桐大哥说："林主席，你放心吧，保证圆满完成。"

那届运动会是由利兹大学中国学联承办的，五大球的比赛同日举行，利兹学联排球队和足球队都获得了冠军，本届运动会也被认为是举办得最成功的一次。

两年后，在大使馆教育处的支持下，一批协会如雨后春笋般成立起来，金桐大哥带头成立英国留学生光电子协会，饶子和博士成立了生物协会。其他经济协会、纺织协会、材料协会也相继成立。我和黄大年博士及臧伟进医生发起成立了旅英留学信息交流中心（CIE），旨在为留学人员提供国内的就业信息。这个提议也得到了当时大使馆教育处一秘书刘川生的大力支持，这个中心也被列为全英留学生的第14个协会。

四、黄大年家的那把菜刀

自从担任了利兹中国学联主席以后，和留学生的交流也就多了起来。偶然的一个机会结识了一个国内来的新人，他叫黄大年，在利兹大学地球地质系，也就是 **Earth Science** 读博士，据说他是从吉林大学来的，是广西人。他娶了个东北老婆，也就成了东北女婿。

初次见面是别人推荐给我的，说他在国内打过排球，也踢过足球。他个子不高，肤色微黑，人很敦实。他的嘴唇也是厚厚的，给人一种务实踏实的感觉。我打量了一下他，觉得他的身体条件不是太好，就让他先练练球看看。后来练了几次，觉得他真的不适合打排球，就介绍他踢足球了。不过交往了几次，彼此都很欣赏对方，就成了好朋友了。

有一天，他过来找我，面露难色对我说："有件事想求你帮个忙！"

"什么大不了的事，还说求我，直接说吧。"我估计也没有什么大事。

他说："我在报纸上看到了一个赫尔市卖车的广告，看车的样子和价格都不错。你能帮我去看看有什么毛病，合适的话就帮我开回来可以吗？"

我在利兹是最早买汽车的中国留学生之一，可能大家都觉得我有车，就觉得我懂车，所以买车的时候都叫我当参谋。

"好的。赫尔市距离我们这里也要几十公里呢，我可以开车一起过去，当时买好了你能开回来吗？"他刚学会开车，利兹到赫尔几十公里，还要开高速，他刚学会就立即上高速路是比较危险的。

我想了想，就说："我有一个办法。我看看我们家里那位有空吗，她会开车，如果合适，就让她开我的车。我开你的车一起回来。"

我们一起去了赫尔，看见了他想要的车，是一个红色的POLO，我试着开了十几分钟，觉得没有什么大问题，就又和车主砍了砍价，最后成交了。那天还下着大雪，路非常不好走，即使这样，我们也帮着他把汽车开回了利兹。当我把他的车在大雪中停到他的家门口后，他感动地握着我的手："老弟，太感谢你了，咱们啥话都不说了。"

过了一年，大年在南部的弥尔顿凯恩斯找到了一份工作，全家都要搬过去。他又找到了我："我又来求你了。我要搬到南部的弥尔顿凯恩斯城市了，可是从利兹到那儿要200多公里，我怕我的开车技术不行。你能否代劳一趟？"

200多公里要开三个多小时，就是我这个"老司机"也很少开这么长时间。但是人家毕竟有实际困难，于是我也就答应了。那天，大年让他的孩子和夫人乘火车过去，我们就把所有的行李和杂货装上了汽车。他的车有些年头了，也不敢开快，就这样在路上开了四个小时才到。由于他是新家，什么用具和吃的都没有，我就说："大年，我今天赶回利兹吧。"就这样，我连一口水都没有喝，连夜赶回了利兹。

后来由于大家都特别忙，一晃有五六年没有联系。我也回到了国内发展。有一天，有一个陌生的英国号码打来了电话，我接通了电话，原来是大年打来的。他告诉我前两年很忙，都没有顾得上联系。等到他稳定了，就首先想到了我，可是我已经回国了，最后他又托了很多人，今天终于找到我了。听了后，我真的很感激。并答应下次去英国，一定到他家看看。

过了一个月，我来英国了，给他打通了电话。他一听是我，激动万分。让我一定要到他家做客。我接受了邀请，就去了他家。

大年看到我欣喜万分，亲自下厨做了足足有十几个菜。他是一个性子很急的人，快到吃饭的时候，很多菜还没有做，于是就加快切菜速度，一不小心，手被切掉了一层皮。

大年就是这样一个知恩图报的人。又过了一年，他告诉我他在剑桥市找到了在一个高科技公司的一份工作。让我以后就把他的家当成自己的家，随时都可以去住。

说起剑桥，如果单从自然与人文结合的程度来讲，我一直认为英国的剑桥是英国最美的地方。我以为一个人对美的理解和欣赏是需要时间的沉淀和知识的累积的。在他年轻的时候，或出于忙碌，或出于沉淀和积累不足，往往会忽略身边美好的景和物。当他拥有这些能力的时候，便开始留意过去曾经被轻易放弃的美好的东西。我相信我就是这样一个人。在以后的空闲时间里，我又数次造访剑桥。每当看见国王学院那座似乎永远不朽的教堂，就会产生一种敬畏；每当走进街边的咖啡屋，就会被剑桥的氛围所感染；每当站在圣约翰学院的草地上，就会想到 20 年前开会的那些日子。而每每看到剑河上年轻人乘小舟游弋，便后悔当初为什么要放弃申请在这所大学读博成为这里主人的机会，哪怕只有四年！其实，我应该满足。和国内很多人相比，能来剑桥就已经很不容易了，而我想来便来，还居然做过一周剑桥大学的"客人"。所以每次来到英国都不会忘记去那里走走。

当然还有另一个重要的原因，那就是大年在剑桥安家了。他在剑桥环境最好的地方买了一栋别墅。这是一个独门独院的别墅，一共两层，楼上是 4 个卧室和一个卫生间，楼下是一个大的客厅和厨房。后面是一个 100 多平方米的后花园，总的面积怎么也有 500 平方米了，这在中国可称得上是豪宅了。这里也成了我每次去剑桥的住所。

闲余时间我们就会沿着剑河走一走，先是去圣约翰学院、三一学院、克莱尔学院，然后一直散步到国王学院。我和他开玩笑地说："大年，你这辈子知足吧！世界上有多少人每天都做梦来剑桥看看，可连英国的国门都进不来。而你在这里有一份世人都羡慕的工作，还有一栋别墅，剑桥大学就和你们家的后花园一样，随时都能来走一走，还可以坐在旁边的小咖啡馆里，品着上等的咖啡，欣赏着剑河的美景。这就是天堂的生活啊！"大年连连点头称是。实际上，大年的心一直是放在中国的。每年都要回中国的大学讲学，在允许的范围内，尽量把世界最先进的技术介绍给中国。

这次，大年又亲自下厨做了顿丰盛饭菜款待我。他烤的猪排皮脆肉嫩，可称得上是一绝。他把猪排切成小块，整整齐齐地放到一个盘子里，然后端了上来。看见还冒着热气香喷喷的猪排，食欲大增。席间，我突然纳闷，大年怎么就能把这些硬得像石头一样的猪排连骨头带肉切得那么整齐？没想到这一问竟然把大年的话匣子打开了。

大年说，这都应该归功于他那把菜刀了。在他结婚那年，一个在军工厂工作的朋友用废钢亲自给他磨制出来的菜刀。那是一种特种钢材，主要是用来生产刺刀的，夸张一点儿，可以说是削铁如泥。一转眼，这把菜刀已经跟随他二十多年了。

在英国上学的时候，大家都是自己做饭。通常是几个学生合起来租一栋房子，然后共用厨房，共用洗手间。晚上 5 点多钟是最热闹的时候了。在那个时段，所有室友都从学校回来，挤在厨房里，边做饭边聊天，有说有笑。一天，他们居然都称自己手里的菜刀是最锋利的，争执不下，大家只有比试比试了。一个刚从国内来的室友拿出了他那把从四川带来的菜刀，据说这是一家老字号刀店打磨出来的菜刀，已经有一百多年的历史了。那把刀果然是好，刀背发乌，刀锋是那种惨白的颜色，透着一种杀气。大年也亮出了自己的那把刀。正好相反，老黄的刀由于是朋友自己打磨出来的，除了刀刃有点光泽以外，整个刀看起来很呆板。室友一看，禁不住笑了起来："老黄，就你这把破刀，趁早收起来吧。"大年也冷笑了一下："比试过后你就明白了。"老黄举起了自己的刀，室友也举起了手中的菜刀。说时迟，那时快，只听"当啷"一声，再看两个人手中的菜刀，老黄的刀没有一点儿擦痕，而室友刀的中间却现出了一个大大的豁口。

从此以后，大年的刀在留学生中间出名了。这把刀居然成了大年联络朋友、助人为乐的纽带。英国人一般不喜欢吃大骨头棒、肘子、猪蹄、猪头之类的，这些东西在英国非常便宜。一个猪蹄子也就是 20 便士（相当于人民币 3 元），一个整猪头才 2 英镑（相当于人民币 20 元）。而中国学生却很喜欢吃，但是苦于没有工具，一直没有多少人买。自从知道老黄家有了这个锋利刀具，周围的邻居也开始买这些带骨头的肉了。男学生一般力气大，就把大年的刀借过去，然后自己去剁。可是女学生就不行了，于是就请大年过去帮忙把这些骨头剁成小块儿。每当这个时候，大年就提着那把菜刀跑到女生那里把骨头剁得有模有样的。

还有一次，大年正在家中做饭，突然一个室友跑进来，说他看见有两个黑人正在抢一个中国学生的东西。老黄听罢，提起那把菜刀就冲了出去。正好看见那两个黑人拉扯着中国学生的包，大年二话没说，举起菜刀，摆了个中国功夫的姿势，大吼一声："滚开！"那两个黑人还以为是李小龙的徒弟，更不明白他手中到底是什么新的兵器，吓得连滚带爬地溜了。这把刀又多了一个见义勇为、吓破黑人胆的美名。

说到这里，大年起身把那把刀拿了过来，爱惜地摸了摸它，情不自禁地感叹说："它跟了我二十多年了。我以后要把它当成我们家的宝贝挂到墙上。"

我把那把刀拿了过来，放在手里仔细地端详起来。这把拿在手里沉甸甸的菜刀的刀把儿已经磨得油光锃亮。刀身变得发黑并微带褐色，而刀口却还是那样的锋利。但是再仔细地看看，上面已经有无数个小的豁口，使它略显愚钝，可是那正好是它二十多年来削铁如泥、逢凶化吉的见证。它从不张扬，一直默默无闻地履行着自己的职责，在关键的时候却又能显露出它坚韧的锋芒。这是一种菜刀精神，一种特有的菜刀精神。

我这时候又看了一下还在欣赏那把菜刀的大年。十多年了，大年已经不再年轻。他的鬓角也有了丝丝银发，原来足球运动员的体形也微微地发福。然而，他看起来更加沉稳、老练和厚实，那是一种不可多得，同时又是一种可以依赖的力量。我发现大年居然和这把菜刀是如此的神似。与其说是"菜刀精神"，倒不如说是"大年精神"。就是靠着这种精神，大年才能打下自己的天地，才能助人为乐、见义勇为。

虽然很遗憾没有亲自见过大年提着菜刀屡屡助人的情形，但是我却能想象出来，因为那种精神，是一种你一生都不会忘却的菜刀精神。

五、大年走了，习主席作了批示

刚刚进入 2017 年，征宇给我发了一条微信，他说大年在一月八号去世了。听到大年去世的噩耗，我实在难以置信。于是，我立即给他发了手机短信："大年，这是真的吗？这是真的吗？！"

我明知他不可能回复我，但还是拨打了他的电话，果不其然，那边已经是忙音了。

随后我和征宇通电话，聊了很多关于大年的情况。他的过早离世对国家是一个巨大损失，对家庭是一个重大打击，对朋友是一个噩耗。据说，是食管癌夺走了他的生命。这看似偶然，但也是必然的。

我太了解大年了，他是一个工作狂，做事不达目的不罢休。有的时候可以连续工作一整天而忘了吃饭，饿了就随便抓着什么吃什么。他最喜欢吃嫩玉米了，但是为了省时间，他就只吃烤玉米，因为吃水煮的玉米，吃的时候就会滴水，他还要花时间去擦，这样就浪费时间了。他有两个不好的习惯，每次见面我都要提醒他注意。一个就是暴饮暴食，他为了做实验可以几顿不吃饭，一旦完成实验就把自己吃得撑得要死。另一个不好的习惯，就是他吃饱了以后，大脑缺氧，本应该出去散散步，消化一下，然后再睡觉，而他吃完后倒头便睡。我现在也经常和周围的朋友说起此事，告诉他们一定要有良好的生活习惯。你决定不了你的寿命，但是好的生活习惯是可以养成的。对于一个于国家有突出贡献的科学家，养生是对国家负责，是对家庭负责，也是对朋友负责。

黄大年教授在英国留学工作期间朋友不少，但是能像我和他一样"亲密"得如同一家人一样的只有我一个。我比黄教授早两年来到英国，也就比他知道得稍微多点儿。就像前面说的那样，大年买的第一辆车是我们从赫尔城帮他开回利兹的；当他在米尔顿·凯恩斯城安家的时候，我又帮他搬家，拉着一车的东西一口气开到了二百多公里外的小镇。我们经常喝酒聊天，每次到剑桥都在他家住上两天，和他小酌几杯，而他贤惠的夫人也总是跑前跑后，忙个不停。

在他举棋不定是否回国发展的时候，还征求了我的意见。

记得有一天，我住在他家，晚饭后，我们在他家客厅彻夜长谈。我们谈论他是否回国的事情，他告诉我他准备回国工作了。听后，我很震惊。我对他说："大年，你可要想清楚了。你现在过得可是所有人都羡慕的生活呀！在这么美的环境里有一份高薪的工作，很多人这辈子想都不敢想的。"

"这点我知道的。国内有钱人很多，但是钱再多也买不到剑桥的环境。"接着他又说，"可是我不甘心。你知道我研究的课题吗？"

我摇了摇头。

他压低了声音："我现在研究的就是海底勘探。也就是怎么在海底污泥底下发现我们发现不了的东西。这项技术应用是非常广泛的，我们国家非常需要这项技术，这点你懂的。"

他这么一说我似乎明白了。你想想，这项技术可以直接用来找石油，找海底的矿藏。但是反过来，我们也可以研究藏在海底如何不被别人发现，例如潜艇潜伏技术。

我明白了，大年一直都有一颗报国的心，只是时间未到罢了。

我对他说："大年，你虽然看起来是在征求我的意见，其实你内心早已经下了回国的决心。你回去吧，我百分之百地支持你！好男儿，就应该像你这样。"

为了庆祝大年的决定，我们又开了一瓶红酒，一直喝到了天亮。

生活上，大年是有点儿大男子主义的，聊天的时候也不让他夫人插嘴。而在生活中他根本离不开他夫人。记得一次午餐后，他快睡着了，居然喊他夫人过来给他盖被子。我当时很难理解，被子自己不会盖吗？而他夫人听到后，马上上楼帮他盖好被子。

他夫人也常和我说："要不是可怜他，我早就和他离婚了。"说是这么说，她哪里舍得！后来我才逐渐明白，其实这就是真正夫妻之间的恩爱，而黄教授无非是在夫人面前撒撒娇。再大再强的男人，在爱自己的妻子面前依然像个孩子。

大年有一个很优秀的女儿，由于我和大年几乎像一家人一样，他的女儿也像我的孩子，我是看着她长大成人的。从在利兹大学读大学，又读研究生，后来又在伦敦工作，我会经常去看望她，一起吃饭聊天。两年前她结婚成家了，有一个可爱的混血儿子，而大年这个姥爷却没有等到看上外孙一眼就辞世了。

上次又来英国，我从大年的女儿那里知道她的母亲也就是大年的爱人也在伦敦，和她们住在一起，我便约他们全家出来聚聚。当我看见他们全家的时候，心情是极度复杂的。当我看到大年的夫人走进来的时候，我迅速地打量了一下她，她消瘦了许多，表情严肃，看得出她根本没有从悲伤中走出来。我立即把话题岔开，因为我知道一提到过去，一提到大年，她肯定会控制不住自己，甚至可能会忍不住大哭一场，而我也会和她一起掩面而泣，怀念她的丈夫，我的朋友。但我不想把这次难得的重逢变成一个悲伤的聚会，因为这也不是大年想看到的场面。幸好我同时邀请了在伦敦的另外一家朋友一起过来就餐，而大年的小外孙也就成了大家的关注点。

大年的女儿已经长大成人，她处事大方得体，拿得起放得下。我看见她的先生是一个很有修养，身高足有185厘米的英国帅哥；我也看见了她只有几个月大的儿子，活泼又可爱。值得一提的是大年的女婿非常优秀，他不仅是一个十足的英伦帅哥绅士，还是一个医药方面的专家。他本科和研究生都是在剑桥大学攻读的，而博士学位又是在英国伦敦大学学院获得的，现在他就职于一家知名的医药方面的公司，专门从事新药品的写作鉴定。我对他说，中国医药研究和管理是一个非常薄弱的领域，如果他愿意，我一定会通过国家外专局，将他引入中国，像他岳父一样进入中国的"千人计划"，为中国的发展做点儿贡献。他说中国医药方面目前和世界先进国家相比有差距，这正好是机遇，他也愿意为中国的发展做努力。

最令我感动的是，大年这么优秀的女婿，对中国文化一点儿也不排斥，他自称是一个"奶黄包"，外面是白色的，而心是黄色的。他看到自己的夫人累了，就会主动去抱抱孩子，看到自己的岳母静静地坐在那里，便为丈母娘夹菜。女儿成家了，又有了一个优秀的女婿，还有一个长大之后一定是栋梁之材的外孙，我想大年虽然看不到这些，但是他在另一个世界应该感到欣慰了。

大年的事迹也得到了国家的高度重视，国家主席习近平也对黄大年同志的先进事迹作出了重要指示，他指出：黄大年同志秉持科技报国的理想，把为祖国富强、民族振兴、人民幸福贡献力量作为毕生追求，为我国教育科研事业做出了突出贡献，他的先进事迹感人肺腑。我们要以黄大年同志为榜样，学习他心有大我、至诚报国的爱国情怀，学习他教书育人、敢为人先的敬业精神，学习他淡泊名利、甘于奉献的高尚情操，把爱国之情、报国之志融入祖国改革发展的伟大事业之中，融入人民创造历史的伟大奋斗之中，从自我做起，从本职岗位做起，为实现"两个一百年"奋斗目标、实现中华民族伟大复兴的中国梦贡献智慧和力量。

此外，我又想到了伦敦韦斯特敏斯特教堂的一个无名墓志铭，上面有段话是这样写的——"当我现在躺在床上，行将就木时，我突然意识到：如果一开始我仅仅去改变自己，然后作为一个榜样，我可能改变我的家庭；在家人的帮助和鼓励下，我可能为国家做一些事情。然而，谁知道呢？我甚至可能改变这个世界！"

大年就是这样一个人，他从自己做起，点点滴滴都亲力亲为，看似很平凡，实际上已经在改变这个世界了。

第八章
罗卓的曲折爱情史

One who loves not wine，woman and song，

remains a fool his whole life long.

谁不爱酒、女人和歌，谁毕生准是傻瓜。

——德国宗教改革家马丁·路德．

一、老张的秘密——电视机原来是可以捡到的

利兹的学联有一个非常好的传统，那就是所有"老学生"都有帮新生的义务，学联的所在地就成了新老学生相识的场所了。对于这点我感同身受，因为我刚到利兹时，放眼望去，举目无亲，这时候就遇到了一个好心的中国留学生，是他把我带到了学联，才让我在海外找到了"家"。在大家不忙的时候，特别是晚上或者周末，大家都会聚集到学联，一起观看国内带来的录像带。后来，国内的学生来得多了，学联就开始租借录像带。但是大部分学生还是买不起电视机和录像机的，就依然来学联看。如果能有一台电视机和录像机，那是非常荣耀的事情。

一天，有一个刚来的学生在大家聚会的时候，特意大声地对管理录像带的人员喊道："把今年春晚的录像带借我看看！"大家一看，这不是前段时间刚从国内来的同学吗，他看起来很节俭，袖子还带有补丁呢，怎么能买得起电视机和录像机呢？大家不可置信的目光一下子全都聚集到了他的身上。

"好像你们都不相信我呀。我真有电视机和录像机了，而且还是

连在一起的，上面是电视机，下面就是录像机，还是一体的。"他向大家炫耀着。

"你别吹牛了。这个东西我只是听说过，还没有见过呢。你怎么就能买得起？！"会跳芭蕾舞的老朱讽刺地问他。

"我告诉你怎么来的吧。今天早上我起来得比较早，正好路过一个英国人的家……"

正要往下说，老朱打断他："你不是从人家那儿偷的吧？""哈哈哈"大家跟着笑了起来。

"我怎么会偷人家的呢？咱中国人人穷志不短，再穷也不会去偷的。"这话大家都是相信的，在 20 世纪 80 年代，中国的国力还不行，甚至还不如当时的印度。我们国人看英国，真是"需仰视"才行。但是我们国人是有志气的，特别是我们早期来英国公派的学生都是代表国家的，就更不可能随便拿人家的东西了。

他接着说："这家可能要搬家或者要装修，就把很多还非常好的家具和用品都扔了。他家前面摆着一个很大的没有盖子的铁箱子，专门装不要的东西。"

"那个东西是黄色的吧，英文叫 Skip，是专门用来装不要的家具和拆下来的装修材料的。"学联的老张来英国比较早，他知道得比大家都多一些。

"是的，是的。我看见里面有好多的桌椅，都是半新的，我就打算挑两件拿回去用。当我把铁箱子上面的椅子搬下去的时候，突然就发现有一台电视机。我高兴坏了，扔下了椅子就把电视机抱回家了。"他说着，显得很激动。

"我回家一看，天呢，这还是带录像机的连体电视机，估计有七成新。我迫不及待地插上电源，试了一下，居然有动静了。但是只有图像，没有声音。这难不倒我，摆弄电器我是内行，如果要是没有图像，那很有可能是显像管坏了，那就要换新的了。显像管很贵，如果再买一个就不值了。我估计声音输出的地方坏了，就打开后盖查了查，有个电容根部松动了，我就简单地焊了一下，就可以正常工作了。"听到这里，大家都很羡慕他有这么好的运气。

学联的老张也是有同样经历的，他其实也有一个电视机，我们一直都羡慕他，以为他是自己买的呢。今天，老张郑重其事地和大家说："我现在也和大家宣布一个秘密，我屋里的电视机也是捡来的。"听了后，我们大家都很惊讶，他居然也有这么好的运气。

老张接着说："其实英国人淘汰电视机的频率很高，他们换了一个电视机之后，就要想办法把旧的给扔了。英国是不允许扔到垃圾桶的，扔了也没有人收，而且要是被市政局的人发现了，可能还要被罚款。而他们也觉得好好的电视机扔了也可惜了，所以他们一般在半夜的时候，就会悄悄地把不要的电视机放在一个比较显眼的地方，这样没有电视机的人就可以拿走看了。"

"那你为什么不早点儿告诉我们这个小秘密，你也太自私了吧。"老朱半开玩笑地说老张。老张腼腆一笑，算是默认了。后来有不少留学生都按照这个方法，每天早上早起一会儿在居民区的街道走走，居然还真能捡到还能用的电视机。

二、罗卓想找女朋友了

从那天以后，我也认识了这个看起来比较寒酸的学生。他个子不高，估计也就170厘米，瘦瘦小小的，还带着一副近视眼镜。平常总爱穿一件黑色的条绒裤子，上身是一件深蓝色的带拉锁的夹克衫。我很少见他换衣服，不管是热天还是冷天，他都以不变应万变，天冷的时候里面多穿几件衣服，把自己弄得和草包一样；天热的时候，无非把里面的衣服都脱了。也太会过日子了。

他的名字叫罗卓，在电子工程系读博士。我的办公室和他的办公室中间隔着一片草坪，穿过草坪，五分钟就可以到他那里。他刚来英国不久，也没有什么朋友，所以没事就找我来聊聊。后来，我才知道他25岁了，还没有对象，更别提结婚了。每次找我都是想和我谈怎么找女朋友的话题。这也不稀奇，男大当婚，女大当嫁，人之常情。

我们办公室后面的草坪也是英国学生休息的地方，每当阳光明媚的时候，草坪上就躺满了英国学生。英国人能见到太阳不容易，需要从阳光中摄取诸如钙和硒等元素。他们很开放，男学生都光着上身，不少女学生也光着上身，只不过趴在地上，把后背留给别人而已。也有胆大的女生，她们索性裸着上身，胸罩也不戴，就在稍微偏僻一点儿的草坪上平躺着晒太阳。每当这个时候，如果有中国男生走过去，都会情不自禁地瞄上几眼。20世纪80年代的中国还没有完全开放，连大学生谈恋爱都不允许，更别提性解放了。所以，中国男生多看几眼也是正常的。

英国的夏天好天气会多一些，草坪上几乎天天都有赤身裸背晒太阳的英国女生，而那一段时间，罗卓来我这里就格外频繁，每天至少来一次，我至今也没有搞明白他是不是真心来找我聊天的。有一次，他告诉我有一对英国学生就在草坪上又亲又摸的，尺度之大使他的荷尔蒙急剧上升，他情不自禁地走过去，想近距离看得更清楚，结果那个正在亲密中的英国学生看见他走过来，还主动和他打招呼。他也开玩笑地说："Come on, make love to her." 这对英国学生还真大度，回复他说："No problem." 就又接着亲密了。

25岁的罗卓每天都受着来自草坪的刺激，但是他又禁不住这个诱惑，每天都要过来看个究竟。有一天，我郑重其事地对他说："罗卓，你应该找一个女朋友，应该结婚成家了。你要是天天想这些男女肌肤之事，耽误学习不说，别再憋出毛病来。"

罗卓听了之后，腾地站了起来，高声地说："你以为我不想找女朋友？你以为我不想结婚？可是在英国，中国人本来就少，女生更少，而英国女生又不愿意找我们中国男生，你说我该怎么办？"

他说得不无道理。那个年代公派来英国留学的，每年全国也就几百人，其中绝大部分是男生。而女生基本也都成了家才出国留学的。罗卓其貌不扬，他属于那种不会让女生第一眼就喜欢的男生，所以不会轻易获得女生的青睐。大学四年就没有谈过一个女朋友，毕业后谈了几个，人家都嫌他经济条件差，又没有男性魅力，因此一直单身。后来，他单位宣布公派他出国学习了，他一下子成了红人，因为公派出国就意味着拥有光明的前途，有钱，还可以回国购买"八大件"，可惜的是，单位的通知来得太急，还没有让他在国内享受几天美好的生活，就来到了英国，所以到现在还是单身。我给他出主意，可以让他国内的父母和朋友替他做主，在国内挑选几个女生，然后他可以利用假期回去相亲，如果合适就把她带到英国结婚。

他还真听我的了，他的亲戚朋友也为他物色女友。出乎他的意料之外，一个月就足足有二十几个女生愿意和他结婚。罗卓喜出望外，提前一个月就把假期回国的机票买好了。

三、回国相亲

英国的冬天是漫长的，特别是寒假。因为圣诞期间，英国的大学所有设施都要关闭，我们这些公派留学生能够在英国等待下去主要有两点，一是有实验室，二是体育馆。在开学期间，做完实验就可以去体育中心打球，学习和娱乐两不误。可是到了寒假体育中心和实验室都要关闭，英国学生都回家过圣诞和新年了，整个大学冷冷清清。说起来也怪了，我在利兹学习的这几年，每年圣诞假期都飘着鹅毛大雪，英国纬度又高，伦敦的纬度和我国最北面的漠河差不多，冬天的白天短得要命，早上9点天还不亮，而下午3点多钟，天就要黑了。

唯一能够感到欣慰的就是每天早上下楼看邮递员送来的信件，国内的亲人朋友的每一封信都如同冬天里的一把小火，看在眼里，热在心中。

罗卓也来信了，他说亲戚朋友给他安排了十几个相亲的机会，他本想都见完之后再做决定。但是他在看到第三个的时候，就做了要娶这个女生的决定。他说这个女生很漂亮，眼睛很好看，像是会说话。他们第二次相见，他就忍不住和这个女生接吻了。按他的话说，这个吻就像一个爱情之章刻在了双方的嘴上，一辈子都不会忘记。

我真替他高兴，他终于有了女朋友，有了伴侣，今后也不会再去办公室后面的草坪转来转去了。但是我也有点担心，罗卓毕竟只有25岁，而且在这之前，他连女人的手都没有碰过，这次回国相亲会见到各种女人，他能经得住诱惑吗？如果说一个女人坠入爱河会变傻的话，那么男人一旦有了肌肤之亲就会变呆的。你想想，约会第二次就接吻了，这对于一个处男来讲意味着什么，要是我是他，我什么都会答应的。

假期结束后没几天，罗卓回来了。不到一个月，他胖了不少，肤色也红润了许多。一看就是正在恋爱之中。他告诉我，他们已经订婚了，他正在给她办理来英国的手续，并已经着手购买机票。要知道当时出国是相当难的，单位要同意，公安局要同意签发护照，还要街道开证明，还要办理来英国的签证，等等。等到这些都办下来，一层皮都要扒下来了。即使手续都办下来，还有机票的问题，那个时候一个人月平均工资也就100多元，而机票上万元。中国绝大多数家庭是出不起国，买不起机票的。而罗卓为了自己心爱的女人，动用所有的关系为他未婚妻办好了出国手续，购买了机票。

还有一个问题就是罗卓现在是和一个中国学生合租一间房子，如果他未婚妻来了，总不能三个人住一间房子吧。再说他现在的房子又小又破，房东还是比较刁钻的，怎么也不适合新婚用。我告诉他，我现在的房子有两间卧室，那个卧室的房客要回国了，让他搬过来住。他觉得建议不错，立即同意了。

为了他的新娘，我找毛笔字写得比我好的老马，让他帮忙写了几个大大的"喜"字。可是问题来了，我们只有白色的纸张，而且最大也就是A3的。听说中国杂货店有卖红纸的，于是我们又去那里花了不少钱买了红纸。老马也是个喜欢助人为乐的男士，知道我们的意思以后，二话没说，就写了起来。没过一会儿几个大大的"喜"字就写完了。我们回到家，就开始忙了起来，经过一个多小时的精心布置，一个新房出来了。最令我们感到自豪的是婚床，我和我的房东说了罗卓结婚的事情以后，他主动说以前的那个床本来就是一个结婚用的床，床的上面可以搭起一个架子，上面还要挂上帘子。这种床的英文叫"Four Post Bed"，结婚用它非常有意境。我们找到了上面的架子，费了九牛二虎之力才把架子和帘子搞好。罗卓看到这么精致有品位的婚床，一下子跳到了上面，趴在上面足足有三分钟。我猜想他满脑子已经是和未婚妻在此亲密的场景了。我理解他的心情，要是我，我会更激动，可能要在床上先把床单亲一遍的。

在他未婚妻到的那一天，我准备开车和他一起去曼城接他的新娘。我比平常早了一个小时起来，然后去敲他的门，敲了很久也没有回应。我推开门一看，人根本就不在屋里。我们住的楼是小二层联排"别墅"，楼上是客房，楼下是会客厅和厨房。我估计他已经起来了，一定在客厅呢。我走下楼，客厅连他的人影都没有。奇怪了，他去哪儿了呢？我正在纳闷儿他会去哪儿呢，就听见有钥匙开门的声音，果不其然是罗卓。他抱了一大束鲜花走了进来，这些花有红色的、有粉色的，但是大多数都是黄色。他也真够用心的，心中一种佩服感油然而生。他虽然相貌不太出众，但是他那颗对感情的认真和热情一定会把任何女人都融化的，这点大多数男人是做不到的。

"超市和花店还都没有开门呢，你从哪儿找来这么多花？"我很奇怪。

"是呀，我知道花店和超市都还没有开门，就跑了几个印巴杂货店，看到有什么花就买什么了。"他回答道。

需要说明的是英国20年前根本就没有24小时开门的超市，而且连周日都不开门。作为大超市的补充，居民区的一些小的杂货铺应运而生，它们开门早，关门晚，居民感到很方便。不过很少有英国人爱干这些辛苦的活儿，而那些不怕苦不怕累的印度人和巴基斯坦人就基本上把这块领地全占领了。杂货铺的商品很齐全，什么基本生活品都有，就是价格贵了不少，品种不多，新鲜程度也不行。

我又仔细看了看他拿回来的花，那些红粉色的花都已经有点蔫了，黄色和白色的倒是很新鲜。我对花不太了解，总觉得这些花不大对劲儿。

"你这些红色、粉色的花怎么都有点蔫儿了？白色和黄色怎么那么新鲜？"我问他。

"你猜。"他居然还想和我卖乖。

"我是觉得你的花不对劲儿才问你的。你看看这个红粉色好像是康乃馨。我怎么觉得西方人一般都送给母亲或者去探望病人的时候才送的。"我这么一说，他脸色有点变了。

"再说，你看看这花儿，蔫儿得都抬不起头了，你怎么送人家？"我边说边拿起花送到他的眼前。他不耐烦地把我推开了。

"这些新鲜白色和黄色的应该不是水仙就是郁金香，我也不太清楚。送花是很有讲究的。"的确，送花很有讲究。只是难为我们这两个大老爷们儿了。如果是黄色的郁金香，应该很高贵。曾经有一个美丽的传说：在古欧洲，有一个美丽的姑娘，同时受到三位英俊骑士的爱慕和追求。其中，一位送了她一顶皇冠，一位送她宝剑，另一位送她黄金。少女非常发愁，不知道应该如何抉择，因为三位男士都如此优秀，只好向花神求助，花神于是把她化成郁金香，皇冠变为花蕾，宝剑变成叶子，黄金变成球根，就这样同时接受了三位骑士的爱情，而郁金香也成了爱的化身。由于皇冠代表无比尊贵的地位，而宝剑又是权力的象征，而拥有黄金就拥有财富，所以在古欧洲只有贵族名流才有资格种郁金香。但是，我还是不确定送黄色郁金香是否合适。

我突然想起了隔壁那位特别热情的沈姐，于是我们就把她叫过来。

女人一般对花都很敏感，沈姐也不例外，她果然是行家。眼睛一看就知道了："这些红粉色的是康乃馨。"

"Yes，我答对了。"我很得意。

"这些黄色的水仙，只不过还没有完全开。那些白色的是白菊和白色水仙。同样是水仙，品种也不同。"她太专业了，我们还以为没有开的黄色水仙是黄色郁金香呢。

"对了，你们这两个大男人怎么弄起花儿来了？"她困惑地看着我们。罗卓就把我们马上要去机场接他的未婚妻的事情告诉了她。听了以后，沈姐连忙说："不行，绝对不行，你们不能送这些花给她。康乃馨是送病人和母亲的，水仙很复杂，送每种颜色的水仙意义都不一样。而那菊花一般是参加葬礼才送的。你们这花没有一个是合适的。"

我们一听都傻眼了。沈姐接着说："你们也别乱买了，我建议你们买一些红玫瑰吧，红玫瑰代表火热的爱情，非常合适。"

真要好好感谢沈姐，否则就要闹出大笑话了。我提醒罗卓可以早点走，然后到高速公路休息站或者机场再买红玫瑰都来得及。

沈姐临走前突然问我们："你那些白色和黄色的水仙都是从哪儿弄买的，看着真新鲜。"

其实这也是我想知道的。罗卓压低了声音："我告诉你们，你们可别告诉别人呀。"他还是一脸的神秘。

"你们还记得我们两个办公楼之间的那个草坪吧。草坪的深处有很多大石头，缝隙里长满了黄色和白色的水仙。我看着不错，今天一大早就连根带叶地拔了出来，就拿回来了。"他刚把话说完，就看沈姐眼珠子都快瞪出来了。

"罗卓，你听着，第一，那些花学校是绝对不让采的，你如果被发现了，可能要受到处分。第二，你知道那个草坪边上的那些石头以前是什么吗？"她停顿了一下，大声地说，"那是墓地。"

听到这儿，我们汗毛都立起来了。幸亏罗卓没有把这些墓地里面的花送给他心爱的未婚妻。

沈姐走后，我们收拾了一下也出门了。

四、未婚妻被别人接走了

从利兹市到曼彻斯特机场需要走 M62 号高速公路。那时国内还没有正经八百的高速公路，而英国高速路早已联网了。其中，最有名的应该是 M1 号高速公路和 M62 号高速公路。MA 贯穿英国南北，从伦敦一直到利兹市，然后再接上 A1 快速路一路抵达苏格兰首府爱丁堡。而 M62 号高速公路横跨东西，从东面赫尔城经过利兹市、曼彻斯特市，一直抵达西面著名的港城利物浦。利兹、曼彻斯特、利物浦、赫尔是英国红砖时代工业革命的代表，如果把英国比作一个雄狮，那么苏格兰就是雄狮的头，这四个城市连成一线就是雄狮的腰部，而南部的伦敦就是坚强的后盾——雄狮的臀部。位于腰部的四个城市在英国的地位举足轻重，他们是英国的制造业中心、港口中心、贸易中心，后来发展为金融商业中心。他们就像四颗耀眼的明珠被 M62 号高速路连接起来，成为世界最繁忙的高速公路之一，也是最拥堵的高速公路之一。

我们从市中心开上了 M621 号高速路，从 M621 再开到 M62 号高速公路。上了 M62 号高速公路，路况并非像我们想象的那么拥堵，我们弦的心一下子就放下了，而且越走越轻松。

不一会儿，我们就到了高速公路的服务站。那个时候别提有多么羡慕英国高速公路的服务站了。这些服务站设施齐全，有餐厅、咖啡厅、加油站、游戏厅、商店、厕所，有的还有洗澡间，如果走高速不来服务站放松一下，简直对不起这么好的设施。相比之下，20世纪80年代的中国百废待兴，能有公路就不错了。

我们把车停到了服务站的停车场，我对他说："我们今天心情超好，来，我请你喝杯咖啡。"服务站里面的咖啡店很多，那些高档一些的像COSTA之类的我是请不起的，一杯就要两英镑，那时候的汇率1英镑相当于16元人民币，一杯咖啡就要32元，所以是不敢请的。于是我就请他来到肯德基，一个纸杯的咖啡70便士，再加上每人一个APPLE PIE，两个人总共才花了3英镑。

喝完咖啡，我们又去商店买花。非常巧的是今天新进来了很多红玫瑰花，我觉得他买一根就可以了，能代表一心一意就行了。可是他不听我的，非要全买了不可。我建议他买99朵吧，这个数非常吉利，表示两个人恩恩爱爱、长长久久。他就一下子真买了99朵，这可是花了他好几十英镑呀！看得我都心疼，我开玩笑地讽刺他："你真是重色轻友呀！平常你连一杯可乐都舍不得请我的。"

当我们两个向车走去的时候，感觉全世界的人都用惊讶、羡慕的眼光看着我和罗卓，看着他手里的99朵红色玫瑰花。

我们又上了M62号高速公路，由于车况不堵，又买到了红玫瑰花，心情异常轻松。我一边开车，一边给他讲有关M62号高速公路的事情，我们出来的时候是阳光普照、万里无云的，可是当我们开到了利兹和曼城中间路段的时候，就要经过一个山谷，山谷的一侧是一个一眼望不见的湖泊。就在这里经常会出现意想不到的小气候，刮风、下雨、下雪，那是常事。今天就让我们赶上了。山谷的风很大，把车吹得左右摇摆，要费很大气力才能保持车的平稳。没过一分钟，又下起了大雪，雪花大的用鸵鸟毛形容大小都不过分。而过了这个山谷，就又雨过天晴了。

在路上我们看见一条双向的高速公路一直是在一起的，而到了一座孤零零的小房子的时候，这条拥有 10 个车道的高速公路突然分开，绕过了这座房子以后又合并到一起了。我很得意地告诉他，我的研究方向是区域经济，最早就是区域规划或者生产布局。而刚才遇到的"高速公路绕房子"的现象是我们区域经济的一个最好范例。在国内上大学的时候，我们的老师就以这个现象为例，说明我们公有制度的优越性。公有制的特点就是土地是公有的，自然资源是公有的。既然是公有的，那么在我们制度下的区域计划相比西方私有制度就简单得多。如果国家需要，让你搬走你就要搬走，计划很容易实施。而在西方是私有制，土地资源是个人私有的，当你的计划和私人之间发生矛盾和冲突的时候，如果私人不愿意，你就一点儿办法都没有。

按上面所说的例子，英国这家人就是一根筋，怎么补偿和劝阻都无济于事，后来这条高速公路只能绕着他们家走。而他们这个家也不方便，两条相向而行的高速公路把这座房子夹到了中间，家人出行都困难。于是，他们在高速公路下面还修了隧道，只有穿过隧道，才能与外界联系。与此同时，这个家还要受高速路上汽车噪声的困扰。30年前，我们这些在公有制环境下成长起来的人，是根本无法理解这家人这么倔强的行为的。

我就这么滔滔不绝地说着，也不知道罗卓是否能听得进去。尽管他嘴里总是"嗯，嗯"应着，还不住地点头，但从他心不在焉的样子可以判断，他的心早就飞到机场了。

快进机场的时候，出现了拥堵。罗卓已经等不及了，看着堵车挺严重的，他焦急地说："怎么突然堵车了，来得及吗？！"

我看了看表，告诉他："我们绝对来得及的。现在离抵达时间还有

20多分钟的，他们还要出关、取行李，怎么也要滞后30分钟。放心吧，我保证能准时到的。"

10分钟以后，我们准时出现在了到达区域的会客点，我看了看电视屏幕，这架飞机居然提前一个小时就到达了，已经有很多看着像中国人样子的旅客走了出来。为了确认一下，我特意叫住了一个乘客，问他是否是乘和罗卓的未婚妻同一个航班出来的，结果就是这个航班，提前到了。

最着急的就是罗卓了，他也顾不上埋怨我了，捧着99朵红玫瑰花使劲往里看，脖子伸得比长颈鹿的都长，说他望眼欲穿海关之门一点都不过分。

过了一会儿，有一批乘客走了出来，只见一个梳着披肩发，穿着微型喇叭裤和高领红毛的女孩子走了出来，紧身喇叭口裤和高领红毛衣把她姣好的身材显露得淋漓尽致，从头到脚凹凸有致，绝对美人胚子。她胳膊上还搭着一件风衣，在那个年代可以说是引导潮流的服饰。看到罗卓的眼神，我就知道这个女孩子就是罗卓的未婚妻。真心替他高兴，为他骄傲，他居然能把一个这么标致的女孩子娶到手，真的是余生无悔了。作为男人，我心里酸酸的，怎么人家罗卓就能有这样的艳福呢？

我正在想着呢，罗卓转过头冲我大声说："就是她，那个穿高领红毛衣的，她就是我老婆。"我正要对他说赶紧冲过去把玫瑰花献给她的时候，突然发现情形有点不对。

只见一个身材高大的男人向她走了过去，那个高领红毛衣的女孩子也迎了上去，两人一下子搂在一起，又亲又抱的。

罗卓也看到了这个情景，他目瞪口呆，惊讶地简直说不出话来了。

我问他："你确定是这个女孩子？"

"扒了皮，我也认识她！"罗卓咬牙切齿地把这几个字挤了出来，然后就冲了过去。看到他这样了，我也跟着过去了。

"朱晓燕，这个男人是谁？你怎么和他在一起那么亲密？"说着，罗卓一把把朱晓燕拉了过来。原来罗卓的未婚妻叫朱晓燕，我也是今天才知道。

这个朱晓燕将罗卓的手一下子甩开，说："你是谁呀，我根本就不认识你。"那个身材高大的男人也过来把朱晓燕拽了过去。

我们四个吵了起来，这时候警察过来了，问了情况，然后对罗卓说："这位女士根本不认识你，你不要纠缠她，否则我就带你去警察局了。"

罗卓一下子呆住了，眼睁睁地看着一直深恋着的朱晓燕挽着那位男人的胳膊走了出去，一直走到了停车场，直到从我们的视线里消失。

我走过去，想开导他几句，结果他突然爆发了："我 TMD 怎么这么傻！"说着把 99 朵玫瑰花摔到了地上，红艳艳的花瓣撒了一地，来往的行人躲不及就直接踩了上去，红色铺满一地，这就像罗卓的心、罗卓的血，被人任意践踏着。

我把他拉回了车里，一路上我们几乎一句话都没有说，就这样默默地开回了利兹。后来我听说国内确实有这样很现实的女生，她们利用公派留学生的优势办好了出国手续，出国后就跟别人走了。这种情况虽然不多，但是却让罗卓赶上了，他的运气简直太差了。

五、罗卓找到了"真爱"

后来我们谁也不再提这事了，罗卓也把全部精力放到了学科的研究上。他所在的电子工程系是利兹大学的支柱学科之一，在全英国乃至全世界的排名都名列前茅，他的导师也非常厉害，所以对他的要求非常严格。他也没有辜负导师的希望，在第一年就帮助导师成功地完成了几个实验和测试，实验结果在电子工程领域有了新的突破，导师也在国际一类杂志发表了相关的论文，罗卓则被导师提名为第二作者，他的名字首次出现在国际杂志上，这在全国也没有几个。

在英国读研究型的博士是不用考试的，但是第一年结束的时候，必须经过系里面几个相同学科的教师组成的一个小组的面试，如果你能够通过这个面试，就可以顺利继续攻读博士，如果不能顺利通过，对不起，只能读研究型的硕士了。罗卓由于一直潜心研究，取得了不小的成就，这个面试很容易就通过了。老天有眼，给你关上一扇门的同时，肯定会将另一扇门为你打开的。尽管罗卓在爱情上受了一些小挫折，但是学术研究却有了突破性的成就。他也坚强地从爱情的低谷中走了出来。

一天，我约了另外一个同学到大学的体育中心打羽毛球，遇到了一个刚从国内来的访问学者。他是从国内一个体育大学，曾经参加过省一级的专业羽毛球比赛。我一直认为我的羽毛球打得还是不错，在利兹大学的几百号学生里面，我排到前5名是没有问题的。由于我是打排球的，也是利兹大学代表队打主攻的，所以腰腹力量好，扣杀能力很强，这个力量也用到了打羽毛球的运动上，如果对方回球不好，让我抓住机会，一拍势大力沉的扣杀就让对方难以招架。所以我主要练习两个绝招，一个打对方的后场，另一个就是扣杀。如果打到对方的底线，对方回球难以到位，我的机会就来了。我的这两个绝招很奏效，如果和水平一般的同学比赛，每局能得到五分就不错了。

我听说这个国内来的访问学者在以前是羽毛球专业队的，就想和他比试一下。他属于那种很文静的体育工作者，个子不高，我要比他高上10厘米。他外形看着瘦瘦的，比较单薄，似乎一推就能把他推倒，用弱不禁风形容他也不过分。看到他这个模样，我心里有底了，心想：就这样的体格还能打专业羽毛球队，而且还是省级的专业队。想着想着，骄傲之心就开始膨胀了。

他为人很谦和，过来和我主动握手，还寒暄了几句。比赛正式开始了，我先发球，把球发得很高还到了他的后场，他勉强接了过来，我本想大力扣杀，可是回过来的球怪怪的，我仓促回了过去，结果他把球挑到了我的后场，但是他的回球力量稍显不足，我跳起来大力扣杀。哈哈，他居然没有接到，才用了三个回合，我就率先得了一分。

我不由心想，国内专业队的水平也不过如此，我赢他的信心几乎爆棚了。我又发了第二个球，还是到他的底线，他又软绵绵地回了过来，而且回的位置正是适合我大力扣杀的，我使劲跃起，空中来了一个漂亮的扣球，心想他要是能接过来才怪呢。结果他真的接到了，而且回到了我的后场。我再次跃起扣杀，可能太想赢他了，手腕压得太低，球碰到网口弹了回来。"算你运气。"我心里想着。成绩是1：1。

轮到他发球了，和我不一样，他居然发了一个近网球，我还以为他球发短了，就没有接，可是羽毛球却正好砸到了边界线上。在我看来，羽毛球单打基本上都是发高球，发到后场。凡是单打发近网球的，都会被我看成是偷鸡摸狗，机会主义者的。一个堂堂的专业运动员居然发这种球，实在不敢恭维。他又得到了一分，在我看来，这又是一个运气球。

比赛继续进行，我不知道他每次回来的球怎么都那么诡异，要么到了空中后突然下沉，要么都打到我的球场的角落，我发觉没开始一会儿，我就按照他的节奏打球了，他不断调动着我在小小的球场四处乱跑，而他就站在他那边的中心靠前的地方，行动不超过半径一米的范围。没过一会儿，我已经气喘吁吁了，而他基本保持原地不动。我突然感觉他就像一个教练正在教一个小学生打球。越打我越没有信心，体力也开始透支。两局比赛终于结束了，结果可想而知，他以2：0完胜。而比分我都不好意思说了，两局下来，我只得到了一分。我相信那给我的一分一方面用来试试我的实力，另一方面是特意让给我的。我那时毕竟是利兹大学中国学联主席，这点面子还是要给的。

赛后，他看到我很真诚地请教他，他才和我说了我打羽毛球的几个弱点。首先，打比赛赢球才是硬道理，在球场规则允许的情况下，只要能得分，什么招数都可以使出来。例如，单打的时候在专业队打比赛的时候，发近网球很普遍，没有人说过只能发高远球。其次，他说我的力量很不错，但是不注意防守，步伐不对，经常"拌蒜"，这是打羽毛球的大忌。最后，就是要打对方的"四方"，即落点都要在对方的四个角落，这样对手接球就很困难。听了这些，我无地自容——对你的对手，一定要尊重，同时千万不要轻敌。

利兹大学的体育中心在英国还是很有名的，后来世界大学生运动会的篮球比赛，以及伦敦奥运会、中国国家队都把利兹大学体育中心作为训练基地。体育中心的设施也很完备，门口就有一个小酒吧。我和这个访问学者说，洗完澡以后我请他喝一杯冰镇啤酒。

我们刚走进这个小酒吧，就看见罗卓坐在那里。他看起来气色很好，似乎有什么喜事儿了。

"你怎么来这儿了？"我问他。

"实在憋不住了，就过来找你了。过会儿我有两件好事要告诉你。"我心想，这是遇到什么事儿了，居然还专门跑到体育中心和我说。

那位羽毛球高手喝了一杯啤酒，看我们两个好像有事要说，就先走了。小酒吧里就剩下我们两个客人了。

罗卓看看周围也没有别人了，就说："头一件喜事是我可以挣钱了。我的导师给我安排了辅导本科学生的工作。一周 5 个小时。一开学就开始。"他很兴奋，说的时候唾沫星子都飞出来，在透过窗户进来的阳光照射下，闪闪发光。

由于我也干过这个差事，知道能有这个机会非常不容易。这种辅导课基本都是给很优秀的博士生的，你要有足够的功底和能力才能胜任这份工作。而且这个辅导课每个小时可以支付 16 英镑，一周 5 个小时就是 80 英镑。80 英镑是什么概念呢？当时的汇率是一英镑等于 16 元，也就是一周就可以得到 1280 元。他有了这个机会，在中国留学生里面就算小富翁了。

"那你一定要珍惜这个机会呀！这个和做教师差不多，你要认真地备课。"我记得我有一次做辅导课，我的导师居然让我准备一个小时的讲稿，介绍一款统计软件的应用。我本以为就有五六个学生，可是到了教学楼才发现这是一个阶梯教室，里面已经黑压压地坐满了学生，少说也有一百多人了。我当时吓得腿都软了，人生中第一次用英语给一百多个英国学生讲课，说不紧张那是不可能的。幸亏我对这个应用软件很熟悉，主要是用投影仪以演示为主，同时稍加解释，这节课就算过去了。我把我的经历告诉他，就是希望他能够引起重视，因为这个机会实在难得。罗卓是个很谦虚、诚实的人，我说什么他都会认真听的。

"那么你的第二件喜事儿是什么？"这次是我迫不及待地想知道了。

听到我问起第二个喜事，他的脸一下子红了。有几分儿害羞，又有几分儿得意，欲言又止。

"我又谈恋爱了，如果一切顺利，我们下个月就可以结婚了。"他还没说完，我就打断他："你小子保密工作做得不错呀！怎么一直没有听你说过？她在英国还是中国？是中国哪儿的？是不是来自中国的美女之乡……"我像连珠炮似的一口气问了差不多 10 个问题。

这源于我太想知道他女朋友的情况了，有了他上次那个不愉快的经历之后，我觉得他不能再受到感情的打击，我有义务要保护他而不让他再受到伤害。

"我说了你可别嫉妒我呀。"又找一个什么女人，还能让我嫉妒？我心想，就看你这么迂腐，这么不会讨女人的喜欢，还能找到什么可以让我羡慕嫉妒的女朋友？

"赶紧说吧，快点啊！"我催促他快说。

"我认识了一个非常漂亮的美国女生。我们已经认识一周了。"他很骄傲地告诉我。

"靠，你还找了一个洋妞呀！她长得什么样子？是利兹大学的学生吗？"其实中国男人还是很喜欢西方白人女孩子的，她们一般身材非常好，前凸后翘，丰乳肥臀，再加上白色的皮肤，想想都令人销魂。可惜大部分西方白人女生不是特别欣赏中国男人，可能是中国男人阳刚不足，身型不匹配，再加上中国男人还有点儿大男子主义，白人女生宁愿找黑人也不找中国男人。可是罗卓怎么就能遇到这么一个呢？我心里明白，也有白人女孩子喜欢中国男人的，她们喜欢中国的传统文化，还有中国男人吃苦耐劳的精神。可是，还是觉得哪儿不太对劲儿。

"我们是在雅虎的聊天室认识的。有人说在聊天室和外国人聊天还可以交友，我就几周前注册了一个账号，我们现在放暑假，空闲的时候我就找个聊天室聊聊天，一是可以练习英语，二是排解寂寞。"这个我相信，在网上聊天室和外国网友聊聊天真的可以锻炼英语水平。我曾经也和一个外国友人聊了好长一段时间，后来就成了好友，他是学习中文的，想到中国学习一段时间，所以有时候他教我英文，我教他中文，一直保持着很好的关系。

"有一天，我在网上认识了一个美国女生，她说她对中国文化非常感兴趣，居然还知道北京的炸酱面。我们那天聊了很久。那天他还给我发了一张她的照片，她个子高高的，眼睛是蓝色的，特别是嘴唇红红的，嫣然一笑，微露白齿，说实在的，我真没有见过那么漂亮的女人，而且这次竟然距离我那么近。"看他说起这个美国女人那种陶醉感就能想到她有多漂亮了。

他接着说："那天晚上我和她聊完很兴奋，几乎没有怎么睡。自从上次被朱晓燕骗了以后，我发誓一年内不近女色了，可是那天和这个美国女人一聊，我又打开了尘封已久的情感闸门。我估计人家美国女人很有钱。"他喝了一口啤酒接着说，"对了，她说她父亲是搞金矿分析的，如果那个金矿地质条件好、含量高，就可以在全世界范围内申请开采权，有了开采权就可以用开采权融资，所以她说她父亲很有钱。再说她自己条件还那么好，肯定看不上我的。"

"你也没必要那么自卑了，我们都是人，谁能比谁差到哪儿去？"我鼓励着他。

"说是这么说，我还是没有底气。第二天相同的时间，我还是禁不住打开了计算机，进入了聊天室。结果你猜我发现什么了？"罗卓眼睛放光了，"美国女生就在聊天室，看我进来了，立即打招呼。她告诉我她等我很久了。我很激动，没有想到她竟然对我印象那么好。"

"我问她找我聊天的目的是什么？她说她除了喜欢中国文化以外，还想找一个中国丈夫。她希望以后能在中国定居，住在北京的胡同里面，早上可以听到街上熙熙攘攘那种嘈杂的声音，特别是清脆的自行车铃声，更是令人神往。"

听到这里，我觉得这个女孩子还真的了解中国和喜欢中国文化，估计她应该受到过良好的教育。

"她一定上过很好的大学吧？"我很想知道答案，以便验证我的判断。

"我问她了，她知道我在利兹读博士之后，立即告诉我她在英国也上过大学。我问她在哪儿读的，她犹豫了一下才告诉我是在伦敦上的。我又问她是哪个大学的，她让我猜。她也真够顽皮的。"

他喝了一口啤酒，然后说："我也不是吃素的，我觉得她对中国文化很熟悉，一定是在研究中文的学校读的，所以我就脱口而出：'亚非学院（SOAS）？'没想到，我刚说出来，她就夸我聪明，说她就是在亚非学院读的。"

"亚非学院很不错的，它在研究亚洲和非洲事务领域可以说是世界一流。它的中文系也不错，曾经有人把亚非学院中文系、剑桥大学中文系以及利兹大学中文系比喻成英国三杰，可见它有多厉害了。"我顺着他的口气说着，他也越听越感到自豪和骄傲。

我们的酒也喝完了，就各自回自己的实验室了。我那几天也是超忙，导师让我把论文的一章必须写完，我每天几乎睡不到 6 个小时，其他时间都在办公室了。虽然和罗卓同居一栋房子里，但是足足有一周没有见面。我属于晚睡晚起的人，而他是早起早回来的习惯。每天早上他 7 点多就到学校了，而我依然在梦乡里。不过我每天差不多 2 点才睡，最晚的一次是凌晨 6 点才睡。整个儿一个黑白颠倒。我们碰不上也是很正常的了。

六、亚非学院根本就没有黑天鹅

经过十几天的奋斗，我终于把这一章节写完了，然后就交给了导师。一旦交上去，就可以松口气了。这天，我们两个终于能够一起吃晚饭了。

罗卓的气色依然很好，看起来神采奕奕的。我突然想起了他的美国女朋友，不知道他们发展到什么地步了。我们两个刚一坐下，还没等我开口问，他就问我："你怎么不想知道我现在的爱情生活是怎么样呀！"

他真的是憋不住了，好像有一肚子幸福的蜂蜜水想喷出来呢。

"我们已经开始谈婚论嫁了。"我听到这儿，惊讶得眼珠子都快瞪出来了。要知道他已经受过一次伤害了，这次不能再轻易相信别人了。

"你这也太快了吧。你确定她是认真的？确定她没有其他目的？"我有点担心，也许我多虑了。

"怎么可能是假的呢。她还给我打电话了，非常标准的美国口音，声音甜甜的，拿起话筒就不想放下。"他说得那么真实，我看也不会有什么问题。

　　"那你们怎么也要先找机会见个面吧，这种网恋也有点太超前了。如果一见面就不喜欢对方了，那岂不是来个见光死了？！"是的，20世纪90年代网上聊天和网恋已经开始了，不过不像现在可以方便地语音和视频，传个照片非常难。往往是网上聊得热火朝天，一见面双方都觉得失望，这就是所谓的"见光死"。

　　罗卓确非常自信，他告诉我他们每天都要聊天，有的时候聊得性起，都有强烈的想拥抱对方的感觉。而且这个美国女友非常专注，聊天中他知道她是一个非常好的美国女孩子，很传统，从来不去酒吧和夜总会，信奉基督教，绝不和其他某些美国女人一样，喜欢滥交。她和他交往的目的只有一个，那就是婚姻。

　　这些听起来都很不错，是中国男人喜欢的类型。但是在我看来，罗卓身材矮小，貌不出众，对女人没有什么吸引力的，而且还没有什么钱，人家那么优秀的美国女孩子为什么就能看上你？！我还是有点疑惑。

　　罗卓似乎看出了我的心思，接着说："我也把照片传给他了，告诉他我个子不高，身体也不会像欧洲人那么强壮。"

　　"是呀。你说她身高170厘米，而你也差不多。身型也不一样，这还不得把你累死？"我有意调侃他。

　　"人家说她就喜欢中国男人，她身边有几个朋友都嫁给中国男人了，现在过得都很好。她更重视爱情，有了爱情，两性融合自然愉悦了。"这样说我就放心了。

　　他突然问我："你怎么知道我那方面就不行？有谁说过男人的阳具的大小就一定和身高成正比？其实我这方面厉害着呢，我看你不行吧？"呵呵，他说得可能有道理。上帝创造人的时候都是公平的，没有给你魁梧的身材，也许就会赋予你其他更完美的身体部位。例如有些女性虽然个子不高，但是胸部和身材却是非常完美的。

"就算你说得对吧。"我转了话题,"你们准备什么时间见面?"

"她准备下个月就过来,我也希望她能越早过来越好。说实在的,我都等不及了。"说到这儿,他脸都有点红了。他接着说:"她过来之后,我们会住一段时间,如果没有什么太大的问题,我们就今年年底前结婚。"

一提起结婚,我也很激动。我属于组织能力很强的人,愿意帮人家策划和做事。如果能把一件事做完美,就很有成就感。

"你的婚事筹办我包了。"我向他打保票。

"先谢谢你。不过,我的美国女友说要节约,要简单地办理。我想我们就举行一个西式婚礼,届时在利兹大学的圣麦可尔教堂举行一个简单的仪式,然后再邀请几个朋友吃饭就行了。"

我觉得这个主意非常好,看来他美国女友也是个会过日子的人。其实,我也觉得西方结婚仪式很重要。如果两个人要走得长远,就必须要走这一步。因为这虽然是一个仪式,但是它确实让你在上帝面前发誓,这一辈子,不管对方有多老、有多丑,或者病了、穷了,甚至卧床不起,你都有义务照顾她。这是一个庄严的承诺,因为两个人结合在最初相识阶段,会被对方的优点和长处所吸引,即使是缺点也变成了优点。然后是肌肤相亲,荷尔蒙增加,两个人如胶似漆地黏在一起。过了一个阶段,荷尔蒙逐渐减少,对对方身体的渴望已经不再强烈,甚至反感。对方的缺点逐渐显现出来,优点也变成了缺点。随着时间的推移,人也逐渐变老,变得不再有魅力,身体也出现各种问题,这个时候双方都失去了吸引力,剩下的唯有责任和义务。其实这个阶段,就是我们常说的所谓"七年之痒"或者"十一年之痒",如果双方合力顶住了,那么婚姻就可以继续维系,如果顶不住或者不愿意合力去维系,那么婚姻就会结束。当双方都在动摇的时候,翻出在教堂结婚时候的照片,找出结婚时刻对上帝的发誓和承诺,凡是有良心和责任感的人都会恪守承诺，将婚姻继续下去。

我举双手同意他们的这种安排。

说到具体情况，我问："你美国女友过来的话，你给她买机票吗？"

"是的。"他回答。

我用国人特有的思维继续问他："她家不是特别有钱吗，还用你给她买票？"她父亲是开金矿的，家里绝对不会缺钱的。买张机票算个啥。

"唉，你可别这么想呀。我美国女友说我们结婚不要靠家里，要靠自己。我也不想靠他们家里，免得让美国人看不起。"他说完，我倒不好意思了。都那么大了，凭什么要靠家里？美国之所以发展得这么快，成为世界强国，就是因为美国人强调个人的能力，而不依靠家里。如果一个社会，每个人都在创造财富，那么这个世界就会更加富有。

"现在在伦敦的尤思顿火车站旁边有一家中国人开的售票处，价格很便宜，你不如在那里买。"这是一家中国人开的售票处，我和经理认识，他姓陈，人不错，每次去他都能给我优惠不少。

"不用，不用。我不喜欢麻烦别人。再说，我的女朋友说可以把钱汇给她，她自己买票。我觉得她这个主意很好，准备明天就去银行把钱汇给她。"

"大概需要多少钱？"一提到钱，我还是很敏感的。

"大约，大约……大约要1200美元！"这个钱数真是不小，他说出来都很费劲。

"怎么用得了这么多钱？是你主动要求给她的？"我觉得有些蹊跷，想问个清楚。

"她要我给她这么多的，因为要办理出国手续，还要购买机票。1200美元也不多，我希望她能在路上舒服一些，别为了省钱，搞得狼狈不堪。"

罗卓真是一个好人呀，哪个女人嫁给他都会幸福一辈子的。但是，俗话说：旁观者清。这 1200 美元可是他舍不得吃舍不得喝，一分一分攒起来的，估计把家底都搬出来了，所以他还是要谨慎小心。

"罗卓，我说话你可能不爱听。我觉得你还是应该小心一些。如果是你主动要给她的，那另当别论。而且数额还那么大。你应该在去银行汇钱之前，还是再搞清楚。"我劝他。

他一听就生气了："她怎么可能骗我呢？我们都聊了那么长的时间，足足有一个月了。而且我们通过电话，看过照片，她不可能是假的。如果她知道我要试探她，她肯定会伤心的。"

我越听越不对劲儿，罗卓肯定被所谓的"爱情"和美女照片迷惑了，所以才那么执拗。他毕竟是我的好朋友，我一定要帮他搞清楚再说。

"我也相信她是真的，不会骗你的。但是感情是感情，金钱是金钱。谁的钱都不是白来的，你要为你的劳动所得负责。如果真是假的，你后悔都来不及。如果你真被骗了，你农村的家那么穷，这钱够你家盖几间房子了。"我说得没有错，他来自农村。那个时候一美元可以换差不多十几元人民币，这一万多元在国内可以办很多事儿了。

听我说到了他的痛点，他也动摇了。他问我："那我怎么试试？"

"你一会儿不是还要和她聊天嘛，你就说，你在英国可以买到非常便宜的机票，用不了 400 美金就可以了。这样可以节约钱，这主要是为了今后更好地过日子，或者她先用自己的钱买机票，到了英国以后你可以给她报销。如果她对你是真心的，就一定会同意你的建议。如果不同意，那可能就会有问题了。"我看罗卓开始犹豫了，似乎同意了我的说法。

"你想想，如果这个建议她都不同意，说难听一些，她应该想骗你的钱；说不好听的，即使不是骗子，估计你们以后在一起也不会舒服。"

我喝了一口水，接着说："你不在意的话一会儿我们一起和她聊聊，这样可以帮助你做出正确的判断。"罗卓点头同意了。

吃完饭，我们就一起去大学了。那个时候我们都没有计算机，上网只能用大学的设备。我和他一起去了他的办公室。他打开计算机，进入了他们两个单独开的"爱情聊天室"。

"Dear，I have been waiting for you. You are late today."他的女朋友名字叫Fatima。聊得还很肉麻，她的意思是：亲爱的，我一直等你呢。你今天怎么来晚了？

我突然灵机一动，把罗卓推开，自己坐到了他的椅子上："来，让我和他聊。"我见多识广，聊几句就能判断她是什么"鸟"了。其实，我已经开始觉得她就是一个大骗子了。罗卓还是挺听话的，就站在我的旁边，看我和他的美国女朋友聊天。

我和她不痛不痒地寒暄了几句。突然，我有了一个主意，为什么不先试试她以前是否说谎了。我问罗卓她是否说过她在伦敦上过学，罗卓说上过，问我问这个干什么。我说："我在帮你证实，你一会儿就知道了。"

我经常去伦敦，那里的几所大学还是比较熟悉的。于是，我就和这个美国女朋友说："I have a good news to tell you. I am going to London next week. I really want to see the university where you studied so I can feel you there. Did you say SOAS is your mother university？"我说我有一个好消息和你说，我下周要去伦敦了，真的特别想看看你的母校，这样我就可以感觉到你的存在。我还特意确认一下她是不是在亚非学院读的书。

"Yes."Fatima就回答一个"Yes"，没有展开说。

"I have been there once. It is a very beautiful university. There is a lake in the campus where you can see the black swans."我又说我去过那里一次，SOAS的校园很美，那里有一个湖，里面可以看见黑天鹅。

Fatima又回复了一个"Yes"，然后话题一转说："Darling, I missed

you very much last night and could't fall sleep without you. I cannot wait to see you. I want to be kissed and caressed with love. I will in return kiss your face, eyes, lips and every corner of your body and make you like a King."
看到这儿我都要起鸡皮疙瘩了。你猜她说什么？她说，亲爱的，昨晚我想死你了，都难以入睡。我已经等不及要见你了。我想被你亲吻，感受你爱的抚摸。我也会回报你的，我会亲你的脸庞，亲你的眼睛，亲你的唇，亲吻你身上的每一个角落，让你做个皇帝。这种带挑逗的语言好像一首淫荡的诗，对一个还是处男的罗卓来说，简直就是发起向她投降的号角。您别说，要是有一个美丽的洋妞这样挑逗我，我也早就把持不住了。

不过，她为什么总是回避我的问题呢？一般来讲，如果有人谈起我的母校，我会和他滔滔不绝地聊上几天几夜。可是，她却好像一点儿都不感兴趣。我想进一步试探她。

"Yes, horny, I want to touch and kiss you too." 我说，是呀，亲爱的，我也想亲你和抚摸你呀！

我刚回复她，她就发过来一句话："Dear, when can you send the money to me? I want to buy the ticket tomorrow?" Fatima 终于忍不住了，她问什么时候能把钱打给她，明天她就去买票。

根据我和罗卓说好的，我回她说："I have a better idea. I can buy a ticket in the UK and then post it to you as it is really cheap if I buy it here. Or you can buy the ticket first and then I will give the money to you when you are here." 我告诉她我有一个好的主意，我可以在英国买好票，然后寄给她，因为这里非常便宜。或者，Fatima 可以先买，然后到了英国再把钱给她。

我后面还加了一句，希望她能理解我："I hope you understand me, darling."

　　如果要是真有感情并且一辈子相守的，又岂能在乎一朝一夕，她如果不同意，就肯定有问题。结果她的回复进一步印证了我的判断。

　　"It is very easy to transfer the money. I will tell you the bank details and the bank can do it very quickly. Dear, I really miss you." Fatima 没有说行也没有说不行，就是要让罗卓把钱赶紧打过去。

　　我告诉她我再考虑一下，结果她好像很生气了，她说："If you don't transfer the money, it means you don't trust. I am not going to see you anymore." 看来她真有点生气了，她说如果你不给我汇款，就说明你不信任我了。那我也就不去见你了。

　　在一边的罗卓有些坐不住了，他说："要么咱们就把钱转给她吧。她好像真的生气了，以后不理我怎么办？我们都谈了一个多月了。"

　　"你傻呀！我现在已经基本判断她是一个骗子了。如果一个女人只是因为这点事情就不理你，说明她只是对你的钱感兴趣而不是爱你这个人。这种女人不要也罢。"

　　她看我半天没有回复，就又发了一条信息："Dear, I really miss you. Please send the money to me tomorrow so I can buy the ticket。" 这个美国女人说她非常想罗卓，想请他明天就把款汇过来以便买票。接着她就把美国的一个银行账号发过来了。

　　真够着急的，你 TMD 想钱想疯了吧。我已经百分之九十九地肯定她是一个骗子，而且还是一个骗子高手。

　　停了一会儿，我回复她说："好的，我明天就给你汇款。"接着我又问，"你确实是伦敦亚非学院毕业的吗？"

　　她肯定地回答："Yes！"

　　我立即回复说："Are you sure？ It seems you don't know the black swans. They are actually very famous and almost all the students in SOAS like them very much."

我问她确定在亚非学院读过书吗？如果是的话，你怎么会不知道这里的黑天鹅？它们非常有名，这里的每一个大学生都知道它们，也特别喜欢它们。

结果她回复说："Of course. I know them. I fed them some food when I was there."

当我看到她说她当然知道这些黑天鹅，而且还喂过它们食物的时候，我不禁脱口而出："这下确定了，这他妈的就是一个骗子！"

罗卓有点不明白，说："你怎么能确定？不过你也不能骂她呀！"

我告诉罗卓，上面的条件都是我杜撰的，我去过亚非学院，它很小，紧挨着伦敦大学学院（UCL）。那里寸土寸金，哪里有什么大湖和黑天鹅！完全就是一个骗子。

我最后回复她："You are a big cheater. There isn't a lake in SOAS, neither BLACK SWANS there. Go to the hell." 我对她说："你就是大骗子。亚非学院根本就没有一个大湖泊，也没有什么黑天鹅。去你妈的吧！"

没过一会儿，Fatima 的资料就消失了。这场精心策划的大骗局就这样被戳穿了。我后来想了想，其实骗子也不容易，为了这点钱，不惜牺牲了将近一个月的时间和罗卓谈感情，到了最后还是竹篮打水一场空。

罗卓不应该失望和悲伤，受益最大的就是他。首先，他钱没有汇出去，钱没有任何损失；其次，那位美国女朋友英文那么好，陪他练了一个多月的英语，一分钱的学费都没有交。最重要的是罗卓通过这件事成熟了很多。之后，他就从我这搬了出去。

七、大猪和小白兔终于结合了

又过了一年，听说罗卓这次真的找了一个靠谱的女生。这个女生是从国内过来读本科的，比他小了不少。由于他总是给本科生做辅导课，两人就相互认识了。罗卓是属猪的，这个小女生是属兔的。也算是有缘，最终他们结婚了。结婚那天，我们都问他怎么能把这么温顺可爱的老婆追到手的。经过这么几次的恋爱经验，罗卓已经成为感情高手了，对于追求女孩子已经有了自己的一套非常成熟的办法。

他和大家说："追女孩子要先分析对方的弱点。找到之后一阵猛攻就能成功。比如，有的女孩子喜欢虚荣，那你就夸她有多么漂亮；有的女生喜欢照相，你就把她拉到很美的地方给她摄影；有的女生胆小，你就多照顾她，多呵护她……"

又是老朱大声问："那你老婆的弱点是什么呀？"大家听后一阵大笑，一起起哄让他说出来。如今的罗卓已经鸟枪换炮，换了一个人似的，他非常大方地说："我的老婆心地特别善良，特别具有同情心，喜欢动感情，看到一点悲剧就泪流满面。"

他老婆说："是的，就是他编了一个《小白兔的故事》把我骗到手了。他开始追我的时候，说他是属猪的，我是属兔的，两个人是天生的一对儿。两个人不管发生什么事情都要相信对方，否则就会有问题。"

大家说："是什么样的故事呀！快给我们讲讲。"在大家的要求下，他们这一对儿新人，就你一句我一句讲了这个非常感人的故事：

一天白兔妈妈对女儿说："孩子，今年家里的胡萝卜太多了，你看看怎么能给卖出去。""没问题。"小白兔一口答应并提着一筐胡萝卜跑到街上摆起了小摊。天都黑了，可是一根胡萝卜也没有卖出去。

小白兔又把那筐胡萝卜原封不动地提了回来。妈妈一看就说："没用的东西，明天早上起来接着去卖。"小白兔是有抱负的，为了妈妈这句话，她一夜都没有合眼。

第二天天还没有亮，小白兔就跑到了街上又摆起了摊位。中午的烈日把胡萝卜都晒蔫了，可是依然没有人光顾这个摊位。小白兔心急如焚，本来就红的眼球都快冒血了。

这个时候，躲在墙角一直关注着小白兔的大猪走了过来。他说："兔兔，你好！我观察了你很久了，知道为什么你的胡萝卜没有卖出去吗？"

"大猪哥哥，我也不知道，"说着拉着大猪的手撒娇地说，"你快点告诉我呀。"

大猪挺起了胸膛，一副十足的雄性样子，说："你主要是没有做广告宣传。另外，你的小摊也太偏僻了，没有人会来看你的摊位。"

"什么叫广告宣传呀？我还是第一次听到这个名词呢。"小白兔仰着头，认真地看着大猪。

大猪说："广告宣传就是要扩大影响，让所有的人都知道你在卖胡萝卜。而广告就是一种媒介，把小变大。我奶奶曾经告诉我，如果在森林里遇见了凶狠的熊瞎子，你千万别害怕，而是要站立起来，要把自己的双臂绑上大大的翅膀，同时张开。这个时候，熊瞎子看见你比他大，它就会被吓跑了。这就是广告宣传的力量。"这一席话让小白兔对大猪肃然起敬。

大猪说："你等一下我，我马上回来。"没过一会儿，大猪举着一块牌子过来了，牌子上画着红红的胡萝卜和翠绿的叶子，让面写着：兔兔的萝卜甜又脆，兔兔的萝卜大又美。

大猪接着说："你就举着这个牌子在街上来回走，肯定会有人来买的。""我到街上去了，我的胡萝卜怎么办？"小白兔担心地问。

"没关系，有我呢。这样吧，我的摊位位置比你的好，就放到我这里一起卖吧。"听到大猪这么说，小白兔感动得眼泪都流出来了。

小白兔身材很好，喜欢跳舞，如今她举着牌子在街上这么一走，吸引了所有人的目光。他们问："你的萝卜在哪里？我们现在就去买。"小白兔把手指向了大猪的摊位，一会儿那里就排起了长队。一筐胡萝卜很快就卖完了。小白兔接着把家里的胡萝卜都拿了过来，也销售一空。

回到家里，白兔妈妈数着大把的钱，不住地夸赞女儿能干。此刻的小白兔心中却想着帮助过她的大猪哥哥。感情就这么奇怪，说来就来了，小白兔开始喜欢大猪了。

小白兔把家里珍藏的最大的胡萝卜找了出来，第二天她找到了大猪哥哥："大猪，别看你外表笨头笨脑的，其实你很聪明。你帮了我大忙了，昨天要不是你帮助我卖出去所有的胡萝卜，我妈妈可能要打死我了。"说着，把最大的胡萝卜递给了大猪，"这是我家珍藏的最大的胡萝卜，我送给你了。"然后在大猪的脸上亲了一下。

大猪暗恋小白兔已经不是一天两天了。小白兔的一吻，让大猪差点晕了过去。从那以后，小白兔和大猪相恋了，无论是山花烂漫的山上，还是一望无际的沙滩上，都留下了他们爱的足迹。

一天，兔妈妈说："女儿，你已经老大不小了，要结婚成家了。我们也想要兔孙子了。"

"我不要成家，不要，就是不要！"小白兔坚定地说。兔妈妈也没有勉强。

又过了一段时间，兔爸爸又要求兔女儿结婚。实在瞒不住了，兔女儿就告诉妈妈爸爸，她正在和大猪谈恋爱呢。听到这里，本来身体就不好的兔爸爸一下子就晕了过去。醒来后，兔爸爸脸色发青，指着小白兔说："你，你，你怎么能乱伦？邻居笑话不说，你和猪能生出什么东西？！"说完，又晕了过去。

小白兔是非常孝顺爸爸妈妈的，看到这个局面一下子吓傻了。在她心目中，父母是最重要的，可是她又深深地爱着大猪。一边是爸爸妈妈，另一边是她日思夜想的大猪。她的心都要裂开了。

为了让女儿能彻底忘掉大猪，兔爸爸妈妈给兔女儿找来了无数个很帅的兔公子，条件都非常优越。而小白兔都闭门不见。

这天大猪和小白兔云雨之后，大猪说："兔兔，你该找个大白兔公子成家了。我们两个是没有结果的。"其实，大猪口是心非，说话时心如刀绞。

"我不要，我不要。"小白兔扑到了大猪的怀里痛哭起来。

小白兔的情况成了兔爸爸的一块心病，每天都深陷痛苦之中，身体状况越来越差。小白兔开始犹豫了，她决定为了爸爸妈妈放弃大猪了。

　　她认识了一个大白兔先生。大白兔虽然不能给她激情，但是对小白兔却无微不至。小白兔的情感大门开始向大白兔敞开，同时慢慢地把大猪的情感之门关闭。

　　几天没有见小白兔了，大猪十分挂念。他鼓起了勇气敲开了小白兔家的门，开门的是兔妈妈，看到是大猪就说："小白兔和她的新男友去山里度假了。你死了这条心吧。"知道是大猪以后，兔爸爸在屋里大声地喊："你就直接让他滚吧，少来纠缠我的孩子。"

　　大猪精神恍惚，不相信这一切就是真的，因为几天前可爱的小白兔还依偎在他的身旁，还为美丽的做爱而幸福地呻吟。他不相信，绝不相信这一切就是真的。

　　他找到了小白兔度假的小山，山中有一个美丽的小木屋。一位小麋鹿告诉大猪，这个小木屋就是她的，昨天来了两位兔兔，一个是漂亮的小白兔；另一个是潇洒的大白兔先生。他们现在就住在里面。

　　大猪的心开始流血了，他想到了那只可爱小白兔此时正依偎在大白兔先生的肩上；他的心开始碎了，他想到了曾经属于他的小白兔的身体正在被大白兔先生蹂躏着；他的心已经掉到了万丈悬崖之下，他想到了小白兔正在痛苦和快乐交替之中呻吟。

　　大猪怒火中烧，真想点一把火，让两只兔子同归于尽，可是他没有这么做。山坡上一片花香，而其中一种花最香最艳。大猪妈妈告诉过大猪，千万别碰那个花，那是剧毒的。恍惚之中的大猪已经觉得生活没有任何意义，他摘下了一朵最艳丽剧毒的花并放到了嘴里。夕阳之下，只见大猪缓缓地倒了下来。

　　山中的小麋鹿看到了，立即敲小木屋的门，喊屋中的小白兔和大白兔出来救人。

　　小白兔突然意识到躺在地上的就是自己心爱的大猪，她意识到大猪已经猜到小木屋中有她和大白兔先生的存在，然后悲痛至极而自杀了。想到这里，她把大猪的头抱在自己的怀里，默默地说："大猪，你真傻，我实际上最爱的就是你。世界上没有任何人能够取代你在我心目中的位置。我和大白兔就是逢场作戏。我和大白兔的结合就是为了生育，而没有快感。因为我的身体已经属于你的了，永远。"

小白兔把自己的脸贴到了大猪的脸上，眼泪悄然地流了下来，一直流到大猪的脸上："其实，你就是我的老公，老公，老公，老公……"大猪还是躺在那里，嘴中依然含着剧毒的花朵，一半露在外面。大白兔把嘴凑到了大猪的嘴上，轻轻地吻着大猪的嘴唇，并把另外一半花朵含在了自己的嘴里。

就这样，小白兔静静地倒下了，闭上了眼睛，慈祥而安逸。

看到这情景，麋鹿和大白兔已是热泪盈眶……

突然，大猪的身子动了一下，原来他的体重比较大，毒素的剂量不够，并没有把大猪毒死。他又活了过来，当看到他心爱的大白兔却安静地躺在自己的身旁的时候，他大喊着小白兔的名字，拼命地摇动着她，但是小白兔却永远没有再醒过来。

大猪从此疯了……

听完了故事之后，很多在场的女生都感动得哭了。大家终于明白他们两个是怎么走到一起的了。我也很有感触，特别是罗卓，那个骗子美国女人根本就不适合他，而他眼前这位可爱的太太才是他真正的最终归属。结婚之后，他们有了一个可爱的女儿，一家人过得有滋有味，非常美满，令人艳羡。和谁结婚是一种缘分，有的需要等待，有的则不需要，有缘分的婚姻有的时候就像一阵春风，在孤独、枯燥、寒冷的冬季不期而至，从此就成就了一段海枯石烂的姻缘。

第九章
海外创业的苦与乐

Happiness lies not in the mere possession of money;

it lies in the joy of achievement，in the thrill of creative effort.

幸福不在于拥有金钱，而在于获得成就时的喜悦

以及产生创造力的激情。

——美国总统富兰克林·罗斯福．

一、第一桶金——"走私"香水

就在"CIE旅英留学交流服务中心"成立后的第二年，创办人之一的黄大年博士就去南方新城米尔敦凯恩斯工作了，而另外一个创始人臧伟进博士也回国去了西安。

当初成立这么多的协会，后来有很多难以维持下去，主要原因就是留学生的特点造成的。这些协会的发起人一般有思想，有创业的欲望，但是学成之后，就面临着回国或者留在英国工作的选择，不管是哪一种，对协会的发展都是不利的。如果回国，就不可能继续这份事业，如果留在英国工作，工作繁重，压力巨大，也很难完美地完成协会的重任。而发起人一旦离开，协会的延续性就成问题。

另外，协会的发展需要费用的支持，而费用的筹集无非是会员的会费和赞助，这对于刚成立，一点儿名声都没有的松散结构来讲是非常困难的。

我们这个成立不久的"CIE旅英留学交流中心"随着两位发起人的离开，也就算基本停止了。为了保证中心的延续性，我就将其注册为一个有限公司，这个公司也就是英国才奕国际教育集团的前身。

公司注册成立之后，业务也开始慢慢展开。这个公司也就成为留学生在英国最早真正创业的机构之一。由于没有经营的经验，更没有人、财、物的支持，一切都是摸着石头过河。有过困难，有过成功，有过欢笑，有过泪水。

我的第一桶金和教育还真没什么关系。

有一天与在法国工作的朋友聊天，就说起了创业的事情。他原来是一家国有机构驻巴黎的代表，后来辞了职，就留在了巴黎。我一直都很佩服他，他是语言天才，在那个年代就可以说法语、英语、意大利语，这在全国都屈指可数。他还是一个音乐天才，会演奏多种乐器，据说他和著名艺术家刘欢是校友，在大学也是校演出团的。他人长得也很帅，身高185厘米，浓眉大眼，几乎可以秒杀任何女生。其实他的太太就是我们大学的校友，最后被他娶走了。

我最佩服他的是，他永远向上、永不停歇的精神。他见多识广，总有一些超脱的想法，听起来似乎很不现实，但是如果有机会实施，很多还都是会成功的。记得1992年第一次去巴黎参加一个国际会议，他带着我几乎游遍了巴黎的每一个景点。我对巴黎的建筑艺术崇拜得五体投地，对巴黎的浪漫氛围充满着无限的憧憬。看到他又在巴黎混得风生水起，就和他说："哥们儿，巴黎太美、太浪漫了，真羡慕你能在这里定居。这是多少人的梦想呀！"

而他却不以为然："你觉得这里不错吧？但是我告诉你，巴黎虽然很美，但是已经开始没落，它已经不能站在世界发展的第一梯队了。英国、德国也好不了哪儿去。"

在1992年，世界的发展趋势还真是扑朔迷离，没有多少人能看清楚的，而很多国人连国门都没有迈出过，就凭着当时极不准确的数据，更不可能准确预测未来30年的发展方向，而他居然敢说一直代表世界潮流的英、法、德已经不是世界未来的第一梯队，因此我问他："那你觉得以后的发展格局是怎样的呢？"

"现在当然是美国，估计中国这两年也会发展很快。"他说。

1992年的中国，经济发展处于上升期，我对中国很有信心，但是也没觉得中国发展会这么快。

他接着说："从我的家庭考虑，我想放弃法国国籍，迁居到美国。然后有合适的机会再回国发展。"

放弃法国国籍？！我真的被他的决定震住了，只有大智慧的人才能做出这样的决定。后来证明，他的预言是正确的，而且他也是这么做的。迁居到美国之后，他又回到国内从事一项公益事业，之后又回到了美国。

这次和他电话煲粥又获得一个重要的商务信息，他说他最近可以低价搞到一大批法国香水，这些香水是DUNE、DIOR、CHANEL、POISON、JEAN PAUL GAULTIER，等等。他极力推荐我和他一起做这个生意。我注册的是教育公司，似乎做香水不太合适。于是我查了一下公司的经营范围，居然还可以做商品贸易。于是，就答应看看价格。

当他把价格发过来之后，真的让我喜出望外。这些高档商店橱窗里陈列的可望而不可即的名牌香水的成本价格，居然只有几英镑。如果我能够卖到8英镑，那么一下子就可以翻倍。一想到马上就能赚到白花花的银子，我立即决定和他合作。

我把所有的积蓄都拿了出来，一下子从他那里订了1000瓶。问题马上来了，怎么能把这些香水运过来呢？我和他商量了一下，决定第一批我开车去法国拉过来，以后他再开车送过来。

年轻就是好，脑子里没有任何条条框框，可以说干就干。我办好了去法国的签证，开着车直奔法国而去。从利兹开车到巴黎还是比较曲折的，首先要花8个小时开到东南端的多佛尔港口，从那里过海到法国。那个时候英吉利海底隧道已经开通。我原以为可以直接驱车直入隧道，到了以后才知道需要购买穿越海底隧道的火车票，然后要把汽车开到火车上一起过去。这期间还要排队过海关，整个过程要两个多小时。过了隧道就是法国的凯莱港口，从港口开车出发再开 4 个小时就可以抵达巴黎了。

需要说明的是有三个困难需要克服，第一个困难就是语言沟通，尽管只有一个隧道之隔，但是英法完全是两种不同的语言文化。在法国是没有人喜欢说英语的。我的朋友告诉我，其实很多法国人是懂英语的，可是法国历史悠久而辉煌，他们一直都觉得自己是世界上最优秀的种族。他们一点儿也看不上英国，觉得英国就是他们的乡村。可是世界又通行英语，因而法国人说英语非常勉强。如果遇到问路的时候，你可以先说一句法语问候一下，例如"Bonjour"，然后再用英语说："I am sorry. I cannot speak French. Can I speak English？"意思是说抱歉，我不会法语，我能和你说英文吗？

我试了几次，效果还是很好的。有一次，一着急就直接用英语问路，结果人家摆摆手连脚步都不停，就走过去了。

第二个困难是不认路。那个时候根本没有什么导航软件，有的就是英国和法国地图。这个是需要提前做功课的，要记下来在什么地方上高速、什么时候下高速、什么时候拐弯，等等。还要记住法语的单词，稍微不留神，就会错过一个路口，而一旦错过，再想回来就太难了。我们现在真要感谢科技进步给我们带来的便利条件，和那个时候相比，我们现在开车太享受了。

第三个困难就是驾车规则。英国是左舵行驶，而法国是右舵。如果不花上十几分钟是很难适应的。有的时候会很危险，因为不小心就会开到相反的方向。

在当时来讲，因为有了赚钱信念的支撑，再加上初生牛犊不怕虎，这些都算不了什么。经过前后近 20 个小时的车程，我终于拿到了这些可爱的香水。500 瓶的香水把汽车塞得满满的，然后用毯子盖好了。

晚上，我找了一家酒店，便把汽车停在了路边，住了下来。经过一天的折腾和劳累，我进入房间倒头便睡，一觉睡到了天亮。我吃了早餐，拿起背包准备赶回英国利兹，因为前方还有上千公里的路程等着我呢。

我急忙出门，走向停车的路边。到了停车的地方，突然发现我的汽车不见了。我又前后左右地找了几遍，怀疑是否我记错了停车的地方。可是附近方圆几百平方米的地方都找了，也没有找到。

我又回到了原位，车位旁边有一个意大利餐馆。我看有人，就走过去问是否看到了一辆汽车。里面出来一个肥嘟嘟的人，看样子像意大利人。他说他知道我的车去哪儿了，这个地方不能停车，警察给拖走了，然后给了我一个地址。

汽车终于有着落了。我一直担心的不仅是我的车，还有那 500 瓶香水呢。我赶紧向这位意大利人点头致谢，如果他不告诉我车的下落，我恐怕还要在巴黎摸索几天的。

按照意大利人给的地址，我找到了那里。这里是一个停车场，我告诉管理员我的汽车被拖到这里了，我过来取车。那个人倒还热情，满脸堆笑地把我带到了我的车前，确认是我的车以后，他把我带回了办公室，给了我一张单子，我一看几乎惊呆了。这是一个罚单和拖车费，两项加起来一共是 500 多欧元。无奈之下，我用信用卡支付了这笔费用，最终拿到了我的车。还好，车里面的香水完好无损。

出巴黎很顺利，一会儿就上了高速公路。在路上，我扶着方向盘，越想越不对劲儿。那个胖胖的意大利人和那个停车场满脸堆笑的工作人员可能就是一伙的。一定是那个意大利人让警察或者停车场的人把我的车拖走的，因为我的车可能挡了他的生意，否则他怎么一下子就拿出现成的停车场地址呢？而那个停车场的人满脸堆笑，这是因为我给他送钱来了。不管怎么说，我的运气还不是最差的，假如车被小偷给偷了的话，那我的损失可就太大了。

很快就到了凯莱港口，出关也没有检查。通过隧道入关的时候，所有的人只要开着车不用下车接受检查就可以。我把护照从车窗内递给海关检察官，他只是往车里看了一眼，就放行了。前后不超过5分钟。

接着我就马不停蹄地，一口气开回了英国利兹市。

回来后，我把各式各样的香水拿出来，摆到了柜子上，每一种都打开闻一闻。虽然不懂香水，可是这几种不同的味道已经让我想入非非了。我最喜欢的是 Jean Paul Gaultier 的瓶子，不管男士用的还是女士用的，都做得那么性感。

我给每种香水都确定了价格，由于进价很低，我的定价也不高。4英镑的一般定价为8英镑，利润率几乎是百分之百。

我也计划进入英国的市场，所以让公司的英国女士试用一下。几天后，女士们告诉我这些都是高仿产品，包装和质量几乎和真正的香水没什么区别。唯一的区别就是高仿的香水延续时间不长，可能几个小时就没有味道了。所以想正式进入英国市场是不可能的了。

我把这消息反馈给法国的朋友，他说他也是后来才知道是高仿的，否则也不会那么便宜。后来我们商定，销售的时候一定要和客户说清楚。

我把销售市场定位在英国的留学生，很多人回国需要礼物，就从我们公司购买，半年也只消化了200瓶。后来正好一个亲戚是国内一个机构驻伦敦的代表，那里流动的中国游客很多，她一下子就要走了300瓶。

法国的朋友知道了这个消息，过了一段时间，自己亲自开车把另外500瓶也送了过来。我的亲戚又要了200瓶。她说这500瓶够她折腾一阵子的了，就先不进货了。

　　过了一段时间，我给亲戚打电话，问她是否能再进一些香水。她说她忘了告诉我了，国内有急事，本来让她驻伦敦三年，现在需要提前结束，缩短为两年了。所以就不能帮我了。这300瓶香水就砸在了我的手里，后来陆陆续续地送人了。

　　就在做这笔香水生意不久，我知道了那个时候从法国带香水是有规定的，每个人不准超过两瓶。如果超过两瓶，轻则罚款，重则进监狱。而我们前前后后从法国带进来1000瓶，照这么算的话，估计早就进去了。不过不知者不为怪，有了那次经历，以后做事就谨慎多了。我的第一桶金就是靠卖法国香水赚来的，虽然无意违规。

二、我失去了两次发大财的机会

自从知道了从法国进口香水要支付很高的税之后，我们就决定不再继续做香水生意了。那又能开展哪些其他业务呢？

我决定回国考察一下。北京电视台的领导和朋友接待了我，我们决定和北京电视台合作，为英国著名公司拍摄节目，系统介绍他们管理公司的经验，特别是要介绍人才管理的方式和方法，然后在北京电视台播出。我觉得这是一个商机，就和北京电视台签署了合作协议。

回到英国，我们立即着手推广这个项目，同时聘请英国著名的电视人戴安作为项目负责人（注：戴安后来成了利兹大学传媒系的教授）。她精通业务，有很强的商务人脉，没多久就找到了五家大的公司，他们分别是路虎汽车、威力大珀金斯发动机、马修格罗格金雀威士忌酒公司、惠普计算机、海珀沃斯管道制造公司。

这五家公司当时都是世界著名的公司，产品各有千秋，都在瞄准机会进入中国市场。所以不仅支付了这次拍摄的相关费用，而且赞助了不少产品和服务。

北京电视台一共派遣了三名工作人员，一位主持人，一位摄像，一位专题部主任。而我们公司这边只有两个人，戴安是导演，负责联络和拍摄内容；我是项目主管，负责整个项目的运作，还兼做翻译和司机。在这20多天里，大家朝夕相处，圆满完成了拍摄任务。

印象最深的是给路虎公司拍摄专题片。路虎公司位于英国中部，工厂管理非常严格。可是进入车间却是另外一番场景，整个厂房宽敞明亮，角落还种着花草，每个工人都在认真地工作，可是同时还播放着音乐，他们边唱歌边工作，身心愉悦。看到这场景，我想到了国内一些工厂工人工作的环境，感叹差别之大。

为了能让我们更多地了解路虎汽车，该公司还特意赞助了一辆顶级路虎揽胜给我们用。我是第一次开那么豪华的汽车，当时的路虎车底盘就可以升降，越野性能极佳。在苏格兰高地拍摄威士忌酒庄的时候，那里下了大雪，乡间的小路被足有一米深的白雪覆盖，不能再继续前行，而路虎车的底盘可以升降，轮胎抓地性很强，即使在苏格兰高地的小路上，也能如履平地。

接待我们的是宣传部的一位英国女士。在三天的时间里，她带着我们参观车间，观摩试车，还安排大家去了华为城堡和公园。我们也尽心尽力地工作，唯恐漏掉路虎管理的每一个细节。

三天时间一晃就过去了，大家也建立了感情和信任，临走前，大家一起就餐。这个女主任告诉我，我们还可以继续使用这个汽车，等到走之前还给他们即可。我喜出望外，这余下的十多天都可以自由驾驶这辆顶级路虎揽胜了。我代表项目组对她和公司表示感谢。

没想到还有一个好消息等着我们呢。她看我们很喜欢这部车，就对我们说："如果你们喜欢这部车，我们可以赞助给北京电视台。"我和主持人还有摄像人员都高兴坏了，天下居然还有这样的好事。二十多年前，赞助和公益这类事情在中国还属于新生事物，我们总是想到不要白拿别人的东西，也不明白赞助其实也是一种市场宣传行为。既然白给的，那我们就收下吧。

正当我们都觉得这是一个很好的事情的时候，旁边的专题部主任发话了："这事儿虽说是好的，可是我觉得我们还是不能要。我们不知道她赞助给我们的目的，也不知道台里的政策。如果进口还要支付很高的税，这部分台里也不一定出。即使我们想办法出了，车到手了以后，还不知道给谁开呢。"主任的担心是有一定道理的。路虎赞助汽车主要是为了能通过北京电视台来宣传路虎，这点是毋庸置疑的。可是中国管理体制比较复杂，即使这个车给你，你都不知道怎么处理。主任站的角度确实高一些，如果这事放在现在就简单多了。

于是我们很不情愿地拒绝了她要送给我们一辆顶级路虎揽胜车的请求。这个车在英国当时的价格也要 5 万英镑左右，进口到中国也要一百多万元了。

她听了之后，表示遗憾。沉默了一会儿，她又给我们一个天大的惊人的消息，至少现在看来是个惊人的消息。她说："那你们电视台或者你们才奕公司可以做我们在中国的代理吗？"

当时我们听到这个做他们代理的建议，除了摇头，还是摇头。我们的想法很简单，当时我们国家外来的汽车只有捷达和桑塔纳，价格也就在 20 万左右。而当时中国的人均年收入也就几千元，而一辆一百万元的顶级大路虎在中国有谁能买得起？这简直就是天方夜谭。

现在看来我错过了一个"发财"的绝好机会，假如那个时候我把总代理拿下来，那么现在绝对是百亿元俱乐部的成员，凡是能看到我这篇文章的人都可以免费送一辆了。

我以为一个人发财一定要具备三个条件：第一，你是否在一个平台上，这个平台就是你在社会所处的位置。第二，发财的机遇。只有达到某一个平台上，你才能遇见这个机遇。第三，你是否有能力把握这个机遇。这就需要你是否能站得高看得远，同时有魄力接受机遇，有能力转化这个机遇。

很多人都说 20 年前如果在北京、上海买一套房子就会发起来了，这辈子什么事情都不用做了。其实当时的机会是很多的，机遇到了的时候没有偏心，它就像天使一样，从空中俯视下来，亲吻到了每一个人，而有魄力也有能力的人抓住了机遇，就获得了成功。

在路虎这件事上，很遗憾，北京电视台的几位朋友是因公人员，不可能成为代理，而我或者我的公司完全可以把路虎引进中国的，可是却没有把握住这个机会。

其实路虎也一直苦苦地寻求在中国发展的机会，我相信这支橄榄枝不仅曾降临到我的头上，路虎在中国设立的第一家办事处已经是 2003 年了，从 1995 年到 2003 年，这八年的光景肯定也让很多曾经有这个机会的人留下了遗憾。

在我们去苏格兰给马修格罗格威士忌酒庄拍摄专题片的时候，该酒厂同样建议我们做他们的代理，但是我们都与机遇擦肩而过。

15 年前国内最大的红酒生产公司管理层找到了我，希望我能帮他们引进一家苏格兰威士忌酒厂与他们合作。于是，我就通过朋友联系到了一家单一麦芽威士忌酒厂，该酒厂出产两个很有名的牌子，一个是格兰卡登，另一个是托名都，而且基酒的生产量位居世界前三。国内这个厂家的产品品种齐全，有葡萄酒、白兰地、白酒、药酒，就差威士忌了，如果他们和苏格兰这家酒厂合作就是绝配。

可惜的是领导层意见不统一，折腾了半天也没有成功，最后不了了之。这家苏格兰的公司几年后就物色了另外一家私人小公司，由他们做代理来推动和开展国内的市场。就是这家小公司居然撬动了中国的威士忌市场，现在每年的基酒和瓶装酒达到了十几个货柜，取得了相当大的成功，现在这家公司已经成为规模可观的威士忌酒公司了。

有一次，我和这个公司的老板见面了，他说："金博士，我非常感谢你把这家公司引到中国，也感谢国内这家大公司没有和他们合作。否则就没有我什么机会了。"

是的，机遇恩惠与你，而你又把握不住，那你就永远都不能成功。

三、成都人的遐想

公司成立之后，接待国内来的代表团是一项重要的任务。在某种意义上，我们公司已经成为国内不少机构的办事处了。

曾经有一个来自成都的代表团给我留下了深刻的印象。特别是访问丘吉尔庄园的时候，他们表现得如此幽默，以至于那个时候的谈笑风生，至今还萦绕耳畔。

我发现这个丘吉尔庄园完全是误打误撞。很久以前开车去牛津，查找地图的时候看见距离牛津不远处有一个庄园，而这个庄园叫作布莱纳姆庄园，位于伍德森托克小镇。在牛津办完事，我便驱车来到了这个小镇。

那是一个晚秋的下午，庄园的大门是敞开的。我明目张胆地开了进去，马上就被眼前的景色惊呆了。这里不是人间，而是一个仙境；这里根本不是现实，而是一幅油画。向左看，是一望无际的绿地，绿地上有星星点点的老树，几百年来一直不离不弃地守护着绿田；向中间看，夕阳西下，逆光中显现出一个庄严的古铜色建筑物，上面有一个金色的圆球，在阳光的照耀下，尽显高贵和庄严；而向右看，那是一个蓝色的湖，湖上面有一座小桥，它连接着建筑物和远处的一座纪念碑。最引人注目的就是湖中央的一个小岛了，岛上面由不同树种所覆盖，金秋时节，有的变黄了，有的变红了，有的依然翠绿。这么美丽的仙境，真是令人陶醉。

后来我终于知道，这就是著名的丘吉尔庄园。三百多年前，曾显赫一时的英国前首相丘吉尔的祖先（估计是太爷爷辈的）在布莱纳姆击败了法国军队，当时的安女王就把伍德森托克这块宝地册封给了他，并拨款建造了那座高贵庄严的布莱纳姆宫殿。谁也没有想到这笔款最终没有到位，丘吉尔的祖先就用自己的钱修建了这座宫殿，历时17年。据说丘吉尔的祖先到死那天也没有看到宫殿的最终全貌。

宫殿大门直对着的那座纪念碑是安女王为了纪念那次战役的胜利而立的。从宫殿走到那座碑至少需要20分钟，站在连接纪念碑与宫殿的桥上，只要能用肉眼望到的地方都属于这座庄园，可见庄园之宏大。

那个美丽的湖就是女王湖，湖面永远是蓝色的，而周围的植被却随着四季的变化不断地更新着多彩的衣衫，如绿色、金色、粉色、红色和紫色。湖中的天鹅是最幸福的了，只有它们才能领略到庄园美丽的每一个时刻。我看到一个天鹅向我款款游来，我真想委以它一个重任，那就是把手中的相机交给它，让它帮我留住这一年四季每一个美丽的时刻。

我做了一个假设，如果当时的拨款全部到位了，丘吉尔的祖先不仅会把拨款全部用上，而且一定也会把自己的积蓄都用上。如果那样的话，这个庄园可能会是世界上最完美的庄园。

同时，我在想我们国家是否有这样的庄园。纵观中国历史，有多少辉煌的文明湮灭在战乱之中！如果我们的祖先也能把我们中华民族上下五千年的文明保护起来，我们中国会比现在的英国要华丽几百倍。

其实这个庄园是不属于我们所知道的丘吉尔的。通过和他的家人聊天得知，丘吉尔首相只是出生在这里，他不是家中的老大，所以就没有这个庄园的继承权。然而他的名声太大了，他们家族也乐意称这里为丘吉尔庄园。这个宏大的庄园也造就了丘吉尔，一个出生在这样环境中的人和出生在贫民窟中的人，两者的境界、思想以及所站的高度都是不一样的。丘吉尔曾在这里写诗、作画，陶冶情操。他在战争时期多次制定的过人的战略和策略就与他从小生长的环境是分不开的。

走进宫殿，宏伟的大厅中是詹姆斯·桑希尔于1716年绘制的天花板，它按照战争的顺序逐一展现了丘吉尔祖先的胜利。长长的图书馆最初被设计为画廊，这个五十多米长的房间显示了一些宫殿内最好的装饰。室内放有女王安妮和国王的全身雕像。餐厅中，桌子与银色的镀金明顿餐具摆放在一起。大理石门上面，饰有公爵作为罗马帝国王子时的有两个头的鹰章。整个宫殿充满着贵族气息，宫殿里还介绍了丘吉尔的生平，他的丰功伟绩和他的作品，特别是他在第二次世界大战中慷慨激昂的演讲，让每位游客都驻足耳听，让人听而振奋。"I know nothing but blood……You ask me what is our aim？ I can answer in our words：Victory，victory……"

这就是我在英国最喜欢的庄园，也是我每次都一定要陪朋友来参观的庄园。我不但一遍遍地重复着我所知道的一切，还兴致勃勃地陪朋友从湖边走向纪念碑，然后再穿过小桥走进宫殿，走进二楼重温庄园修建的历史故事，再走进丘吉尔的展厅。出了宫殿再走进由贝尼尼（1598—1680年，意大利著名雕塑家）设计的水神喷泉，以及范布勒爵士（1664—1726年，英国建筑大师）所设计的巨大的几何形花坛。喷泉与雕塑浑然一体，构成了无与伦比的美景。

当然，除此之外别忘了在这美景中品尝价格不菲的自制葡萄酒或者美味咖啡。当你手端红酒，放眼望去，看到远处绿草盈盈，水天一色的时候；当你品尝着咖啡，看见喷泉下错落有致的花坛的时候，你会觉得这杯酒，这杯咖啡很值，因为你所品味的是眼前多少钱也买不到的美景。

我们就这么随意地走着，跨上台阶，眼前是几乎望不到头的大片的修得整整齐齐的绿地。面积具体有多大，不得而知。我猜想应该至少有40个篮球场那么大。我的朋友们就立在草坪前不走了，也许是震撼，也许是发呆。

一个朋友突然说："这块绿地简直就是浪费。为什么不种庄稼，而是全种草？草又不给牲口吃，真是浪费。"

我知道他是在开玩笑，就说："这都是养眼睛用的。"是呀，我们的眼睛不是看计算机，就是看一些污染物、垃圾或乱七八糟的东西，如果看一些美好的东西，人就是活到100岁，眼睛也不会花。

我们开始议论这片大草地到底能有什么用了，最好能够上吉尼斯世界纪录。一个做领导的成都朋友，一手叉腰，一手指着这大片的绿地说："这究竟能做些啥子嘛？我看呢，就在这里支起一万张麻将桌吧。这样就可以是世界上规模最大的搓麻将圣地了。还有啊，桌子底下全都通上开水管，这样喝茶倒水也方便。"

我也附和着说："对了，今年先种上几万棵向日葵，明年就可以边打麻将边喝茶，边吃瓜子了。"

另一个朋友是东北人，他也不甘示弱："打麻将干啥呀？我觉得在这里摆上两万个小凳子，然后把中国贫困地区的妹妹都拉过来，在这里泡脚做足底按摩，这样还可以解决中国劳动力过剩的问题。对了，你的水管的概念可以接着用，可以为泡脚不断续水。"

朋友不过是调侃而已，然而这么大的草坪在中国绝对是找不到的。我们也不知道用什么样的心情来看这个举世无双的庄园和这块超大的绿地，究竟是羡慕呢？嫉妒呢？还是两者都有？很复杂。

四、我是怎么处理和英国警察关系的

　　国内的朋友来英国办事和旅游，一下子又来了两批人。我既当司机，又当翻译，还要当导游。朋友戏称我是典型的"三陪"人才。实际上我陪得远比这些多多了，说"五陪""六陪"也不过分。

　　不过老马也有失蹄的时候，一次我驾车到剑桥，转了好几圈才找到了一个停车场。停车场旁边是几棵参天大树，高得须仰视才能看见顶部，路过的行人都会驻足看上两眼。我停下车便进入了剑桥景区。如果单从剑桥大学自然环境来讲，剑桥真不适合学习。因为景色太美了，从圣约翰学院的后门沿着剑河一直向左手方向行走，美丽的剑河便把三一学院、克莱尔学院、国王学院的后花园紧凑地连在了一起。在这里，不仅可以赏花、划船、漫步，还可以仰望这些大学学院的古老建筑，感叹它们辉煌的历史。换言之，这里的美景使学生很难静下心来读书。

　　带着朋友游完这些景点，便和前来聚会的朋友一起共进晚餐。晚饭后，我们便要乘朋友的汽车前往我们的停车场。朋友问我怎么走，我也说不清楚停车场的具体位置，就干脆说："还是我开你的车找吧。"

于是我就坐到了驾驶员的位置。我们一共六个人，按照英国法律只能乘载五个人。抱着侥幸的心理，后排居然坐了 4 个人。

我开着车转了两圈儿，终于看到了那几棵高大的树木。正当我向朋友炫耀我的方向感如何好的时候，不知什么地方驶出来了一辆警车。一会儿警车的警笛响了，蓝光也闪了。

"坏了，警察发现我们四个人坐在后面了。"我忙向大家解释。听到声音，每个人面色如土，要知道这种境况，警察完全可以把你带走，或者罚款。这样就要耽误我们很多时间，我还想在午夜之前赶回北方的约克呢。

我按照警察的命令在路旁停下了车。我突然意识到我居然没有随身携带驾照，这样警察就可以说你是无证驾驶，问题就比较严重了。更严重的是我开的车是朋友的，在英国车的保险是人跟车的。换言之，我开他的车也是非法的。这又是一条"罪状"，重者可以罚款 3000 英镑以上。我已经没一点儿自信了，下车的时候腿都软了。

两个人高马大的警察走过来，先问我们的车是哪里的，是否有保险。原来我朋友的车是租的，也上了保险，但不是我的名字。警察看了看，都是中国名字，就没有多问。第一关终于蒙混过去了。

其中一个警察问："你们一共几个人坐后排？"

"4 个人。"我如实回答。

"那你知道后排应该坐几个人？！"他口气比较严厉。我知道他是明知故问，我只是无奈地苦笑一下。

接着我赔着笑脸说："其实我们的停车场就在前面 100 多米处。距离比较短，所以……"

我还没有说完，警察打断我的话："那你告诉我两个车相撞时候的距离是多少？"

这回我倒不是苦笑了，心想这警察哥们儿也够幽默的。不过真不知道怎么回答他。

于是，我变被动为主动，开始尝试说服他了。

我说："警察先生，我知道错了。我们都是从中国来的，对这里的情况不太熟悉。你这次就放过我们吧。我们下次一定注意。"

我差点儿就要说：您到中国以后我请你吃饭、请你桑拿、请你足底按摩，请你唱歌之类的话了。

没想到警察根本不吃这一套，接着又问我："这种情况在你们中国的话，警察会怎么处理？"

我真没想到他会问这样的问题。我灵机一动，就说："在中国，警察最多就是给一个 warning（警告）而已。"

这次我回答的时候没有觉得尴尬，还很自信。

"Really？"

这时我发现这个警察开始笑了，我猜想他可能最多只会给我一个警告。

他接着说："这次就放过你了，下不为例。你让多余的人下车在这里等着，其余人可以开车去停车场开那辆车了。"

听到这句话，我们如释重负，一块石头落了地。

"谢谢你，我们下次一定注意，不让类似的事情再发生了。"两个警察冲我们笑了笑，警车开走了。

我们也按照警察的吩咐到停车场取了车，然后我和另外一个朋友就开车从剑桥驶向二百多公里外的约克市。尽管路途比较遥远，但是这段小插曲和英国警察的幽默却成了我们一路上谈论的话题，三个小时的车程居然没有任何倦意和睡意。

五、粗心的代价

常言道："性格决定命运。"我是深有体会的，因为本人就是一个粗枝大叶的人，所以活了半辈子了，仍然一事无成。

这几天，在伦敦接待一个国内代表团。我们住在距离海德公园不远的一家酒店。为了能全心全意地服务好国内来的客人，我索性把自己开的汽车停到了酒店的停车场。下午退了房，又乘一辆旅游公司的大巴把他们送上了飞机。虽然只有几天的交情，但是看着他们走进安检大门的背影，心中还是一阵惆怅。其实，人活着一辈子就是"分离"与"相聚"的过程。这种分与聚交替得多了，也就习惯了。

旅游公司的导游问我去哪里，我说："把我送到 Acton Town 吧。"因为我晚上还是要住到伦敦我朋友的家里。到了 Acton Town，我突然想到了我的汽车还在那家酒店的停车场，要知道停一天就要收 30 英镑。

我很忐忑地问他："你能否把我再送到那家酒店？我想把我的车开过来。"在英国，人们都很现实的，一个导游一天的服务费就是 300 英镑，多一个小时就收 60 英镑。而我提出这个要求对他来讲绝对是额外的工作。没想到的是，他居然答应了。我立即把我的行李都放到了朋友家中，然后跑下楼去。

半个小时以后，他把我送到了那家酒店。我一边点头哈腰地向他道谢，一边找我的车钥匙。我全身摸索着，突然掠过一种不好的预感，我的车钥匙没有带在身上，我已经开始冒汗了。

我说："不好意思，我的钥匙可能落在行李里面了。"

导游看着我很窘迫的样子，一脸的同情。我也不好意思再麻烦人家把我送回我朋友家了。于是我说："你赶紧回家吧，这几天你一直陪着我国内的朋友，也够辛苦的了。我自己乘地铁走吧。"

出乎我意料的是，他说："我再送你回去吧。反正我下午也没有什么事情。"我感动得眼泪差点儿都流出来了。

一路上我们都在聊天，他告诉我他和他夫人原来是在教会认识的，他们经常帮助别人，他们对人生和生活都有坚定的信仰。我告诉他，我的老母从8岁就是基督徒了。由于有些共同的话题，我们的关系也拉得更近了。他把我送到了朋友家的楼下后，开车正要离开。我说："等等。"然后到楼上，把一瓶2001年张裕红酒送给了他。他的车发动了，此时我唯一的想法就是好人终会有好报。不管别人会怎么做，如果有一天别人也需要我的话，我也会尽力帮助别人的。

我上了楼，打开所有的行李和包来找我的车钥匙。我几乎翻遍了所有能放钥匙的地方，都没有找到。我的心又悬了起来，如果车钥匙丢了的话，麻烦就大了。你要是找专人开锁的话，怎么也要收你一两百英镑的，还要把时间都搭上。我站了起来，下意识地靠在桌子上，突然觉得有东西硌到了屁股，我一摸，啊！原来我的钥匙一直在我的裤子背后的兜里。这真让我哭笑不得，也不敢和别人说这事。这，这……这简直丢死人了！

我立即拿着钥匙，只穿了一件衬衫冲出门外，步行大约一刻钟就到了 ACTON TOWN 的地铁站。正当我要买票的时候，我又有一种不好的预感，我可能忘了带钱包了。于是，我摸遍全身，终于翻出了揉成一团的纸币，原来是 20 英镑。谢天谢地，终于可以买票了。

从这个地铁站到那家酒店是要倒一次车的，也就是要先乘 4 站的蓝线，然后在 EARL's COURT 转乘一站的绿线。地铁很顺利，一会儿就到了 EARL's COURT。我立即按照指示转到了绿线，却发现那里等车的人都很迷茫。我等了半天也不见地铁车过来，就问一位黑人工作人员怎么没有车。他说今天是周末，去北面的车都停运了。天啊，我怎么那么倒霉呀！我问他我的地铁票还能用吗，因为这可是 5 英镑的票，折合人民币也要 50 元了。他告诉我地面上有 328 路汽车可以免费乘。我到了地面上，那里已经有 100 多人在等车了。一会儿来了一辆 328 路汽车，却没有停，都满员了。又等了 10 分钟，终于又来了一辆 328 路汽车，也停站了，可是在 100 多人的长队里我排在最后，就是等到天黑也上不了车的。

今天也怪了，伦敦上空突然乌云密布，还下起了小雨，气温也就在 9 度左右。我可是穿着一件衬衫出来的。我站在寒风中，除了能听到风声，就是我上牙碰下牙的打战声了。看着别人都穿着羽绒服，我连做强盗抢他们衣服的心都有了。我不能这样傻等，否则会冻死的。我兜里面还有十几英镑，干脆打车吧！可是打车的人还真不少，根本轮不上我。此时，我发挥了中国人特有的聪明才智，往前方多走了 100 多米，这样就可以捷足先登了。这招果然奏效，没过 5 分钟，我就上了一辆伦敦老式出租车。到了酒店，我付了 8 英镑的出租车费，兜里所有的财产就几英镑了。如果再出现什么意外，肯定死定了。

我到了停车场，看到了我的车，立即钻了进去，把暖风调到了最大。最后顺利地回到了朋友的家。

"出来混，早晚要还的。"粗心大意，麻烦也会找上你的，有时候代价还会很大。

第十章
回国，回国，回国！

The trumpet of a prophecy！

O Wind，

If Winter comes，can Spring be far behind？

让预言的号角奏鸣！

噢，风啊，

冬天如果来了，春天还会远吗？

——英国诗人雪莱

一、什么样的配偶更适合你——量化人的价值

在这章节里想写写情感方面的问题。情感、婚姻、伴侣是留学生考虑是否留在国外，或者回到国内的重要因素。一段完整或者破碎的婚姻和情感都会影响留学生的决策。然而，一段完美的婚姻是要从男女的特点和价值来分析的。

男人是一个理性但有时又用下半身思考的高级动物，而女人却是非常感性但又十分缺乏安全感的高级动物。男人和女人寻找配偶的侧重点是不一样的。每一个男人都希望自己的配偶美丽、温柔、贤惠、大度，即使上述特点都没有，也希望自己的女人是一个美丽的女人，只有这样才能激起他原始的冲动。当然既美丽又温柔更好。如今的社会，生存压力很大，于是女性配偶自身经济条件的好坏与否，也成为一个比较重要的择偶标准。根据能否找到理想配偶的程度，可以将之分为五级。最高级的就是能够找到美丽、温柔、有钱、善良和大度的女人，而最差一级也要找到一个漂亮的。

男人理想配偶分级：

  初级理想： 美丽

  初中级理想： 美丽 + 温柔

  中级理想： 美丽 + 温柔 + 有钱

  中高级理想： 美丽 + 温柔 + 有钱 + 善良

  高级理想： 美丽 + 温柔 + 有钱 + 善良 + 大度

女人找配偶的出发点比男人复杂，有相当一部分的女人选择配偶的最重要的出发点是要有安全感，男人一定要有经济保障。尽管这个男人的钱暂时不属于她，或者永远不属于她，但至少这个男人不会给她增加任何经济负担。女人也是很色的，如果能够找到高帅就更好，没有女人喜欢和"卡西莫多"一样丑的男人在一起。再高级一些，就是这个男人一定要有责任心，还要大方，最好他的所有信用卡都由她来保存。除此以外，体贴也是很重要的。女人如果找的不是高的、帅的，并且不负责任，还不大方体贴，那么她还是希望他是有钱的。这是最低配偶级别。

女人理想配偶分级：

  初级理想： 有钱

  初中级理想： 有钱 + 高帅

  中级理想： 有钱 + 高帅 + 负责任

  中高级理想： 有钱 + 高帅 + 负责任 + 大方

  高级理想： 有钱 + 高帅 + 负责任 + 大方 + 体贴

这是简化了的理想配偶分级，而实际情况要比这个复杂得多，所以并不一定具有代表性和权威性。

我们时常讨论人的价值，但是截至目前，并没有人真正测算过每个人的价值，也就是说还没有人尝试过量化人的价值。每个人都有价值，如果能够量化每个人的价值，其意义是非常大的。

首先，可以摆正自己在社会的位置，同时知道今后努力的方向；

其次，为经济社会环境的发展决策提供依据；

最后，如果了解自己的价值，也可以为寻找理想的伴侣提供依据。

其实，建立一个能够测算人的价值的数学模型并不难。假设 Y_i（$i=1$，$2\cdots\cdots n$）是一个人的价值，那么他的价值是受多重因素影响的，例如，工资（W_i）、职位（P_i）、工作性质（J_i）、学位（D_i）、家庭背景（F_i）、外貌（A_i）等。他们之间是存在着某种函数关系的，这种函数关系可以由以下公式来表示：

$$Y_i = aW_i + bP_i + cJ_i + dD_i + eF_i + fA_i$$

其中 a，b，c，d，e，f 就是权数，代表每一个影响因素对价值的印象程度。

经过调查和收集资料，每个人的价值就能计算出来了。如果总分是 100 分的话，可以把人的价值分为三个区域，上三分之一即前百分之三十三，中三分之一就是中间的百分之三十三，下三分之一就是最后的百分之三十三。假如你的价值是 66 以上，那么就是在前三分之一；如果在 33~66，就在中部的三分之一；如果低于 33 分，那就在下三分之一了。

这种价值是对寻找什么样的配偶大有好处的，如果男子的价值和女子的价值都在上三分之一，可称为"高水平的相配"；如果男女都在中部的三分之一，那就是"中水平的相配"；如果都在下三分之一的话，可称为"低水平的相配"。不管哪一种程度的相配，高水平的要比低水平的牢固得多。

如果男性的价值在上三分之一，女性在中三分之一，可称为"绝配"；如果男性的价值在上三分之一，女性在下三分之一，可称为"基本相配"，时间长了会有潜在的矛盾。

如果男性的价值在中三分之一，女性在上三分之一，也可以称为"基本相配"，但是时间长了会诱发问题和矛盾。

如果男性的价值在中三分之一，女性在下三分之一，也可以称为"相配"，但是时间长了会诱发问题和矛盾。

如果男性在下三分之一，女性在上三分之一，可以称为"不相配"。

如果男性的价值在下三分之一，女性在中三分之一，也可以称为"基本相配"，但是时间长了会诱发问题和矛盾。

男性的价值 女性的价值	上三分之一	中三分之一	下三分之一
上三分之一	高水平相配	绝配	基本相配
中三分之一	相配	中水平相配	相配
下三分之一	不相配	基本相配	低水平相配

能做到相配很容易，因为发生化学变化有时就是一刹那的事；而身体的亲密接触或者发生性关系，本来就是上帝赋予人类的特殊恩惠，人类天生就懂得这种特殊的享受。进入关系容易，然而能够长久保持这种关系，并正确处理好"配偶"之间的关系就是难上加难的事情了。

我以为有四大要素一直阻碍着配偶之间的关系。

第一个要素——感情是配偶得以在一起的基础。

任何男女都是对方的潜在情人。把这种"潜在"的情感转化成现实需要强化这种情感，然后向对方发出信号，对方接受了，双方便成为配偶关系。在长时间的交往或生活中，双方强化后的情感，会随着时间和客观条件的变化而增减。双方能否保持配偶关系，关键在于这种强与弱之间的抗争。当感情强化的量与度都大于弱化的量与度，双方即可长久地保持这种关系，反之就只能分道扬镳了。

第二个要素——性格是配偶得以磨合的"绊脚石"。

成为配偶还是不够的。每一个个体其实就是一个有棱有角的齿轮，双方有了配偶的关系就开始了漫长艰苦的"咬合"与"磨合"。而双方的性格起到了决定性作用。"性格决定命运"不仅适用于商场和战场，它同样适用于配偶之间关系的处理。与一个通情达理、性情温和的人成为配偶，比与一个刚愎自用、不近人情、性格暴戾的人成为配偶要幸福得多。人的知识结构可以改变，境遇也可以改变，然而性格是天生的，很难改变。唯一能改变性格的途径是提高一个人的修养，当修养到了一定的水平以后，性格便可得到适当的控制。

因此，性格是配偶之间"又臭又硬"的绊脚石，如果再没有一定的修养，在双方相互磨合的"齿轮"大战中，必然齿断轮亡。

第三个要素——金钱是透视配偶关系的放大镜。

不管配偶之间的关系多么的亲密，貌似多么的"铁"，最后都要得到金钱的检验。金钱犹如一个放大镜，它可以把配偶之间的关系赤裸裸地映照出来。人是要生存的，而生存的质量又没有一个固定的模式和统一的标准。一个处处节约、花钱谨慎的人和一个花钱大手大脚、没有计划的人相处，本身就是一对矛盾。我们每一个人的收入都是用劳动力和血汗换来的，因此是否愿意为对方花钱，花多少，有取悦对方的一面，也有心甘情愿的一面，不管怎么讲，这都是和情感的强弱以及责任心成正比的。

为了金钱，不知有多少家庭破裂，不知有多少配偶最后成为冷漠的路人甚至仇人。金钱是情人关系的放大镜，它将情人之间的根本关系赤裸裸地展现出来了。

第四个要素——身体是配偶之间相互欣赏的催化剂。

"眼缘"在情人之间扮演着非常重要的角色。一个人能对对方有"眼缘",或一见钟情,就是因为其外表和身体上的吸引。"窈窕淑女,君子好逑",而女生大多数都喜欢身材高大的"帅哥""帅叔",这也是身体荷尔蒙向异性或者钟情之人发出的信号。一个身材姣好,又把自己装扮得整洁得体的女人,必然会让男人的魂都牵系在身上,而一个身体健康、爱好体育的男士也会让女人芳心永驻。

身体条件是配偶之间相互吸引的催化剂。很多时候,再大的矛盾也禁不住漂亮女人的娇柔,再接近破裂关系情人中的女人也受不了魅力男人轻重有度的贴身照顾。

女人来自金星,男人来自火星。男女之间距离相差甚远。一个男人如果不能站在女人的立场看事物,这个女人久而久之在他的眼里终究会是一个神经病;而一个女人如果不能站在男人的立场看待男人背后的艰辛,那么这个男人早晚会是她眼里的吝啬鬼。

二、相见时难别亦难

我是非常幸运的，在 20 世纪 80 年代初，全国人民的收入水平基本相当，人与人之间的价值差别不大。我和她同一个大学毕业，其他条件都差不多，如果要是计算当时每个人的价值，我们应该是差不多的，都应该在中上水平。缘分就是这样，有时可能 100 个人都喜欢你，但是你可能一个都不中意；有时可能你喜欢 100 个人，可是里面没有一个人喜欢你。我就是在对的时间遇到她，而她也是在对的时间认识我的人。

然而，再完美的初衷，再理想的相配程度都要经过时间的考验。我们常说的"七年之痒"是有一定道理的。结婚七年之后，夫妻双方完全没有了新鲜感，对方的缺点暴露无遗，加之对子女教育的分歧，很容易导致吵架、翻脸，还有可怕的冷战。

我和她都属于不善表达甚至不会表达自己想法的人，每当遇到问题，主要采取回避和自我承受的方式解决。我们从来没有红过脸，吵过架，两个人在一起连一个脏字都不曾提过，但是这并不意味着双方内心想法的一致和对解决矛盾的方式的认可。久而久之，我们的关系变得陌生起来，冷战也成了家常便饭。

在一个晚上，两人同床却承受着冷战的痛苦，她终于说话了："我们离婚吧！"

我一下子惊呆了，这是我始料不及、根本就没有想过的事儿。我只是想冷战过后，再熬上两年，时间会改变一切，关系还会回到从前。她是一个不轻易做决定的女人，而一旦做决定就是八匹马也拉不回来的人。

这个突如其来的决定让我思绪万千，我想到了我们初识时一个个浪漫的场景。

有一天，她来学校宿舍找我，身着军大衣、戴着口罩，只露着一双漂亮的大眼睛，正在我宿舍下棋的一个同事被她那双美丽的大眼睛彻底征服了，他就盯着她的眼睛，手里举着的棋子停在空中，迟迟落不下来。后来他和我说，那是他见过的最美丽的一双眼睛。听了之后，我心里别提多美了。

我想起了我们认识之后的第一个新年，整个北京被白雪覆盖，我们在无人的夜，用脚步在学校操场的积雪上踏出了一个巨大的"LOVE"，然后在雪中相拥。

我想起了求婚的时候没有任何彩礼，只是在一个月亮高悬的夜晚给她写了一首小诗："古月一名寺，织女在户旁；南山闻犬吠，有女寻子忙。"并向她承诺这一辈子虽然不能让她过得荣华富贵，但一定让她过得舒舒服服。她就答应嫁给我了。

我想起了很多很多。不知道为什么我突然失控地大哭起来，这是我记事儿之后的第一次哭泣，是惋惜，是遗憾，是不舍，是伤感？不得而知！

我们都是很骄傲的人，不会向对方低头，更不会主动修复已经出现的裂痕。如果有一方先放下自尊，那么这段婚姻是完全可以挽救的。

然而"离婚"两个字一旦说出来，两人的关系就不可能回到从前了。

我认为，绝情的话或者伤人的话是不能轻易说出来的。一旦说出来，它们就会像一把刀，刀刀刺在你的心上和身上，时间也许会使这些伤口愈合，然而伤疤却永远留在了心中和身上。

一天，学联举办了一个与中文系学生互动的活动。学联的主席找到了我，让我给他们放放音乐，调节一下会场气氛。这个我在行，就租了一套当时很不错的音响设备。那个时候我已经辞去了学联会主席的职务，一般活动场合也出头露面了。我把音响设备放在了一个谁也不会关注的犄角旮旯，我自己也坐在设备后面，挑一些大家可能都喜欢的音乐播放。

参加这次活动的人有几十个，英国学生有一半之多。他们有的在底下私自交流，有的去舞池跳舞。这时候我余光发现远处的一个英国女生在往我这边看，我以为她在看这个方向的其他人，就没有理会。我继续埋头找着可能适合这个场合氛围的音乐。突然，有一个人和我打招呼："你好！"

我抬头一看，正好是那个女生，还居然用中文和我打招呼。

我赶紧站起来，也对她说："你好！"

"我能和你练习中文吗？"她有点羞涩地用英式中文问我。

"当然可以了。"说完，我请她在我旁边坐下，然后我们就聊了起来。

我这时候才有空仔细地打量一下她，她属于那种典型的英国女孩，皮肤很白，金黄色的头发。她的眼睛很蓝，蓝得都不相信是真的。她的鼻子也很高，和我的一比，我的鼻子如果是秦岭的话，她的简直就是喜马拉雅山。她的嘴也很大，尤其是笑的时候，天生的红色嘴唇向外微扬，露出两排洁白的牙齿。她个子很高，至少173厘米以上。

在英国也有些年头了，对英国女性也多少了解。和法国女人相比，英国女人总是缺了些什么。她们也许以自由自居，所以除了正式场合穿得很讲究以外，大部分时间穿得都很随意。很多女生索性追求自我自由，吃也不注意，所以大多都很胖。而由于很胖，索性破罐子破摔，不修边幅。所以我对英国女生的评分并不是很高。

但当我遇到这个女生的时候，几乎改变了我对英国女生的成见。

我边放音乐，边和她随便聊天。原来她是利兹大学中文系的在读生，名字叫乔安妮。她说她喜欢运动，很喜欢打 Squash 球。我也是和她聊了以后才知道这个就是"回避球"或者"墙网球"，你每次需要往墙上打，通过反弹给对方制造麻烦，对方如果接不住，那么你就得分了。我告诉她我知道这种球，大学的体育中心就有这种场地，我还想有空的时候学学呢。

她说："那我们一起去打吧，我可以教你。"就这样，我们相识了。打了几次之后，我的球技得到了很大的提升，到后来已经和她不相上下了。

每次打完球，我都会送她回到她的宿舍。我一般不下车，只是在车里目送她走进她的公寓大门。每次送她，都会道别，都能看见她那双蓝色的眼睛里面的我。她含情脉脉，眼光流露出无限的期待。而我总是那么矜持，尽管我已经和妻子分居，但是旧情实在难以割舍，全身犹如注满了沉重的铅，难以迈出第一步。

我明白，只要我的头向她靠近一点儿，哪怕是一厘米，这个年轻美丽的英国女生就是我的了。

英国的冬天很冷，利兹位于英国中部的约克郡，感觉就更寒冷。每天下班依然回家，可是家里早已没有了往日的家庭温暖，再加上寒冷的冬季，家里显得更寒冷。

而这段时间，乔安妮却显示出了无比的热情。有一天，她和室友一起约我出去吃饭，我也邀请黄大年一起同去。晚饭后，大家又一起去酒吧聊天。

英国酒吧的一个突出特点就是音乐声音特别大，很多时候，必须喊着才能让别人听清楚你在说什么。异性之间就很微妙，如果想把两人的距离控制在一定的程度，那么你就对她喊一个晚上；而你想有进一步发展，那么酒吧的音乐就给你提供了非常好的理由和条件，那就假装怕对方听不清楚，你就趴在她的耳朵上说话，如果对方躲着你，那说明她对你可能没有什么兴趣；如果她不但不躲着你，在她说话的时候还把嘴唇贴到你的耳朵上，那她肯定对你有意，或者至少不反感你。

其实我们已经心领神会，都知道对方的真实感觉。酒吧的音乐声音实在太大，我就把身子靠了过去，她盯着我看了一会儿，然后说："我想告你一件事。"

"你说吧。"我顺便把头凑了过去。

"我觉得我已经爱上你了。"她把嘴贴到我的耳朵上，几乎是用红红的唇与我的耳朵摩擦发出的声音。我真的不想再装了，一把拉住了她温暖的手，两只手紧紧地扣在了一起。就是她这只手又把我冰冷的心重新点燃了。

与她交往也学到了不少东西，有一次她的中文作业里面讨论有关中文对于"禁止吸烟"的不同表达方法，我告诉她中文的表达方法是很多的，例如"不准吸烟""吸烟有碍健康"等。有时候在加油站还可以看到类似"千万别点着你的烟，它会让你变为一缕青烟"的标语；而在医院偶尔会看到"也许，你的指尖夹着他人的生命"的口号。

她说英语"禁止吸烟"的表达方式也有很多的，比较直接的就是"No Smoking！"还有"Smoke Free Zone"或者"Non Smoking Area(无烟地带)"等。这些都是中性的表述，也很直接，一目了然。

然而，"禁止吸烟"在不同国家的表述也略有区别。美国是一个法治国家，也是一个相对比较注重人性的国家，对于"禁止吸烟"表述的方式也多种多样，例如："It's against the law to smoke in these premise"（此地吸烟违法）。有的地方表述的口气会强硬一些，例如："Smoking prohibited in all office areas"（办公区域严禁吸烟）。也有的地方比较理性，会在 "No Smoking" 前面再加上一个 "请" 就成了 "Please do not smoke"（请勿吸烟），似乎这样略讲人性。

她很自豪自己是一个英国人，因为英国人文明程度高，也很自觉，基本没有看见任何人随意抽烟。即便是一个公益广告也会写成 "Thank you for not smoking here"（感谢你不在此地吸烟）。这句话很温暖，相信很多烟民看到这句话也不好意思再抽烟了。

没过多久，我就从家中搬出来住了。我和乔安妮接触的时间和次数也越来越多了，感情也与日俱增。但是我就是一个拿得起放不下的人。和乔安妮交往的时间越长，内心就越感不安，就越觉得有愧于家庭。

有一天，我又想起了曾经带给我无限温暖的家，而不久就要永远地失去它，不免心生遗憾，怀念至极。痛苦、忧伤、怀念、自责、不舍，一起涌上心头。我无法释怀，唯有拿起一瓶威士忌酒一股脑儿地灌进胃里。一会儿便不省人事，待醒过来的时候，已经酩酊大醉，一夜一天几乎把肝汁胆汁吐尽。第二天晚上，我爬到电话前，给老婆打了一个电话，就说了一句话："老婆，我醉了。"

没过多久，她来了，带来了一整盒水果，都是削好皮的，切得工工整整的。她看到我这个狼狈的样子，扶我坐好，然后把切好的水果一块一块地送到我的口中。我泪流满面，每咽一块水果，都是和着泪水一起咽下的。都怪我犯下了不可饶恕的错误，我真的对不起她和这个家。

三、自负付出的代价

真是"福无双至，祸不单行"，我的工作也发生了变故。有一天，我工作单位的院长和系主任找我谈话。我有预感不是什么好事，当我走进院长办公室，看见院长和系主任的脸色都不怎么好看。

他们看见我进来了，都立即站了起来，满脸假笑地让我坐下。院长说："你已经工作快四年了，老师和学生都非常喜欢你，你也为学校的发展做出了很多的贡献。特别是你组织了几次国际研讨会，对学校的宣传起了重要的作用。"

我真想对他说："那你快点直接说'但是'后面的话吧。"

果不其然，院长接着说："但是我们不得不告诉你，你和学校所签的劳动合同还有一个月就结束了，也就是说一个月后你就不能在这里工作了。"

"啊！"我真没有意识到我的工作合同这么快就结束了。我赶紧问："那我的合同可以续吗？"据我所知，很多人的合同的都是可以续的。

"对不起，你这个合同一开始就是定期（fixed）合同，是不能续的。如果你要是半年前提出来，学院也许会考虑你的要求，为你创造一个位置的。但是现在一切都晚了。"院长非常诚恳地说。

但是他们为什么不在半年前告诉我,好让我早做准备?我的一个朋友后来对我说,英国人都是自己管自己的事儿,你自己这么大的事情不自己考虑,还让别人替你考虑吗?别人是没有这个义务的。

我突然意识到这个消息对我来讲是一个天大的事情。如果没有工作,就没有签证,就不能在英国继续待下去了。我在英国这十年打拼就要彻底告一段落。我不能就这么束手就擒。

从学院回来之后,我立即联系了一个和我关系很好的另外一所大学的系主任,他建议我去他那里好好聊聊。

他说:"我这里正好缺一个高级讲师的职位,你可以到我们大学来工作。"我听了以后非常感激,我曾经到他们大学做过讲座,还一起合作搞过调研。他也了解我的能力。

不过新的问题又来了,如果他要用一个人,必须先向学校提出申请,学校一般都会同意。然后学校要公开招聘面试之后才能录用。这个过程往往需要至少三个月的时间,而我的签证还有一个月就到期了。

系主任很帮忙,他给了我一个建议:"金,现在唯一的办法就是我先给你出一封我们系准备聘用你的证明信。你拿着这个证明信去移民局延长你的签证。如果你的签证下来了,我们再从容运作。"

事已至此,也只能这样了。第二天一大早,我就带着护照和学校的证明信赶到了伦敦的克洛伊顿小镇,找到了移民局。进去之后,我才发现来这里申请签证的人黑压压的一片,每个窗口前面排队的都有几十人。不知过了多长时间,我终于排到了窗口。我对移民局的工作人员说我要延工作签证,并把资料递给他看。他冷冷地说:"你是不懂工作签证申请条件吧?不同的工作单位是不能用一个工作签证的。如果你要延你现在的工作签证,就必须有现在单位的延期证明。"但是原来的工作单位已经告诉我不能延了,肯定也不会给我出这个证明的。

没有办法，我只能问问能否用新学校的证明信先延期一段时间。说完，我还指了指刚递给他的那份证明信。

他说："我觉得应该是不行的。这封信是证明学校可能会给你工作的，而实际上现在还不能给你工作。所以不能给你工作签证。"

我说："我明白了，那我可以申请旅游或者访问签证吗？"我的意思是只要能给我几个月的时间，一切都可以运作了。

银民签证官说："我可以把你的资料留下，但是不能保证能给你延签证。"

现在只能把死马当成活马医了，我把资料留给了签证官，就赶回了利兹。

回来之后，一个在伦敦的老朋友对我说："其实你这事儿很简单的。很多留学生是根本连工作机会都没有的，而你还有这么好的机会。你最好找一个律师，他们知道该怎么帮你申请和处理这些事儿的。专人就要办专业的事儿。"

他说得很有道理，因为他就是找律师帮他解决了工作签证的问题。而我一生都很顺利，没有经历过什么挫折，因而非常自信，还有点自负。我就觉得我是能够得到签证的。

四、冬天来了，春天还会远吗

签证资料递交上去已经一周了，仍然没有来自移民局的任何信件和消息。而随着时间的流逝，留给我在英国的时间已经不多了。我需要一个确定的消息，其实就是"Yes"或"No"，这样我好做下一步的打算。

我实在等不下去了。一天我给移民局打了电话，查询我的签证申请情况。接电话的女士嗓音甜美有加，她说："我们仔细地看了你的资料，但是认为你申请的资料不符合要求。因此，我们按照有关条例驳回你的申请。"

"那我现在怎么办？"我看看是否还有其他办法。

"对不起，我只知道你签证到期就要立即离境。"听到这里，我的骄傲感和盲目自信感一下子被打回到了零点。

这一年的冬天，英国也不知道怎么了，天天下雪。再加上每天都有五六级的大风，整个大不列颠岛就是一个冰窖。

情感的创伤和工作的不如意，让我感到心灰意冷，人生如此失败。我没有开灯，也没有开暖气，就一个人呆呆地坐在漆黑冰冷犹如太平间的房间里。没有人能够帮助我渡过这个难关，没有人能告诉我如何在责任和感情之间做出抉择，更没有人能给我指明未来努力的方向。

我就这样一动未动地坐着，一直到东方的太阳升了起来。就在阳光照射的一刹那，我就已经做出了选择。

第二天，乔安妮过来了。我把我的情况和她说了。她说你要是想办理签证是很容易的，你不是还有我吗？我可以给你出证明。再不行，我们就结婚。

她和我说话的时候，那双真诚的蓝色眼睛一直看着我，充满着无限的爱意和期待。可是她哪里知道，我早已做出了决定。

在我最落魄的时候，她能伸出无私的手，这让我千分感激，万分内疚。我把她搂在怀里，轻轻在她耳边低声地说："乔安妮，谢谢你。"

接着我把她推开对她说："我们分手吧！"我声音虽小，但是很坚决。因为我已经决定了，我不想在这两个我都爱的女人之间做选择了。我想得很简单，我选择哪一方都会伤害另外一方，与其这样，不如全都放弃。

"你说的是真的吗？"乔安妮不相信我说的是真的。我点了点头，泪水湿润了我的双眼。

"为什么？你为什么不要我？"说着她一下子跪在地上，近似祈求地说："我不想让你离开我。你要是不想和我结婚也可以，只要不让我离开你就行。"她说着，两行泪珠从她深邃蓝色的大眼睛里流了下来。

我也控制不住自己，没有出息地跟着一起流泪。我扶她起来，用手把她脸上的泪水擦掉。

"乔，这不是你的错。你是我遇到的最美丽、最可爱、最真诚的英国女生。都是我不好，真的都是我不好。"其实应该跪下来的是我。她可能永远不明白我要离开她的原因，如果再这样下去，我可能就要得精神分裂症了，因为我两个人都不想得罪，而事实上，我不仅得罪了她们，而且还严重地伤害了她们。后来我才知道我离开她以后，她以自残的方式折磨自己，好几年都没有缓过来。

天色已晚，我开车送乔安妮回家。外面居然下起了大雾，100米之内只能看见微弱的路灯。我慢慢地开着车，雾茫茫的车外偶尔能看见公交车站和一对儿等车的老人。这种扑朔迷离的意境更加渲染了我复杂的心情。

我的车里有一盘录音带，那是张学友的歌，我把声音调大，那些忧伤的歌词似乎就是在描述当下的意境：

> 我的世界开始下雪
>
> 冷得让我无法多爱一天
>
> 冷得连隐藏的遗憾都那么的明显
>
> 我和你吻别在无人的街
>
> 让风痴笑我不能拒绝
>
> 我和你吻别在狂乱的夜
>
> 我的心等着迎接伤悲

几天后，我收到了国内一个单位要和我合作开展一个教育合作的项目，希望马上开始。上帝永远是公平的，他在关上一扇窗户的时候，就会把另外一扇希望之窗打开。英国冰冷的冬季不意味着中国也一样的寒冷，英国的黑暗不代表东方没有曙光。

正像英国著名诗人雪莱说的：

> The trumpet of a prophecy !
>
> O Wind,
>
> If Winter comes , can Spring be far behind ?

让预言的号角奏鸣！

噢，风啊，

冬天如果来了，春天还会远吗？

是的，冬天必须要结束了。我买好机票，背起行囊，毅然决然地奔向春天。

后　记

自从首次踏上英伦大地，30 年已经过去了。

斗转星移，一转眼的工夫，我们都已步入中年。借着来英国办事的机会，又回到了我曾奋斗多年的地方。

我首先来到了印象最深的"51 号兵站"，那是我来到英国的第一站，从那里开启了长达 10 年的英伦学习工作之旅。"51 号兵站"依然在此，几乎没有任何变化，楼还是原来的楼，草还是原来的草，不同的只是心情。我想到了在这里领到了第一笔生活费用，想到了学联开会大家风华正茂、意气风发的样子；想到了学联在帝国理工大学召开全英学联联欢会，执委们在金桐主席的带领下一直忙碌。那天，天格外的寒冷，执委谭铁牛穿得很少，冻得瑟瑟发抖也不肯离去，一直忙到送走最后一位客人才返回"51 号兵站"。

之后，我又北上去了我的母校利兹大学。我把车停在了学校的停车场，很细心地把我曾经走过的道路又复走了一遍。当我站在数学系的台阶上向下望去的时候，眼前虽然是大学的校园，可是满脑子却是那个时候的回忆，有欢笑声，有学习时的安静，有运动时的汗水，也有失意时的泪水……人的一生中能有多少个十年，而我将自己一生中最好的时光留在了英国。

当我走过学校的体育中心，发现这里变化了，除了新建了游泳池以外，名字也改了。我之所以对这里情有独钟，就是因为运动占据了我生命的绝大部分时间。羽毛球和排球是我最喜欢的运动，因此也被利兹大学排球俱乐部选为校队队员而常常要征战英国其他大学校队。我的导师阿兰·威尔逊爵士是前利兹大学校长，也曾经担任过相当于英国教育部副部长的职务，可以说是中国留学生里面级别最高的导师了。有一次他和我约好时间谈我的论文，我为了打一场比赛居然就把这个约会取消了。现在想起来实在可笑。

这么多年都过去了，很多记忆都已模糊，然而那时的生活和学习情境却令我终生难忘。校友们也在各个岗位做出了突出的成绩，一个曾经帮我管理利兹学联的好友后来"接班"，被我强行推上了"主席"的位置，如今已经成为省级领导；另一个校友在一个英国公司出任董事，担任中国区的总裁；还有一个校友在一个部里负责护照和签证，掌握领导的出行大权。唯我是闲云野鹤，天马行空，却无大的作为。一个校友正好发给我北宋吕蒙的《寒窑赋》，仔细阅读，更印证了每人的人生之路。"天不得时，日月无光。地不得时，草木不生。水不得时，风平浪静。人不得时，利运不通。注福注禄，命里早有排定"。

腹满仙游海德园，

细雨斜风往事还。

曾是游子求学处，

酸甜苦辣浮眼前。

科研难题敢亮剑，

荡平英伦把国还。

而今白发赛熊毫，

蹉跎岁月叹变迁。

于是我就有了想用文字来再现那个时代的中国公派留学生学习和生活状况的念头，也就有了写书的想法，而这本的书名就叫作《留英芳华》。

如今在国外留学和游学的人数已逾千万，而那段特定时期的留学经历虽然已成为历史，但它必将成为中国公派留学历史中的重要组成部分而被人们所研究、所分享、所回忆、所欣赏。

金玉献

2018 年 12 月 28 日于北京